RUIN AND REDEMPTION

PRESTON ACADEMY
BUCH ZWEI

BIANCA MOV

Black Edition

Eine explizite Triggerliste findest du im Buch auf der letzten Seite

BIANCA MOV

Ruin and Redemption

Black Edition

Black Edition by Versum Verlagsgruppe GmbH

Ruin and Redemption
1. Auflage

Ruin and Redemption erschien erstmals in Englisch im Jahr 2022, herausgegeben von Bianca Mov.

Coverdesign: Caroline Keller Kommunikationsdesign
Umschlaggestaltung: Caroline Keller Kommunikationsdesign
Korrektorat: Lisa Kanigowski
Satz: Christelle Zaurrini
Bildmaterial: midjourney
Druck und Verarbeitung:
Druckerei CPI Books GmbH, Leck
Printed in EU
ISBN 978-3-98942-652-8
Weitere Informationen unter:
www.black-ed.de
TikTok: black.edition.verlag
Instagram: black.edition.verlag

PLAYLIST

Nightmare – Halsey

Someone You Loved – Lewis Capaldi

Till Forever Falls Apart – Ashe, FINNEAS

War of Hearts – Ruelle

Devil Side – Foxes

Vigilante Shit – Taylor Swift

Blood // Water – grandson

Pain – Jake Daniels

Don't Blame Me – Taylor Swift

Bruises – Lewis Capaldi

Too Good At Goodbyes – Sam Smith

Daylight – David Kushner

Haunted – Isabel LaRosa

Blood on Your Hands – Veda, Adam Arcadia

Power – Isak Danielson

Beretta – Carla's Dreams

Widmung

Ich würde dir in den Wahnsinn folgen, denn deine Dunkelheit ist die meine. Und ich würde mit einem Lächeln sterben, wenn es deine Hand wäre, die mir das Herz herausreißt.

WILLKOMMEN AN DER PRESTON ACADEMY,

WO DIE HALLEN GEHEIMNISSE FLÜSTERN UND DIE SCHATTEN IHRE EIGENEN GESCHICHTEN ERZÄHLEN.

Hinter diesen magischen Mauern verbirgt sich eine Welt, in der das Feuer der Wahrheit manchmal zu nahe an die Lunte der Lügen gelegt wird, wo das Dunkel der Seele nicht nur in den Ecken lauert, sondern auch in den unsterblichen Herzen derjenigen, die die Korridore entlangwandern. Dieses Buch ist eine Einladung, sich in eine solche Welt zu vertiefen, aber sei gewarnt: Die Reise ist nicht für die faint of heart. Die Seiten dieses Bandes sind getränkt mit der Schwere von Depressionen, Selbstmordgedanken, Gewalt, Folter, Unfruchtbarkeit, Manipulation, Sexismus und den Narben des emotionalen Missbrauchs. Explizite Sexszenen und Sprache weben sich durch das Narrativ und Albträume quälen sowohl Charaktere als auch vielleicht Leser. Blut fließt so frei wie Tinte und der Tod tanzt leise durch jedes Kapitel. Tritt ein, wenn du mutig bist, denn hier an der Preston Academy kann Wissen tödlich sein.

KAPITEL 1

Dunkelheit. Vollkommene Dunkelheit. Und Feuer, so viel Feuer. Es fühlte sich wie das Fegefeuer höchstpersönlich an. Ich verbrannte zu Asche und meine Seele zerfiel in Millionen von Teilen. Selbst meine Muskeln und Sehnen, meine Netzhaut und mein Zahnfleisch rissen und formten sich neu.

Es fühlte sich an, als würden meine Knochen zu Staub zermalmt werden und stattdessen wuchsen neue, stärkere. Mein Körper starb und formte sich neu. Ich war ein Phönix, die Flammen meine Federn, mein Körper nicht mehr der meine.

Eine endlose Folter, die ich im Stillen ertragen musste. Ich konnte nicht wüten, konnte nicht schreien. Es gab nur mich und die Ewigkeit, die an meiner Haut nagte, mich brach und neu zusammenflickte.

Meine persönliche Hölle? Ja, das musste es sein.

Ich wollte mich ausruhen, wollte einschlafen und

nie wieder aufwachen, das Leben hinter mir lassen. Zu schmerzhaft war die Leere in meiner Brust, wo ein Herzschlag hätte sein sollen. Dieser wurde mir auch genommen, zusammen mit allem, was mich jemals ausgemacht hatte.

Ein letztes Lebewohl wollte meinen Lippen entspringen, doch ... Nein, ich konnte nicht gehen ... Etwas, sei es ein Urinstinkt oder das Schicksal selbst, hielt mich am Leben und drängte mich, die Augen zu öffnen.

Jemand wartete auf mich, brauchte mich. Ich wusste nur nicht, wer.

»Ich liebe dich so sehr, in diesem Leben, in all den Vergangenen und in all den Zukünftigen. Wir werden uns wiederfinden, *ich* werde dich wiederfinden«, schluchzte jemand an meinem Ohr. Ein Schauder lief über meinen toten Körper. Vielleicht bildete ich mir das auch nur ein.

Aber ich kannte diese Stimme von irgendwoher. Es war fast so, als würde meine Seele die Melodie überall wiedererkennen, aber mein Verstand konnte die Puzzleteile nicht zusammensetzen. Egal, wer diese gequälten Worte sprach, er musste wichtig sein. Für mein altes Ich. Mein totes Ich. Ein Name lag mir auf der Zunge ...

Ich stellte mir vor, an meiner Haut zu kratzen, um mich aufzuwecken, aber wo sie unter meinen Nägeln hätte nachgeben sollen, fand ich nur Härte. Da war nichts Weiches, nichts Sanftes. Nein, meine Haut war so unnachgiebig wie ein Diamant, geschliffen von meinen Qualen, meinen unsichtbaren Tränen.

Mit jeder Minute, die verstrich, rutschte ich tiefer in die Fänge der Verdammnis und versank immer weiter in der Finsternis meiner Gedanken. Es wäre so leicht, aufzugeben, mich fallen zu lassen ...

Vor meinem geistigen Auge tauchten verschwommene Bilder auf, Bilder wie aus einer anderen Zeit, von einem Paar, das ich nicht kannte. Sie tanzten auf einem Ball, die Frau in Schwarz und der Mann mit einem Zepter in der Hand. Eine Königin und ein König, zumindest sahen sie so aus. Ihre Auren strahlten Macht, Kraft und unendliche Liebe aus, ein Band, das selbst der Tod nicht brechen konnte. Ihre Verbindung war weit größer als das Universum selbst; stärker als jede vorstellbare Macht. Ich beneidete sie um ihr Lächeln, um ihre verstohlenen Blicke. Glück, in seiner reinsten Form.

Eine uralte und doch liebliche Stimme flüsterte mir zu, dass sie mein Schicksal waren. Aber warum? Bevor ich etwas erwidern konnte, war die Stimme in meinem Kopf verschwunden und hinterließ nur bittere, erdrückende Stille.

Ich trauerte ihr nach, weil ich nicht allein sein wollte. Ich war schon so oft allein gewesen ... und doch nicht. Ein Mann war immer an meiner Seite gewesen, begleitete mich durch längst vergessene Zeiten, durch die dunkelsten meiner Stunden, trauerte an meinem Sterbebett, sein Blick ein Schwur, dass wir uns wiedersehen würden. Ich wollte mich an die Bilder klammern, aber sie verblassten, wurden vom Wind fortgetragen, und ich bezweifelte, dass sie jemals existiert hatten.

Und da ... ein gleichmäßiges, schnelles Klopfen –

ein Herzschlag. Aber es war nicht meiner. Nein, ich hatte keinen Herzschlag mehr. Und doch gehörte das dumpfe Echo zu mir, mein tragisches Gegenstück. Ich suhlte mich in dem wunderschönen Klang.

Schritt für Schritt konnte ich meine Zehen wieder spüren, dann meine Fingerspitzen. Nein, das konnte doch nicht sein, oder? Selbst im Tod wurden mir Zweifel nicht erspart. Ein schlechter Witz.

Ich wagte nicht, zu atmen, weil ich befürchtete, dass alles nur eine Illusion des Teufels war, ein Spott, der mich in den Wahnsinn treiben sollte.

Ein Schluchzen begleitete die Geräusche der Ferne, ein Weinen, das mir durch Mark und Bein ging. Ich hätte beinahe mitgeschluchzt, so sehr schmerzten mich die Geräusche.

»Avery?« *Avery* ... Der Name kam mir bekannt vor. Kannte ich Avery? »Avery, verlass mich nicht, nicht noch mal ...« Der Mann schüttelte mich heftig, seine Stimme pures Flehen, ein Gebet an alle Götter. Wieso machte mir dieser Name so viel aus? Gedanken, die eigentlich nicht hätten da sein sollen, schossen mir durch den Kopf.

Avery ... ja, *ich* war Avery. Das musste einfach so sein. Und er war?

»Ich bin es, Alexander«, antwortete er, ohne dass ich die Frage laut gestellt hatte. »Öffne deine Augen. Atme.« Etwas in mir rührte sich. Ein Pulsieren ging durch meinen Körper. Und dann hob und senkte sich meine Brust, ohne dass ich etwas getan hatte. Und dann nochmal. Ich hatte keine Kontrolle mehr über sie. Kälte strömte in meine ... Lunge? Die Stimme des

Mannes hallte noch immer in meinen Gedanken nach.

Alexander, ja, *Alexander. Mein* Alexander. Ich kannte ihn. Gott, wie könnte ich ihn jemals *nicht* kennen? Er war immer da gewesen, wenn nicht persönlich, dann in meinem Herzen.

Ich spürte, wie er mich hochzog und meinen schlaffen, toten Körper an seine Brust drückte, mein Kopf auf seiner Schulter.

Der Wind änderte die Richtung und trieb mir seinen unverwechselbaren Duft in die Nase. Zum ersten Mal atmete ich freiwillig ein, unfähig zu widerstehen. Schlechte Idee.

Ein unbeschreiblicher Schmerz durchfuhr meinen Oberkiefer, meine Kehle ausgetrocknet wie die Wüste. Es war nichts von dieser Welt und meine Gedanken waren von Tod und Zerstörung bestimmt.

Ich konnte nur eines fühlen – *Hunger*. So großen Hunger. Alles verzehrender Hunger. Hunger, den ein einziger Mensch niemals fühlen könnte.

Er zuckte nicht einmal, als ich ausholte und meine Zähne in seine warme Haut versenkte. Es war wie ein Urinstinkt; mein Körper wusste bereits, was zu tun war, bevor mein Verstand die Situation erfassen konnte.

Ich spürte nur noch Alexanders Kehle und seinen Puls an meinen Lippen. Sein Blut, süß wie Nektar und so, so süchtig machend, floss meine Kehle hinunter. Es schmeckte befriedigender als alles, was ich je probiert hatte, versetzte mich in einen Rausch, den ich nie wieder missen wollte. Ich wusste, dass ich in der Hölle war, aber wieso fühlte es sich wie das Paradies an?

Sein Blut war alles, was ich brauchte, alles, was mir wichtig war, alles, wofür ich töten würde. Es war mein Anfang und mein Ende, meine Wiedergeburt und meine Verdammnis.

Fast hätte ich vor Glück gestöhnt, wäre ich nicht so angewidert von mir selbst gewesen.

Alexander ächzte, und ich grub meine Finger in seine Schulter, um ihn zu fixieren, während ich noch größere Schlucke nahm und mich völlig in der Ekstase dieses Moments verlor. Das Raubtier in mir wollte ihn töten, wollte ihn ausleeren, bis nichts mehr von ihm übrig war.

»Genug«, keuchte er und stieß mich mit aller Kraft von sich. Unsere Blicke trafen sich, die schwarzen Adern in scharfem Kontrast zu seiner vom Schock erbleichten Haut. Seine Augen waren schwarz, und dank meiner geschärften Sinne konnte ich mich darin erblicken, als ob ich in einen Spiegel schauen würde – ein Monster, das vom Blut seiner Beute durchtränkt war. Ich war in Rot gebadet, mein halbes Gesicht beschmiert. Ich würgte vor Ekel, zitterte. Mein Herz, das eigentlich nicht mehr schlagen durfte, pochte mir bis zum Hals.

Sein Blut war mir die Kehle entlanggelaufen und unter mein Kleid gesickert, zeugte von einem Massaker, das nie stattgefunden hatte. Wie hypnotisiert neigte ich mich seinem Gesicht entgegen und betrachtete mich selbst. Dämonische Adern umrahmten meine schwarzen Augen, das Abbild eines *Monsters*. Ein Monster, das er erschaffen hatte. Dann traf mich die Erkenntnis. Meine Erinnerungen kehrten zurück, festigten sich in meinem Gehirn, als ob sie nie weg gewesen wären.

Ich schrie, schrie so laut ich konnte. Entsetzen fraß sich tief in meine neuen, fremden Knochen. Das war *nicht* ich, nein, das konnte nicht sein.

»Hab keine Angst, ich bin hier, ich bin bei dir.« Er streckte eine Hand aus, aber ich wich zurück, bevor sie mein Gesicht berühren konnte. Der Drang, ihn zu töten, beherrschte immer noch jede Faser meines toten Körpers. Ein Körper, in dem meine unsterbliche Seele wohnte. Eine Seele, die sich vom Blut anderer ernähren musste, um zu überleben. Ich war ein ekelhaftes *Biest*.

Ich versuchte, mich zu erheben, und schrie fast auf, als ich mich mit übernatürlicher Geschwindigkeit bewegte und beinahe stolperte.

Alexander tat dasselbe, nur waren seine Bewegungen viel kontrollierter, viel geschmeidiger; wie eine Katze, die ihren Gegner beobachtet. Kaum war der erste Kick vorbei, brachen alle Geräusche über mich herein, und ich hielt mir die Ohren zu, konnte aber die Laute der Nacht nicht ausblenden.

Sie kratzten an meinem Gehirn und machten mich fast wahnsinnig. Der laute Bass im Hintergrund, den ich eigentlich nicht hören durfte, verstärkte meine Qualen.

»Ich weiß. Ich werde dich an einen ruhigeren Ort bringen. Glaub mir, Avery, ich bin nicht dein Feind«, flüsterte er, aber ich schüttelte den Kopf. Er *war* mein Feind.

»Fass mich nicht an, du bist ein Monster«, zischte ich, angewidert sogar von meiner eigenen Stimme, die so ganz anders klang, als ich sie in Erinnerung hatte. Viel melodischer. Künstlich. Da war nichts mehr von mir übrig.

In der Ferne waren leise Schritte zu hören, aber ich konnte mich nicht auf sie konzentrieren, sondern sah nur Alexander und mein Spiegelbild in seinen Augen. In seinem Blick lag abgrundtiefes Bedauern und doch ein Funken ... *Hoffnung*? War er *glücklich*, mich so zu sehen, durchtränkt mit seinem Blut, die Augen schwarz wie die Nacht? Ich machte einen wackeligen Schritt zurück, und dann noch einen.

Bevor ich losrennen konnte, nahm ich einen verführerischen, weiblichen Duft hinter mir wahr und drehte mich um, nur um in das schockierte Gesicht meiner Freundin zu blicken.

»Scheiße, das kann doch nicht wahr sein, Alexander.«

KAPITEL 2

Die Welt war zu viel. Jedes Geräusch, jeder Geruch, jede Empfindung wurde um das Tausendfache verstärkt. Es war überwältigend, verwirrend und erschreckend. Mir wurde schlecht und ich befürchtete, ich müsste mich bald übergeben. Mein neuer Körper, die schöne Hülle eines Monsters, passte mir nicht. Er war einfach zu viel, zu stark, zu *übernatürlich*. Ich wollte meine Augen öffnen, aber das Kerzenlicht blendete mich, verursachte mir höllische Kopfschmerzen. Ich stöhnte und versuchte, mich aufzusetzen, aber meine Muskeln waren schwach. Es fühlte sich so an, als hätte ich gestern die halbe Welt auf meinen Schultern gestemmt. Alles drehte sich. Ich konnte mich an die letzte Nacht nicht mehr klar erinnern, nur an Bruchstücke. Doch diese reichten aus, um mir einen Schauer über den Rücken zu jagen. Schließlich schaffte ich es, meine neuen Augen einen Spaltbreit zu öffnen, um meine Umgebung zu taxieren.

Ich befand mich in einem fremden Zimmer, lag in einem fremden Bett, das viel zu groß war, viel zu luxuriös im Vergleich zu meinen vorherigen Unterkünften. Das war mit Sicherheit nicht der Flügel für die Mädchenunterkünfte.

Die Wände waren in einem dunklen Blauton gestrichen, von dem mir übel wurde. Die Laken unter mir waren weiß und sollten eigentlich flauschig sein, aber die Textur des Stoffes scheuerte an meiner empfindlichen Haut, als ob ich in Schmirgelpapier eingerollt war.

Der Raum war schwach beleuchtet und trotzdem zu hell. Selbst wenn es stockdunkel gewesen wäre, würden meine Iriden nicht die Erlösung finden, die sie so dringend benötigten. Würde meine Welt ab jetzt nur noch aus dem Schmerz der Sinneswahrnehmungen bestehen? Ich hoffte nicht. Um ehrlich zu sein, wusste ich gar nicht mehr, was Hoffnung war, wusste nicht mal, wieso ich noch hier war.

Ich konnte jedes Knarren der alten Dielen, jedes Rascheln der Blätter draußen und jedes Flackern der Kerzen hören. Es war, als wäre die Welt auf maximale Lautstärke gestellt worden, und ich konnte ihr nicht entkommen. Ich schluckte, mein Hals staubtrocken. Meine Kehle schmerzte, verlangte nach etwas, das ich ihr niemals im Leben bieten würde. Ich schüttelte kaum merklich den Kopf, vielleicht nicht mal sichtbar für das menschliche Auge. Panik machte sich in mir breit, als ich versuchte, mich zu erinnern, wie ich hierhergekommen war. Wer hatte mich in diesen Raum, in dieses Bett gesteckt? Wo war ich zuvor gewesen?

Ich schloss die Augen und Bilder tanzten vor meinem inneren Auge. Szenen wie aus einem Horrorfilm verdeutlichten sich, bis ich mein eigenes und doch so fremdes Gesicht erkannte.

Dann traf es mich: Vampir ... *Monster*. Die Geschehnisse kamen mir wieder in den Sinn, aber alles war so durcheinander, als würde man versuchen, sich an einen Traum zu erinnern, nachdem man aufgewacht war. Ich rannte durch den Wald, rannte vor irgendetwas weg. Flavian. Ich war vor *Flavian* weggerannt. Doch er hatte mich geschnappt, hatte mir ... das Genick gebrochen.

Wut kochte in mir hoch. Eine Wut, die ich so nie in meinem Leben gespürt hatte. Mordlust. Ich wollte töten, wollte alles zerstören, was mir in die Quere kam. Wollte ihn leiden lassen, mich in seinem Schmerz und seiner Verzweiflung suhlen. Meine Gefühle waren so intensiv, so überwältigend, dass ich nicht wusste, wie ich sie verarbeiten sollte. Ich musste raus aus diesem Zimmer, raus aus dieser Akademie, und Antworten finden.

Ich richtete mich langsam auf und achtete darauf, keine plötzlichen Bewegungen zu machen, bei denen ich das Gleichgewicht verlieren könnte. Ein stechender Schmerz breitete sich auf meiner Haut aus, als das Laken von mir rutschte. Mein Körper fühlte sich fremd an, als würde ich eher eine Marionette steuern als eine physische Form.

Ich blickte an mir herunter und meine Augen weiteten sich, als frische, furchteinflößende Bilder von dieser Nacht hochkamen. Mein einst blutverschmiertes

Kleid war durch eine einfache Jogginghose und ein verblichenes T-Shirt ersetzt worden. Ich konnte mich nicht erinnern, wer mich umgezogen hatte, aber das war auch nicht wichtig. Alles, was zählte, war, dass ich von diesem gottverlassenen Ort wegmusste, dass ich alles hier hinter mir lassen musste.

Als ich versuchte, mich weiter hochzudrücken, flog die Zimmertür auf und Leilah kam wie ein Wirbelwind hereingestürmt. Ihre haselnussbraunen Augen, die jetzt dutzende Schattierungen aufwiesen, einige heller, andere dunkler, blitzten vor Sorge, und ihre scharfen, angespannten Züge spiegelten ihre Nervosität wider. Meine Zimmergenossin sah so anders aus und trotzdem hatte sich an ihr nichts verändert. Ich nahm einfach nur mehr Details auf, die mir vorher verborgen geblieben waren.

Ihr Witz und ihr Charme waren immer ein Trost für mich gewesen, aber jetzt war ihre Anwesenheit überwältigend. Auf eine negative Art.

Wegen des Lärms musste ich mich fast übergeben. Ich hielt mir die Ohren zu, versuchte, die Geräusche auszublenden. Aber es half nichts. Jedes Wort, jeder Atemzug, jede Bewegung waren wie ein physischer Angriff auf meine Sinne. Ich spürte, wie mein Herz raste, mein Atem kam in kurzen Atemzügen und kalter Schweiß brach auf meiner Haut aus.

Leilah eilte zu mir herüber, ihre Augen vor Sorge geweitet. »Avery, es ist alles in Ordnung. Du bist jetzt in Sicherheit. Ich bin hier.«

Aber ich konnte ihre Worte nicht verarbeiten. Mein Verstand war zu chaotisch, zu verwirrt, zu verängstigt.

Wie ein in die Enge getriebenes Tier drückte ich Leilah weg; sie stolperte zurück, weg vom Bett, und kam hart gegen die nächstgelegene Wand. Vor Schock blieb mir der Mund offen stehen.

Hatte ich das getan? Hatte ich sie mit nur einer Handbewegung so weit weggestoßen? Ich schaute auf meine zitternden Hände und ekelte mich vor mir selbst, dass ich sie vielleicht verletzt hatte.

»Fass mich nicht an«, zischte ich mit heiserer, rauer Stimme. »Komm mir nicht zu nahe.« Wenn ich sie mit so einer unschuldigen Geste verletzt hatte, wie würde es sein, wenn ich wirklich die Kontrolle verlieren würde?

Leilahs Gesichtsausdruck war schmerzerfüllt, und ich konnte den Kummer in ihren Augen erkennen. Aber daran durfte ich jetzt nicht denken. Alles, worauf ich mich konzentrieren musste, war, nicht von der erdrückenden Intensität meiner neuen Sinne verrückt zu werden.

Mit abgewandtem Blick stieg ich aus dem Bett, hatte keine Zeit, mich an meine neue Gehweise zu gewöhnen, und stolperte zur Tür. In meinem Kopf drehte sich alles, mein Körper war schwach und doch schneller als je zuvor. Jeder Schritt hallte in meinem Gehirn nach wie ein Erdbeben, und der dunkelrote Perserteppich fühlte sich an wie aus einer Million Nadeln gefertigt, die in meine nackten Füße stachen.

Ich musste raus aus diesem Zimmer, weg von Leilah, weg von allem, das ich mit nur einer Handbewegung zerstören konnte. Doch als ich nach dem Türknauf griff, spürte ich eine plötzliche Welle des

Schwindels, und meine Knie gaben unter mir nach. Es war fast so, als ob sich Magie über mich ergoss, mich umhüllte und mich krank machte.

Ich stürzte zu Boden, meine Gedanken rasten. Alles war zu viel, zu intensiv, zu furchterregend. Ich konnte es nicht fassen, konnte es nicht ertragen, konnte mich nur noch zu einem Ball zusammenrollen und beten, dass es aufhörte.

»Ich sagte doch, es ist zu früh«, ertönte eine männliche Stimme in der Ferne. Ich kannte sie von irgendwoher.

»Verpiss dich, Noah«, hörte ich Leilah antworten. Dann wurde alles dunkel und die Krallen der Unterwelt hatten sich bereits wieder in mein Fleisch gebohrt.

KAPITEL 3

Ich fand mich in einem seltsamen Traum wieder, der sich nur allzu real anfühlte.

Vielleicht schlief ich auch nicht und das hier war meine Realität. Aber das bezweifelte ich. Ich lief durch ein Feld voller Wildblumen, der beruhigende Duft von Lavendel und Kamille erfüllte meine Sinne, ließ mein pochendes Herz sich etwas beruhigen. Die untergehende Sonne tauchte alles in ein warmes, orangefarbenes Licht und eine leichte Brise trug das Zwitschern der Vögel und das Rascheln der Blätter heran. Eine Idylle, die ich so nicht kannte. Mein Kleid stammte nicht aus dieser Zeit, sah altertümlich und doch elegant aus. Sogar mein geflochtenes Haar, das mir zum Teil über den Rücken fiel, fühlte sich fremd an. Vielleicht war das auch nicht mein Körper. Vielleicht durchlebte ich den Traum von jemand anderem. Aber mein Bauchgefühl verriet mir, dass das eine Lüge war.

Ich kicherte, als ich Schritte hinter mir hörte, die sich mir schneller näherten. In einer fließenden Bewegung drehte ich mich um und sah einen jungen Mann mit strahlend blauen Augen und einer überirdischen Schönheit auf mich zulaufen. Ich erkannte ihn zuerst nicht, aber er kam mir irgendwie bekannt vor. Als ob wir uns schon mal flüchtig begegnet wären. Er holte mich ein und zog mich mit sich in das weiche Gras unter uns. Seine Lippen trafen auf meine in einem sanften Kuss, der mir einen Schauer über den Rücken jagte. Es war so richtig, hier mit ihm zu sein. Das Natürlichste der Welt.

»Ich liebe dich«, flüsterte er, und mein Herz flatterte wie die Flügel eines Kolibris. Es war ein Gefühl, das ich noch nie zuvor erlebt hatte, und doch war es mir nicht fremd. Der Duft des Mannes neben mir umhüllte mich wie das exquisiteste Parfüm der Welt, war wie für mich gemacht und ich presste mich näher an ihn, wollte in dem Gefühl seines Körpers baden, bis die Welt um uns herum keine Bedeutung mehr hatte.

Aber dann, als ob ein Schalter umgelegt worden wäre, kam die Erkenntnis. Ich spürte Wut und Groll in mir aufsteigen. Das war *Alexander*, der Mann, der dafür verantwortlich war, dass ich mich in ein blutrünstiges Monster verwandelt hatte. Der Mann, der mich meines menschlichen Lebens beraubt und mich in diese neue Existenz gezwungen hatte. Der Mann, der meine Zukunft zunichtegemacht hatte, der alles zerstört hatte, was mir lieb und teuer war.

Ich stieß ihn weg, meine Augen lodernd vor Hass.

»Wie kannst du es wagen?«, spuckte ich ihm entgegen. »Du hast mir alles genommen.«

Er sah mich mit verwirrten, schmerzerfüllten Augen an, hatte offensichtlich nicht mit dieser Reaktion gerechnet. »Wovon sprichst du?«, fragte Alexander, gekleidet in etwas, das wie eine feine, mitternachtsblaue Tunika und dunkle Hosen aussah.

Ich schoss ihm einen giftigen Blick zu und spürte, wie mich das Gewicht meiner Wut erdrückte. Mich zu etwas machte, das ich nicht war. »Du hast mich in das hier verwandelt«, zischte ich und deutete auf meine Vampirgestalt, und plötzlich trug ich genau dasselbe Outfit wie in der Nacht, in der ich gestorben war. Selbst meine nackten Beine waren wie damals mit Schnitten und Matsch bedeckt. »Meine Menschlichkeit, meine Zukunft. Und jetzt tust du so, als wäre nichts geschehen?« Alexander sah mich mit großen Augen an, als ob er nicht wusste, wovon ich sprach. Als ob ich komplett verrückt geworden war. Er streckte seine Hand aus, um mich zu beruhigen, doch ich schlug sie weg und bereute meine Grobheit im selben Moment. *Es tut mir leid*, wollte ich kleinlaut flüstern, doch dann war er weg. Alles war in Tinte getaucht.

Ich wachte schweißgebadet auf, rieb mir meine wunden Augen und versuchte, den Traum abzuschütteln. Er war bittersüß, eine Erinnerung daran, was ich verloren hatte, was ich geworden war. Obwohl ... hatte ich wirklich was *verloren*? Eine Sache, einen Menschen, den ich nie wirklich besessen hatte? Ich schüttelte den Kopf, um meine paradoxen Gedanken zu verbannen.

Aber als ich mich aufsetzte und versuchte, wieder zu Atem zu kommen, wurde mir klar, dass die erste, so vertraute und doch so seltsame Version von Alexander nie existiert hatte. Sie war nur ein Hirngespinst meiner Fantasie, eine Manifestation meiner widersprüchlichen Gefühle. Der Mann aus meinem Traum hatte Wärme, hatte Liebe ausgestrahlt. Als ob ich sein einzig wahres Zuhause war. Der Alexander, den ich kannte, hatte keine Ähnlichkeit mit ihm.

Ich seufzte und spürte, wie sich tief in mir Trauer breitmachte. Wieso dieses Gefühl hochgekommen war, wusste ich nicht. Vielleicht wollte ich es auch gar nicht wissen. *Wie geht es weiter, Avery?*, fragte ich mich und versuchte, die Verzweiflung in meinem Herzen zu unterdrücken. Ich war hier gefangen, umgeben von Vampiren, von Jägern, die mich jederzeit töten konnten. Wie sie es schon einst gemacht hatten. Und ich fühlte mich so verdammt allein. Todesangst und Einsamkeit, eine merkwürdige Mischung. Dennoch eine Mischung, die mich anspornte, abzuhauen. Ich wusste nur nicht, wie. Das Einzige, was mir einfiel, war, mitzuspielen – nach ihrer Pfeife zu tanzen. Vielleicht konnte ich, wenn die Zeit reif war, fliehen und diesen verfluchten Ort hinter mir lassen. Jetzt waren noch zu viele Augen auf mich gerichtet. Ich war ein Rätsel. Aber sobald ich die Möglichkeit hatte, würde ich diese ganze Scheiße vergessen. Und das weit weg von der Preston Academy.

Ich sah mich im Raum um und versuchte, mich in der Gegenwart zurechtzufinden. Leilah war nirgends zu sehen, aber ich konnte ihre Stimme in der Ferne hören, wie sie mit jemandem sprach.

»Leilah«, flüsterte ich und wusste, dass sie mich gehört hatte, denn ihr Gespräch verstummte abrupt. Faszinierend und so, so gruselig.

Ich blinzelte einmal, zweimal, und dann öffnete sich die massive Holztür viel leiser als letztes Mal und zeigte mir Leilah in anderer, viel dunklerer Kleidung, dessen Farbe sich nicht umgehend in meine Augen ätzte. *Habe ich so lange geschlafen?*

Der Traum war noch frisch in meinem Gedächtnis, die Erinnerung an einen jungen Mann mit stechend blauen Augen, der mich über eine Wiese jagte, seine Lippen auf meinen, als er diese drei Worte flüsterte. Es war seltsam, aber es hatte sich real angefühlt, fast *zu* real.

Während ich versuchte, meine Gefühle zu ordnen, wurden meine Sinne plötzlich von einem neuen Geruch überwältigt, den ich nicht recht zuordnen konnte. Vielleicht klebte Calebs Parfüm an ihr.

Leilah kam auf das Bett zu, ihre Bewegungen kontrolliert und elegant wie immer. Aber etwas war anders, ihr Duft war intensiver, eine Mischung aus Moschus und etwas Verführerischem, das mich schwindelig werden ließ.

»Du bist gekommen«, murmelte ich, da ich wusste, dass mein Gehör noch zu empfindlich war. Sie setzte sich auf die Bettkante und achtete darauf, mich nicht wieder zu berühren. Schuldgefühle durchzuckten mich bei dem Gedanken, wie ich sie behandelt hatte. Ich war nicht bei Sinnen gewesen, aber das war kein Grund, sie einfach so von mir ... wegzustoßen. Auch noch auf die unsanfteste Art.

»Natürlich, Avery. Du kannst mir vertrauen. Ich bin nicht dein Feind«, sagte Leilah leise, ihre Stimme beruhigend. Sie erklärte mir, was mit mir geschehen war, dass Flavian, Penelopes jüngerer Bruder, mir das Genick gebrochen hatte und ich Alexanders Vampirgift in meinem Körper gehabt hatte, als das geschah. Es war ein Unfall, etwas, das er nicht beabsichtigt hatte. An das meiste konnte ich mich erinnern. Die grausamen Details wären mir lieber erspart geblieben.

Bei dem Gedanken, *wie* das Gift in meinen Körper gelangt war, wandte ich mein Gesicht ab.

Ich spürte eine Welle von Gefühlen, Angst, Verwirrung und Wut auf einmal, und ich wusste nicht, was ich von dem Mann halten sollte, der mich durch den Dreck gezogen hatte. Leilah nahm meine Hand, ihre Berührung warm und tröstlich, und ich wich dieses Mal nicht zurück, obwohl die Stelle, an der sich unsere Haut traf, schrecklich schmerzte. »Du bist nicht allein, Avery. Wir werden dir helfen, das durchzustehen. Du bist jetzt eine von uns und wir werden dir alles beibringen, was du wissen musst. Es ist eine Tragödie, dass es dazu gekommen ist, aber ... lass uns das Beste daraus machen, okay?«

Ich sah ihr in die Augen, und zum ersten Mal seit dem Aufwachen fühlte ich mich sicher. Zumindest ein wenig. Leilahs ruhiges und kontrolliertes Auftreten gab mir einen Funken Hoffnung, den ich so dringend brauchte, an den ich mich so dringend klammern musste. Oder war dieses Gerede nur ein weiterer Trick, um mich einzulullen? Etwas Mentales anstelle des brutalen Kampfes, den Alexander und Flavian mithilfe der Elemente geführt hatten?

Die Erinnerungen waren verschwommen, aber sie waren da. Die zwei hatten mit Wind und Feuer gekämpft, hatten die Natur ihrem Willen unterworfen. Ein wahres Spektakel, wären die Umstände nicht so grauenhaft gewesen.

Ich schüttelte den Kopf, um die Gedanken zu vertreiben – später.

»Was geschieht jetzt?« Selbst meine eigene Stimme klang seltsam, falsch.

Leilah stieß einen Seufzer aus, und ihre Miene wurde ernst. »Gerüchte machen bereits die Runde, und bald wird die Direktorin davon erfahren«, erklärte sie. »Wir müssen einen Plan schmieden.«

Ich nickte zustimmend und wusste, dass Leilah recht hatte. Ich war anders, jeder würde es sofort merken. Die Konsequenzen meines Todes wollte ich mir gar nicht erst ausmalen.

»Was soll ich sagen?«, fragte ich verzweifelt. »Ich bin so aufgewacht, aber ich weiß nicht mehr, wer mich verwandelt hat?« Ein verächtliches Schnauben kam über meine Lippen. Ich wusste *genau*, wer mir das angetan hatte.

Leilah warf mir einen wissenden Blick zu und ich konnte die Andeutung eines Lächelns auf ihren Lippen sehen. »Kluges Mädchen«, sagte sie, und ihr altes Ich schimmerte durch. »Aber wir müssen dafür sorgen, dass niemand von Alexanders Beteiligung erfährt.« Ein Stich fuhr mir durch die Brust bei der

Erwähnung seines Namens. *Dummes* Mädchen trifft es eher.

»Warum sollte ich ihn schützen?«, fragte ich mit leiser, bitterer Stimme. »Er hat eine große Rolle bei dieser ganzen Scheiße gespielt.« *Und er hat all die widerlichen Dinge über mich gesagt*, fügte ich in Gedanken hinzu. Um diesen Part laut auszusprechen, war ich zu beschämt.

Leilahs Gesichtsausdruck wurde weicher und sie strich mit ihren Fingern über meinen Handrücken. »Denk darüber nach, Avery«, sagte sie sanft. »Alexander hat das alles nicht gewollt, und er macht sich seitdem Vorwürfe. Wenn die Direktorin herausfindet, dass er darin verwickelt ist, seid ihr beide dem Untergang geweiht. Sie werden von eurer ... Beziehung erfahren und ihr werdet geköpft oder noch Schlimmeres, weil ihr den Namen der Familie in den Dreck gezogen habt.« Wenigstens hatte sie mir keine Rede darüber gehalten, wie dumm wir mit unserer kleinen Affäre gewesen waren.

Ich stieß einen tiefen Seufzer aus. Leilah hatte natürlich recht, und ich konnte weder seine noch meine Bestrafung riskieren. Aber der Gedanke, ihn nach allem, was zwischen uns passiert war, zu beschützen, stieß Ekel in mir hervor.

Leilah schenkte mir ein beruhigendes Lächeln und tätschelte meine Hand, ihre Berührung so zart wie eine Feder. »Ich habe einen Plan. Du kannst mir später die Füße küssen«, flüsterte sie in ihrem alten Tonfall, den ich so sehr schätzte. »Aber jetzt konzentriere dich erst einmal darauf, dich an deinen neuen Körper zu gewöhnen. Ich werde dir bei jedem Schritt dabei helfen.«

Ich nickte und verspürte ein kleines Gefühl der Erleichterung. Wenigstens hatte ich Leilah an meiner Seite, und mit ihrer Hilfe würde ich es vielleicht schaffen, die nächsten Tage zu überstehen. Zumindest körperlich. Seelisch war nichts mehr da, das gebrochen werden konnte.

»Okay, na schön, ich vertraue dir.« Sie strahlte bei meinen Worten und lächelte so herzlich, dass es mein inzwischen unsterbliches Herz zum Schmelzen brachte.

»Gut, denn Alexander muss uns bei der Direktorin verpetzen.«

»Mach keine schmutzigen Sachen mit meinem Körper, solange ich weg bin.«

KAPITEL 4

Alexander

Der Plan dieser kleinen Arschlöcher war vollkommen verrückt.

Ich ballte meine Hände zu Fäusten bei dem Gedanken, was alles schiefgehen könnte, was alles auf dem Spiel stand. Für alle von uns. Aber vor allem für Avery. Ich war überstimmt worden und musste folglich meinen Teil zur Schadensbegrenzung beitragen, aber das hieß nicht, dass ich mit ihrer Mission einverstanden war. Wenn es nach mir ginge, hätte ich Avery schon längst von hier weggebracht, weit weg von diesen Mauern, die nach Tod und Enttäuschung stanken. Weit weg von meinen Eltern, von meinem Familiennamen. Nicht, dass sie mir vertraute, aber mir wäre es lieber, sie zu entführen, als dass sie hier der Gnade meiner Familie ausgesetzt wäre. Denn sie besaßen keine. Schon gar nicht für Avery.

Niemand wusste, dass sie mein Mädchen schon einmal in die Fänge bekommen hatten, und unsere Liebesgeschichte hatte damit geendet, dass ich ihren leblosen Körper an meine Brust presste, bevor mich die unsichtbaren Ketten meiner Eltern für immer an sie gebunden hatten. *Eine Strafe für meinen Ungehorsam* hatten sie es genannt. Ich nannte es die Hölle auf Erden, was mich zum Handlanger des Teufels machte. Ein kalter Schauer lief mir über den Rücken bei all den Erinnerungen an die Gräueltaten, die ich in ihrem Namen verüben musste. Eine gute Sache war jedoch daraus entstanden – das Blut an meinen Händen machte mich unantastbar. Gefürchtet. Und ich genoss die Macht. Denn sie war das Einzige, was mir geblieben war. Bis jetzt. Denn jetzt hatte ich mehr zu verlieren, als mir lieb war.

Meine Gedanken schweiften zu der Nacht, in der ich Avery für immer verdammt hatte, in der ich sie ihrer Zukunft beraubt hatte. In der ich sie zum Monster gemacht hatte. Meine abscheulichen Worte hallten noch immer in meinen Ohren nach, und ich war mir sicher, dass sie mich für immer verabscheuen würde. Gut so. Ich hatte ihren Zorn verdient, hatte es verdient, dass sie mich verachtete. Ich war egoistisch gewesen, als ich unsere Liebe wieder aufleben ließ, wohl wissend, dass es sie schon einmal ins Grab befördert hatte. Letztendlich hatte ich ihr auch in diesem Leben beim Sterben zusehen müssen.

Da war nur diese Stimme, die mir zugeflüstert hatte, dass es dieses Mal anders sein würde, dass es dieses Mal von Dauer sein würde. Und ich war naiv genug gewesen, diese Lüge zu glauben, meine Gefühle über ihre Sicherheit zu stellen. *Monster*, so hatte sie mich genannt. Und sie hatte Recht gehabt. Avery war tot, ihre Hülle, ihre Seele, oder zumindest was noch davon da war, dazu verflucht, in die Hölle zu kommen. So wie unser aller. Zumindest glaubte ich fest daran, dass unsere Spezies nicht im Paradies landen würde, wenn es denn so etwas überhaupt gab.

Ich ging den schwach beleuchteten Flur entlang und überlegte in Gedanken, wie ich mit der Situation umgehen sollte, ohne Verdacht zu erregen.

Mit meiner Tante war nicht zu spaßen, und ich wusste, wenn ich ihr die Wahrheit über Averys Verwandlung erzählen würde, würde das nur zu einem Desaster führen. Meine Eltern wären schneller hier, als der Wind sie tragen könnte und wenn sie besonders mies gelaunt wären, würden sie mir befehlen, meine Geliebte selbst zu töten. Eine Lehre. Oder sie würden es selbst in die Hand nehmen. Quälend langsam. So wie beim letzten Mal.

Ich konnte praktisch spüren, wie sich die schwarzen Adern um meine Augen formten, wie sie sich von meiner Wut, meiner Verzweiflung nährten. Nur mit Mühe konnte ich sie verschwinden lassen. Später würde ich genug Zeit haben, auszurasten. Jetzt war es Zeit, meine Rolle wieder aufzunehmen. Ich stieß die Tür zum Büro der Direktorin auf und fand sie an ihrem Schreibtisch sitzend und mit missbilligender Miene vor. Sie hatte gerade die letzte Unterschrift gesetzt und musterte mich, hatte mich mit Sicherheit schon von weiter Ferne gehört. Der Vampirismus hatte sie lange jung gehalten, aber man merkte ihr an, dass sie im Geiste älter wurde, verbittert und erschöpft war. Meine Tante verengte die dunklen Augen, als sie mein Aussehen wahrnahm. Nicht mein bester Tag.

»Was führt dich hierher, Alexander?«, fragte sie in einem knappen, ungeduldigen Ton.

Ich holte tief Luft und wappnete mich für die Lüge, die ich gleich erzählen musste. Wenigstens hatte die Sache *etwas* Gutes — an ihren Willen war ich nicht gebunden. Sie konnte mich nicht kontrollieren. »Ich habe einige Neuigkeiten über Ms. James. Negativer Art«, sagte ich und versuchte, meine Stimme gleichgültig zu halten. Trotz der lodernden Wut in meiner Brust gelang es mir erstaunlich gut. Nach so vielen Jahren lernte man einige Tricks, um die Maske aufrechtzuerhalten, nicht bröckeln zu lassen. Manchmal wusste ich nicht, wie ich ohne sie überhaupt aussah.

Ihr misstrauischer Blick verfolgte jede meiner Bewegungen, während sie sich in ihrem Lederstuhl vorlehnte. »Was ist mit ihr?« Ich holte tief Luft, blendete ihren Todesschrei aus, der mich Nacht für Nacht verfolgte.

»Sie wurde verwandelt«, stieß ich schließlich hervor und sah, wie sich Wut in die kontrollierten Züge meiner Tante schlich. »Wir wissen nicht, wer es getan hat, aber Aziz, Grey und Vernon haben sie nach der Halloween-Party im Wald gefunden, blutüberströmt und gerade noch am Leben.« Es kostete mich all meine Kraft, die grausamen Bilder vor meinem geistigen Auge zu verbannen.

Jetzt war der Ball in ihrer Hälfte des Spielfelds und ich war mehr als gespannt auf ihre Reaktion. Ich kannte sie sonst nur als kaltes, berechnendes Monster. Als ob sie sich jetzt anders verhalten würde.

Die Direktorin schüttelte angewidert den Kopf und ihr bleiches Gesicht lief rot an. »Das ist inakzeptabel. Wie konnte so etwas unter unserer Aufsicht passieren?«, zischte sie. Ich räusperte mich, mein Gesicht ausdruckslos.

»Ich weiß es nicht, aber ich werde alles Erdenkliche unternehmen, um der Sache auf den Grund zu gehen«, antwortete ich, meine Worte triefend vor falscher Sorge.

Meine Tante starrte mich an, ihre Lippen zu einer dünnen Linie gepresst. »Du findest besser heraus, wer das getan hat, Alexander, oder es wird Konsequenzen geben. Für uns alle. Ich muss dich nicht daran erinnern, wozu deine Eltern fähig sind«, warnte sie. Nein, ganz bestimmt *nicht*. Ich kannte meine sadistischen Eltern viel zu gut und sie hatte nicht mal einen Bruchteil ihres Temperaments gesehen.

Zähneknirschend nickte ich und tat so, als wurde ich gehorchen. Mein Ruf, meine Stellung an der Akademie und Averys Leben waren zu wichtig, um sie aufs Spiel zu setzen. In unserer Welt kam die größte Macht von den größten Lügen. Und ich war ein Meister darin. Ich wandte meiner Tante den Rücken zu, wollte so schnell wie möglich hier weg. Das Gespräch war doch nicht so blutig verlaufen, wie ich zuerst gedacht hatte.

»Und Alexander?«, rief meine Tante, als ich den

Türknauf berührte. Ich rollte mit den Augen, atmete aber langsam aus und drehte mich nochmal um. Mein fragender Blick traf auf ihren misstrauischen Ausdruck. »Ich möchte das Mädchen sehen. Danach werde ich die entsprechenden Maßnahmen ergreifen. Ihre Freunde sollen sie *vorzeigbar* machen. Wenn sie die Kontrolle verliert, müssen wir sie loswerden. *Noch* ein unkontrollierbarer Vampir hier an der Akademie und wir könnten schwach wirken. Das kannst du sicher verstehen.« Eine Herausforderung, ihr zu widersprechen. Natürlich war Schwäche ihre größte Sorge. Schon immer so gewesen.

Mein Kiefer mahlte beim Gedanken, welches unkontrollierbare, sadistische Arschloch sie meinte.

»Ich werde es ausrichten.« Ohne ein weiteres Wort nickte sie schließlich und winkte ab. Ich konnte praktisch spüren, wie ein Teil der Last von meinen Schultern fiel. Doch dieses Gefühl der Erleichterung hielt nicht lange an.

Das alles war *zu* einfach gewesen, und ich fürchtete, dass meine Tante ihr eigenes Spiel spielte.

Ich führte Aziz in ein leeres Klassenzimmer, weit weg aus Averys übernatürlicher Hörweite. Gerade jetzt, nach der Verwandlung und nach dem ganzen magiegeladenen Blut, das sie von mir getrunken hatte, waren ihre Sinne hypersensibilisiert. Bei Weitem mehr als unsere. Und bis sich das einpendelte und sie sich daran gewöhnte, würde sie verdammt große Schmerzen haben. Je weniger ich dazu beitragen würde, umso besser.

Ihre Zimmergenossin lehnte ihre Hüfte gegen das Lehrerpult und sah mich mit verschränkten Armen und besorgter Miene an, ihre Schultern angespannt.

»Was hat deine Tante gesagt? Machs nicht so spannend«, drängte sie ungeduldig. Ich sah die Verzweiflung in ihren Augen, konnte spüren, wie sehr sie Avery helfen wollte, und das handelte ihr mehr Pluspunkte ein, als ich sonst jemals vergab.

»Sie will mit ihr reden«, sagte ich in festem Ton. Es würde nichts nützen, wenn sie mich zusammenbrechen sah. Einer musste sich immer opfern und den Stärkeren spielen. Eine Gruppe konnte nur so überleben.

Leilahs Augen weiteten sich. Sie wusste ganz genau, dass diese Forderung mehr als abgefuckt war. »Oh nein, sie wird sich nicht beherrschen können. Als Caleb sich verwandelt hat, war er über einen Monat lang nicht er selbst.« Das wusste ich natürlich. Nachdem ihre Familie sie verstoßen hatte, hatte ich ein Auge auf sie gehabt und aus der Ferne auf sie aufgepasst. Nicht, dass ich ihr das jemals erzählen würde.

Erschöpft rieb ich mir die Schläfen und spürte, wie sich Kopfschmerzen anbahnten. Nicht mal all das Whiskey dieser Welt könnte mich jetzt betäuben. »Ich weiß. Deshalb mache ich mir ja Sorgen.« Leilah dachte einen Moment lang nach, wog im Geiste Möglichkeiten ab und schmiedete geheime Pläne, an denen niemand teilhaben durfte.

Plötzlich nahmen ihre Augen das verschmitzte

Funkeln an, das ich schon seit Tagen nicht mehr bei ihr gesehen hatte.

»Nun, sie hat uns. Wir werden dafür sorgen, dass sie nicht Amok läuft.« Das wars? Ihr genialer Plan?

Ich verdrehte die Augen über ihren Versuch, witzig zu sein. »Das ist kein Scherz, Leilah. Averys Leben steht auf dem Spiel. Du weißt nicht wie—« Sie winkte ab, ignorierte meine Worte und tippte etwas in ihr Tablet. Ihre Bewegungen waren so schnell, dass nicht mal ich die Nachricht erfassen konnte. Augenblicke der Stille vergingen, in denen ich wartete, etwas von ihrem Scharfsinn miterleben zu können, doch es kam nichts.

Ich hörte Vernon, als er im Flur um die Ecke bog. Das hatte mir gerade noch gefehlt ... Meine Geduld hing an einem seidenen Faden und dieser Junge ließ jedes Mal aufs Neue mein Blut kochen. Irrational, ich weiß. Aber trotzdem.

Die Tür zum Klassenraum öffnete sich und er kam mit selbstbewusster Körperhaltung herein, ein selbstgefälliges Lächeln auf den Lippen. Vermutlich sollte es beruhigend auf uns wirken, aber bei mir hatte es genau den gegenteiligen Effekt. »Avery wird es schaffen. Sie ist zäh.«

Ich schnaubte. »Du kennst sie nicht, hast keine Ahnung, was sie durchmacht. Welche Schmerzen sie wegen mir ertragen muss.« Noah wurde nicht verwandelt, sondern als Vampir geboren. Er konnte sich nicht in Averys Lage versetzen, konnte nicht einmal ansatzweise verstehen, was sie durchlebte. Ein neuer Körper, neue Instinkte, neue Reflexe. Es war fürchterlich.

Zumindest hatte ich das in meinen vielen Jahren beobachtet.

»Ich kenne sie gut genug«, entgegnete er und machte einen Schritt auf mich zu. Sollte er doch nur näher kommen, dann würden meine Fäuste wenigstens etwas von der Erlösung finden, die sie so dringend brauchten. Doch zu meinem Missfallen tat er mir diesen Gefallen nicht. »Ich weiß, dass sie stark ist. Das ist alles, was zählt«, entgegnete er schließlich entschlossen. Ich verdrehte die Augen. Sie alle waren einfach so naiv …

Leilah meldete sich zu Wort, ihr Ton etwas sanfter. Wahrscheinlich war meine Wut, meine Anspannung im ganzen Raum spürbar. »Alex, es ist nicht deine Schuld. Es hätte jeder von uns sein können. Quäl dich nicht.« Ein verächtlicher Gesichtsausdruck huschte über meine Züge.

Ich wusste, dass Aziz nur versuchte, mich zu trösten, aber es half nicht. Ganz im Gegenteil. Ihr mitleidiger Blick machte mich noch wütender.

»Ich muss meinen Kopf freibekommen. Ich komme später wieder.«

Ohne ihre Antwort abzuwarten, stürmte ich aus dem Klassenzimmer. Meine Hände zitterten vor aufgestauter Wut, und ich sah rot. Ich musste jagen, meinen Instinkten freien Lauf lassen, also verließ ich die Akademie und lief geradewegs in die Dunkelheit, wo der Wald meinen Namen flüsterte.

Alexanders Augen, die Augen eines Wahnsinnigen, gingen mir nicht mehr aus dem Kopf, als ich langsam und still in Averys neuen Flur einbog. Sie wohnte abgeschieden von den anderen, die Geräuschkulisse so gut es ging minimiert.

Meine Schritte waren federleicht, kündigten mich an wie eine sanfte Brise und waren doch vermutlich viel zu laut. Schmerz breitete sich in meinem Herzen aus, als ich an die Zeit von Calebs Verwandlung zurückdachte. Wie er sich und die ganze Welt gehasst hatte ... ein anderer Mann. Dämonen hatten ihn fest im Griff und es hatte eine Ewigkeit gedauert, bis ich den alten Jungen durchblitzen sah. Quälend langsam, aber dennoch. Und Avery wird es genauso gehen. Sie würde ihre Dämonen besiegen, da war ich mir sicher.

Ich räusperte mich ein letztes Mal, bevor ich die schwere Tür öffnete und verstohlen in den Raum schaute. Meine Freundin lag im Bett, hatte sich wahrscheinlich nicht mal einen Millimeter bewegt. Wäre die Lage nicht so ernst, hätte ich bei ihrem Anblick fast gelacht. Avery sah wie ein viktorianisches Kind aus, das dem Fieber zum Opfer gefallen war und nur noch ein letztes Mal den Sonnenaufgang miterleben wollte. Bullshit. Ich liebte sie ja, aber so ging es nicht weiter.

»Ich habe gute und schlechte Neuigkeiten«, flüsterte ich und zwang etwas Leichtigkeit in meine Stimme. Meine Freundin blickte kränklich auf. So eine Dramaqueen. »Welche willst du zuerst hören?«

»Keine …«, brachte sie hervor und ich verdrehte die Augen.

»Die Gute, also.« Ich setzte mich an die Bettkante und sie verlagerte das Gewicht, um mich besser anschauen zu können. »Du wirst nicht sterben«, verkündete ich. »Na ja, kein zweites Mal. Du weißt schon, was ich meine.« Sie warf mir einen grimmigen Blick zu. Den hatte ich wohl verdient. »Die schlechte Nachricht ist, die Direktorin will dich sehen. Bald.«

Averys Augen wurden größer, bis ich Angst hatte, sie würden bald aus den Sockeln fallen. Rein objektiv betrachtet, würde sie es nicht schaffen, cool zu bleiben. Ein Ding der Unmöglichkeit. Alexanders Tante würde extra laut reden, sie provozieren, sie überfordern. Und das nur, um zu sehen, ob Avery bei Sinnen war. Natürlich war sie das *nicht*. Wahrscheinlich brauchte sie nur eine Ausrede, um meine Freundin einen Kopf kürzer zu machen. Aber da hatte sie die Rechnung nicht mit meinem Mastermind gemacht.

»Aber keine Sorge, ich hab einen Plan. Der ist bombensicher.« Ich zwinkerte Avery zu und sah ihren Mundwinkel zucken. Bingo. »Und für diesen Plan brauche ich deinen Körper.«

»Was?«, fragte sie entsetzt und schaute an sich runter. Ich kicherte und winkte ab.

»Nicht *so*. Du bist nicht mein Typ, Babes.« Sie verdrehte die Augen, doch ihre Miene wirkte trotzdem angespannt. »Ein einfacher Zaubertrick. Nichts Ernstes. Vollkommen schmerzlos.«

»Und das funktioniert?« Stolz reckte ich mein Kinn in die Höhe.

»Natürlich. Ich bin gut. Sehr gut sogar. Du bist in sicheren Händen.« Ich stand vom Bett auf und glättete meinen Rock. »Also bist du dabei? Nicht, dass du viele Optionen hättest«, fügte ich hinzu. Die Zeit drängte.

Avery dachte einen Moment nach und ich konnte praktisch sehen, wie Pläne sich in ihrem Kopf formten und wieder verworfen wurden. Schließlich stieß sie einen Seufzer aus und nickte.

»Schön, von mir aus. Du hast freie Hand.« Mehr Bestätigung brauchte ich nicht, ließ sie zurück und machte mich auf den Weg in den Teil der Bibliothek, dessen Zutritt nur Vampiren gestattet war. Der perfekte Zauberspruch lag mir auf der Zunge, doch um mir hundertprozentig sicher zu sein, brauchte ich die genauen Anweisungen.

Kurze Zeit später und mit einem dicken Wälzer im Schlepptau schlich ich mich wieder in Averys Zimmer, fand sie genau so wieder, wie ich sie hinterlassen hatte.

»Der Zauber ist super easy. Ich brauche nur etwas Persönliches von dir und du von mir. Dann spreche ich die richtigen Worte und im Handumdrehen bekommst du ein äußerliches Upgrade.« Ich schnippte mit den Fingern und schlug die gewünschte Seite auf.

»Immer so bescheiden …«, murmelte Avery, während sie mir ein silbernes Armband reichte. *Das würde reichen*, dachte ich mir und war kurz gewillt, das Schmuckstück gegen meine Socken einzutauschen, nur um sie zu nerven, aber hob diese Mission für ein anderes Mal auf. Stattdessen reichte ich ihr die Kette, die mir Caleb zu unserem Jahrestag geschenkt hatte.

»Wehe, du machst sie kaputt«, warnte ich und

tauschte die Accessoires mit ihr aus. »Und jetzt lehn dich zurück und genieß die Show. Wir müssen schnell sein.«

Avery nickte und ließ sich tiefer ins Kissen fallen.

»Und mein Part ist?«, fragte sie, doch ich winkte ab, musste mich konzentrieren. Die Worte in der uralten Pseudo-Sprache, die in einer anderen Zeit, in einer anderen Dimension sicher eine Bedeutung hatten, aber hier bereits vergessen worden waren, sprudelten aus mir heraus, während ich Averys Hand fest umklammert hielt.

»Öffne deinen Geist, erlaube mir, deine Form anzunehmen. Und ich tue das Gleiche.« Ich spürte bereits, wie sich die Magie ausbreitete, wie sie sich um meinen Körper schlängelte und zu meiner Freundin wanderte, die mit bleichem Gesicht und großen Augen auf mein Gesicht starrte.

Hitze breitete sich zwischen uns aus und die Magie im Raum war praktisch spürbar. Gänsehaut breitete sich auf meinen Armen aus. Zwar war solch ein einfacher Zauber nicht schwer auszuüben, aber die Illusion beizubehalten war die Kunst. Es erforderte eine Menge Übung, die nur die Wenigsten hatten.

Mit einem Mal sank die Temperatur wieder, die Spannung zwischen uns wie weggefegt. Die letzten Silben verklangen auf meinen Lippen und ich öffnete meine Augen, um in ... mein ... Gesicht zu blicken. Zwar war es noch Avery, die im Bett saß, doch sie trug meine Hülle.

Alles stimmte bis ins kleinste Detail. Perfekte Arbeit, denn manchmal, wenn man nicht richtig bei der

Sache war, konnte es passieren, dass die Haarfarbe falsch oder die Augen eine Spur zu dunkel oder hell waren. Für diese fabelhafte Leistung hätte ich definitiv Pluspunkte bei Alexander bekommen sollen.

»What the fuck«, fluchte Avery, als sie sich ruckartig aufrichtete und entsetzt mein — *ihr* — Gesicht betrachtete. »Verdammt gruselig.« Ich hörte, wie ihr Herz hämmerte, während sie über mein Gesicht fuhr und meinen Kopf in alle Richtungen drehte. Ihre Finger zitterten.

»So schlecht siehst du gar nicht aus«, witzelte ich und stand auf. Avery zeigte mir den Mittelfinger und ich machte eine Drehung. »Ich habe mich schon immer gefragt, ob ... *privatere* Körperstellen auch geklont werden.« Ein diabolisches Lächeln kam über meine Lippen, während ich schamlos unter mein T-Shirt schaute.

Ein kleines Kissen landete eine große Spur zu fest gegen meinen Arsch und ließ mich vor Schreck kreischen.

»Glotz nicht so«, zischte meine Freundin mit einem Lächeln, und ich sah einen Hauch von der alten Avery in ihren Augen.

Ein tiefer Seufzer kam über meine Lippen. Definitiv geklont.

»Willst du tauschen?«, fragte ich mit Hundeblick und zeigte auf ihr T-Shirt.

»Mit Sicherheit nicht«, gab sie zurück und verdrehte die Augen. Doch ich durchschaute ihre Fassade. Avery fand die ganze Situation zum Brüllen komisch. Sie wusste es nur noch nicht.

»Einen Versuch war es wert.« Ich zuckte mit den Schultern und ging zum angrenzenden Badezimmer, wo ich mich noch einmal betrachtete, um sicherzugehen, dass ich nichts übersehen hatte. Makellos.

Jetzt stand die eigentliche Arbeit an — die Direktorin davon zu überzeugen, dass es Avery — mir — gut ging. Ich betete nur, dass sie meinen Zauber nicht durchschaute. Er war zwar sehr subtil, aber jemand mit geübtem Auge könnte mich trotzdem überführen.

»Ich muss jetzt los«, sagte ich schließlich. Ich musste mich davor noch mit Noah und Caleb treffen. »Rühr dich nicht vom Fleck.«

Die massive Holztür schloss sich hinter mir, doch kurzerhand machte ich in der Bewegung kehrt, streckte meinen Kopf ins Zimmer und zwinkerte Avery zu.

»Und mach keine schmutzigen Sachen mit meinem Körper, solange ich weg bin.«

Ich konnte meinen Kopf gerade noch rechtzeitig aus der Schusslinie ziehen, bevor das flauschige Kissen hart gegen die Tür aufschlug.

Spielverderberin.

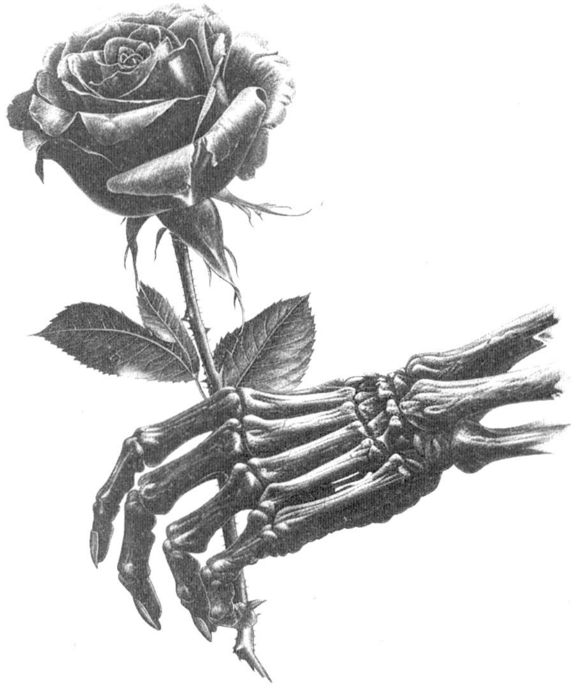

»Ich habe das nie für dich gewollt.«

KAPITEL 5

Alexander

Es war fast Mitternacht, als ich von meiner Jagd zurückkehrte. Mein blutiges Sakko hatte ich bereits verbrannt, sodass ich nur noch ein schwarzes Hemd trug. Die kühle Herbstbrise streifte meine Haut, als ich den Campus durchquerte, doch ich spürte keine Kälte, zumindest nicht äußerlich. Die einzige Kälte, die herrschte, war in meinen Adern, in jedem Atemzug, jedem Herzschlag. Angst hatte mich fest im Griff. Nicht um mich. Von mir aus könnte ich zugrunde gehen, ich hatte schon lange genug gelebt. Aber ich hatte Angst um Avery, fürchtete, was sie ihr antun könnten, welche Schmerzen sie wegen mir noch erleiden musste.

Ich war schon oft genug der Grund für ihr Leid gewesen und die Geschichte hatte sich aufs Neue wiederholt. Fuck, ich war dieses verfluchte Dasein leid.

Ich strich mir übers Gesicht, während ich den Hintereingang nahm und mich auf den Weg zu den provisorischen Gemächern für Gäste der Akademie begab, vorbei an Gemälden von verwandten Vampiren und einflussreichen Familien.

Es wäre eine Lüge, wenn ich sagen müsste, ich hätte kein einziges Mal in diesen langen Jahrhunderten daran gedacht, wie einfach es wäre, sie zu verwandeln, sie für immer an mich zu binden, bis in die Ewigkeit. Aber ich war kein egoistisches Arschloch, ihre Seele und alles, was sie ausmachte, zu verdammen. Denn genau das war es – Verdammnis. Ein Freifahrtschein in die Hölle. Denn da würden wir eines Tages alle landen. Avery würde töten, würde lügen und betrügen, würde mit den Jahrzehnten ihre Menschlichkeit vergessen. Zumindest war es bei den meisten so. Und ich müsste es mit ansehen. Denn, egal, was sie tun würde, ich würde sie nie gehen lassen, würde immer an ihrer Seite sein. Freiwillig oder nicht, das war mir egal. Mein Mädchen würde nicht in Einsamkeit leben müssen. Und wenn sie mich dafür hasste, dann sei es nun mal so. Ich verdiente ihren Zorn. Denn ihr Zorn war das Einzige, was mir geblieben war.

Zwei Professoren kamen mir entgegen und ihr Gelächter verstummte, als sie mein Gesicht sahen. Ich musste wutentbrannt ausgesehen haben. Aber es war mir egal. So vieles war mir in letzter Zeit egal gewesen und jetzt spürte ich die Konsequenzen. Hatte es sich gelohnt? Ich wusste es nicht. Mein Tablet vibrierte und ich schaute auf Leilahs Nachricht. Meine Tante wollte Avery in einer Viertelstunde in ihrem provisorischen

Zimmer treffen, und ich sollte mich beeilen. Ein abschätziges Schnauben entkam mir. Zu gerne wünschte ich mir, dass es meine Hand wäre, die ihr das Herz rausreißt, aber das ging natürlich nicht. Trotzdem würde ich eine Feier veranstalten, sobald sie ins Gras beißen würde. Zu lange hatte mir meine Tante bereits auf der Nase herumgetanzt, hatte sich die Akademie unter den Nagel gerissen wie eine Schmarotzerin. Und jetzt suchte sie nach einem Grund, Avery verschwinden zu lassen, weil dieser Zwischenfall ihren guten Ruf als Leiterin dieses Instituts zunichtemachen würde. Wenn die Situation nicht so tragisch wäre, hätte ich beinahe gelacht.

Mein Gang beschleunigte sich. Ich musste dabei sein, wenn meine Tante sie verhörte, um sie zu schützen, falls sie mit Averys Verhalten nicht zufrieden war. Es wäre ein Wunder, wenn sie das tatsächlich wäre. Jungen Verwandelten konnte man nicht trauen, sie waren unberechenbar und ihr Temperament ging mit ihnen durch, weil alle Emotionen ums Zehnfache intensiver wahrgenommen wurden. Ich wusste auch, ich war die letzte Person, die Avery sehen wollte. Gerade jetzt in dieser schweren Zeit und verdammt, es hatte mir das Herz gebrochen, hatte mich gequält, nicht bei ihr sein zu können. Ich schaute mich in den leeren Fluren um, wobei ich versuchte, das zunehmende Misstrauen zu ignorieren, das mich innerlich zerfraß. In diesem Teil der Akademie hatte man mehr Wert auf Eleganz gelegt. Wände waren mit teuren Wandteppichen versehen, die meisten antik. Einige stammten noch aus meinen Anfangsjahren. Zumindest hatte ich das so in Erinnerung. Ich legte einen Zahn zu und versuchte, den Kloß in meinem Hals herunterzuschlucken, doch es gelang mir nicht wirklich.

Meine schnellen Schritte waren das einzige Geräusch, das in der Akademie widerhallte. Die anderen Studenten schliefen wohl schon oder irrten in ihren Flügeln umher, auf der Suche nach einer freien Ader. In den Besucherflügel jedoch, wo die Räume größer und prächtiger waren, wagte sich niemand. Wenigstens eine gute Sache hatte dieser Drang zum Verschwenderischen – kein Schüler durfte diese Räumlichkeiten betreten, da sie einflussreichen Familien, Gönnern und Sponsoren vorbehalten waren.

Ich näherte mich Averys Schlafzimmer und konnte durch die Holztür ihren Herzschlag hören, ein langsames und stetiges Pochen. Es war seltsam, dass sie so ruhig war, angesichts der heiklen Umstände und der Tatsache, dass die Direktorin kurz davor war, sie zu enthaupten, um die Akademie vor einem frisch verwandelten und durstigen Vampir zu schützen. Oder vielleicht hatte ihre Freundin ihr nicht die ganze Geschichte, die Risiken und die Folgen dieses Besuchs erklärt. Verdammte Leilah. Ich würde sie selbst umbringen, wenn etwas schiefgehen würde.

Mein Körper war voll Adrenalin, als ich ein paar Meter von Averys Tür entfernt wartete und lauschte, wie in der Ferne der Wind durch das Blätterdach des Waldes rauschte und die nächtlichen Tiere im Einklang ihr Lied sangen. Der schwach beleuchtete Flur war gesäumt von hohen Bücherregalen mit geheimen Geschichten und Skandalen. Sie warfen lange Schatten und luden dazu ein, einen Blick hineinzuwerfen, wenn man sich traute. Sogar meine Familiengeschichte befand sich irgendwo in diesen Fluren. Nicht, dass jemand irgendwelche schmutzigen Details finden würde. Die dunklen Kapitel unserer Vergangenheit wurden fein säuberlich aus der Welt geschaffen. Keine Beweise für meine *Eskapade*.

Wie gern hätte ich einfach die Tür aufgerissen, wäre ins Zimmer gestürmt und hätte mein Mädchen so fest in den Arm genommen, bis es weh tat. Aber ich musste mich zügeln, durfte sie nicht bedrängen. Und das brach mir das Herz.

Nach einer gefühlten Ewigkeit, in der mir alle möglichen Szenarien und Fluchtpläne durch den Kopf gingen, hörte ich die Absätze meiner Tante auf dem Steinboden klacken. Sie ließ sich Zeit, obwohl sie über eine enorme Vampirgeschwindigkeit verfügte. Ein Machtspiel, das mich in den Wahnsinn trieb. Schließlich kam sie in mein Sichtfeld und mein Kiefer mahlte. Ihr Gesicht war streng und emotionslos, eine Maske der Gleichgültigkeit mit einem Hauch von Narzissmus. Trotzdem das geringere Übel in meiner Familie. Ihr ekeliges Parfüm kroch mir in die Nase und ich hätte beinahe gewürgt. Ich strengte mich an, eine gleichgültige Miene aufzusetzen, immerhin stand so vieles auf dem Spiel.

Wir begrüßten uns mit einem knappen Nicken, und ich konnte ihre Skepsis gegenüber der ganzen Geschichte spüren. So viele Sachen passten einfach nicht zusammen, das wusste ich. Ich beruhigte meinen Herzschlag und ließ meine Autorität, die mir durch

Magie und Blutlinie verliehen wurde, auf sie wirken wie eine todbringende Schlinge. Sie war die Direktorin, aber ich war der Erbe des Preston-Vermächtnisses, und sie sollte nicht denken, dass mein Respekt vor ihr, wie gering er auch sein mochte, mich davon abhalten würde, sie in Averys Namen zu töten. Und ich würde es gern tun, dabei lächeln und mir wünschen, von vorne beginnen zu können. Alles zu seiner Zeit ...

»Ist das wirklich nötig?«, fragte ich distanziert, wohl wissend, dass es nichts nützen würde, aber einen letzten Versuch war es wert. In ihrem Gesichtsausdruck rührte sich nichts, als sie sprach: »Gerade *du* solltest wissen, dass es sehr wohl nötig ist, also geh mir aus dem Weg.« Sie wollte mich zur Seite schubsen, doch ich packte ihr Handgelenk und drückte fest zu. Eine Spur mehr von meiner Kraft und ihre Knochen würden brechen. Die Versuchung war groß, aber ich hielt mich zurück, verharrte nur in dieser Position und gab ihr einen tödlichen Blick.

»Ich würde dir raten, darauf zu achten, wie du mit mir sprichst, *Tante*. Teste nicht mein Wohlwollen und schon gar nicht meine Geduld. Und vergiss nie, mit wem du sprichst. Meine Mutter mag dich lieben, doch mein Vater würde auf deinem Grab tanzen«, spuckte ich ihr entgegen und sah, wie ein Muskel in ihrem Gesicht zuckte. Gut so. Das war nur der Anfang. Sie wollte gar nicht wissen, wozu mich meine Wut bringen konnte, welches sadistische Monster in mir steckte. Ich ließ schließlich ihre Hand los und sie zog sie reflexartig zurück.

Irritiert blickte meine Tante zu mir auf, sichtlich

erschüttert über meinen barschen Ton. Ohne etwas hinzuzufügen, verschränkte ich die Arme hinter dem Rücken und deutete ihr mit einer Kopfbewegung an, weiterzugehen. Meine Botschaft traf genau ins Schwarze.

Sie drehte den Türknauf, und wir betraten Averys provisorisches Zimmer. Ihr unverwechselbarer Duft umhüllte mich, aber da war auch noch etwas anderes. Ich hatte diese Note schon mal gerochen, konnte mich nur nicht erinnern, wo.

Mein Herz setzte aus, als ich sie dort liegen sah, mit dunklen Augenringen und blasser, aschiger Haut. Avery sah wie ein todkranker Engel aus, kaum noch am Leben. Ihre einst dunklen Locken hatten ihren Glanz verloren und ihre funkelnden Augen sahen leblos aus.

Wie gerne hätte ich einen Schritt auf sie zugemacht, um sie zu berühren, um ihre Hand zu halten, nur einmal. Ich wollte sie trösten, sie anlügen, dass alles gut werden würde. Aber sie bemerkte mich nicht einmal. Es war fast so, als ob ich gar nicht im Raum war, als ob ich Luft für sie war. Wenn das ihre einzige Strafe war, dann war ich ein glücklicher Mann.

Meine Tante kam direkt zur Sache, machte sich nicht mal die Mühe, nach ihrem Wohlbefinden zu fragen, und es wäre kein gutes Omen, wenn ich mich aus dem Nichts einmischen würde.

»Erinnerst du dich an irgendetwas aus der Nacht, in der dieser … *Unfall* passiert ist?« Ich ballte meine Hände zu Fäusten, als die Bilder vor meinem geistigen Auge erschienen.

Nicht jetzt …

Sie legte den Kopf schief, tat so, als würde sie nachdenken, und blieb dabei erstaunlich ruhig. Kein Anzeichen dafür, dass sie eine tickende Zeitbombe war. »Nicht wirklich«, sagte sie ruhig, fast schon gelassen. Ich schüttelte kaum merklich den Kopf. Wie konnte sowas nur sein? Unglaublich und ... verstörend. »Ich erinnere mich, dass mir übel geworden war, dass ich in der Nähe des Waldes spazieren ging, um etwas frische Luft zu schnappen, und dann ... nichts. Alles wurde schwarz. Ich hatte nicht mal Zeit gehabt, zu schreien. Alles ging so schnell.« Ihre Stimme hatte eine Sanftheit, eine Bescheidenheit, die ich nicht von ihr kannte. Ich hasste es, vermisste ihre Angriffslust. Avery war nicht sanft und bescheiden – sie war wild wie das Meer, wenn es gegen Klippen prallte. Diese Version erkannte ich nicht wieder.

Vielleicht war es nur ein Spiel, vielleicht hatte die Verwandlung sie gebrochen. Das kam manchmal vor. Junge Vampire verloren alles, was sie ausgemacht hatten, wurden beinahe zum kompletten Gegenteil. Aber sowas passierte Avery nicht. Das redete ich mir immer wieder ein.

Der Blick meiner Tante war stechend scharf, ein Messer, das durch die Luft schoss und direkt zwischen Averys Augen traf. »Und du hast keine Ahnung, wer dich verwandelt hat? Du kannst uns deine Vermutungen offenlegen. Im Namen der Familie Preston wird dir nichts geschehen.« Fast hätte ich bei diesen Worten gelacht.

Avery schüttelte den Kopf. »Tut mir leid, ich weiß es ehrlich nicht. Wenn ich einen Tipp hätte, würde ich es sagen. Wirklich.« Sie verschränkte friedlich die Finger auf der Decke und blickte meine Tante mit sanften, devoten Augen an. Es machte mich krank, auch wenn ich wusste, dass dieses Verhalten der Jackpot war.

Mein Blick bohrte sich in ihr Gesicht, doch sie zeigte mir noch immer die kalte Schulter. Ich brauchte nur ein Zeichen, dass sie noch da drin war, dass die alte Avery überlebt hatte, nicht nur ihre Hülle. Aber es kam keins.

Ich spürte, wie die Spannung im Raum zunahm, und wusste, dass meine Tante nicht eher locker lassen würde, bevor sie nicht alle Antworten hatte. Ich räusperte mich und trat vor, in der Hoffnung, die Situation zu entschärfen. Oder wollte ich auch einfach nur, dass Avery meine Stimme hörte, mir Beachtung schenkte. Egoistisch, ich weiß.

»Ms. James hat viel durchgemacht«, begann ich und versuchte, meinen Tonfall ausgeglichen zu halten. »Sie braucht Zeit, um sich zu erholen.« Averys grüne Augen schossen zu mir, und es schien, als ob sie mich erst jetzt im Raum bemerkte. Unsere Blicke trafen sich für eine Sekunde, aber in ihrem Gesicht bewegte sich nichts. Es war, als ob sie mich nicht kennen würde. Als ob ich ein Fremder für sie war. Als ob alles, was wir geteilt hatten, nie existiert hatte.

Gab es etwas, das Leilah mir nicht gesagt hatte? Konnte sich Avery nicht an mich erinnern? Mein Herz zerbrach bei diesem Gedanken, aber ein kleiner, selbstsüchtiger Teil von mir war froh, dass sie mich dann nicht als Teil dieser Tragödie betrachtete. Dass sie mich nicht hassen konnte.

Meine Tante wandte sich mir zu und ihre Augen blitzten kurz zornig auf, bevor sie dieses Gefühl tief in ihrem Herzen vergrub. »Das weiß ich, Alexander. Aber wir können es uns nicht leisten, zu warten, zu spekulieren. Wir müssen herausfinden, wer das getan hat, und zwar bald«, erwiderte sie mit zuckersüßer Stimme. Als ob ihr das jemals jemand abkaufen würde.

Die darauffolgende Stille im Raum war ohrenbetäubend. Avery sah aus, als würde sie gleich einschlafen, ihr Gesicht ruhig und distanziert. Wie war das überhaupt möglich?

Sie war erst vor ein paar Tagen in einen Vampir verwandelt worden. Normalerweise liefen die frisch verwandelten Amok, sprangen fast jedem an die Gurgel und waren durch die Überstimulation gereizter denn je.

Alles wurde intensiviert – Geschmack, Geruch, Gehör, Sicht und Tastsinn. Es war wie ein Wirbelwind neuer Empfindungen. Ich für meinen Teil wäre an der Flut der neuen Eindrücke explodiert. So war es normal, aber das hier? Ich wusste nicht, was ich davon halten sollte, was das bedeutete.

»Wenn wir ihr keine Zeit geben, sich zu erholen, werden wir den Täter sicher nicht finden. Wer weiß, wer sein nächstes Opfer sein wird. Wir können es nicht rechtfertigen, so jemanden in unserer Akademie zu haben. Vielleicht bekommt Ms. James ihre Erinnerungen zurück, sobald sie sich an ihren neuen Körper gewöhnt hat. Sie ist unsere einzige Chance, der Sache ein Ende zu setzen und einen *Skandal* zu vermeiden«, erklärte ich analytisch und betete, dass sie mir zustimmen würde. Das Ansehen unseres Instituts stand auf dem Spiel.

Meine Tante dachte über meine Worte nach, und ich fügte hinzu: »Du merkst doch, sie ist bei klarem Verstand. Und das wird sie auch weiterhin bleiben.«

»Und was macht dich da so sicher?« Ich zuckte locker mit den Schultern.

»Sieh ihr in die Augen.« Sie lenkte ihren Blick auf die schöne Frau auf dem Bett, die sie wiederum neugierig musterte. Obwohl ihre Haltung das eines unterwürfigen Hündchens widerspiegelte, lag in der Art, wie sie meine Tante betrachtete, auch ein Hauch von Herausforderung. Als ob Avery wusste, dass wir gewonnen hatten.

Schließlich schnalzte sie kapitulierend mit der Zunge, drehte uns den Rücken zu und wollte gerade den Raum verlassen, als sie ein letztes Mal ihr Wort an mich richtete. Ich hielt den Atem an.

»Du wirst für ihr Benehmen verantwortlich sein. Nächste Woche nimmt sie am Unterricht über Magie und Elemente teil. Steck sie in eine Klasse mit den Jüngsten, sie hat eine Menge aufzuholen.« Ich nickte knapp und atmete vor Erleichterung fast laut aus, bis mir klar wurde, dass *nächste Woche* schon in ein paar Tagen war. Zu gefährlich, zu früh. So viele Gelegenheiten auszurasten. Genau das war wohl auch der Plan meiner Tante. Bevor ich protestieren konnte, war sie weg und ließ mich mit Avery allein.

Die Luft war elektrisch geladen, und ich spürte, wie mein Herz in meiner Brust hämmerte. An all den Tagen, an denen Leilah mich nicht zu ihr gelassen hatte, hatte ich mir ausgemalt, was ich ihr sagen würde, aber jetzt, wo ich es konnte, war mein Kopf leer. Erbärmlich.

Ich spürte ihre Augen auf mir, als ich auf sie zuging, und ihr Blick brannte sich in meine Haut. Schuldgefühle legten sich wie eine Decke aus giftigen Nägeln um mein Herz, als ich an die Dinge dachte, die ich vor ihrem Tod gesagt hatte. Das Letzte, was sie aus meinem Mund gehört hatte.

Ich gebe einen Scheiß auf sie.

Sie war nur gut für einen Fick.

Ich will sie nicht.

Die größte Lüge meiner Existenz. Sie war mir wichtiger als alles andere auf der Welt. Ich hätte meine Seele mit Freuden in Stücke gerissen, wenn sie es verlangt hätte. Und ich wollte sie verdammt noch mal, wollte sie so sehr, dass ich an nichts anderes denken konnte.

»Avery«, hauchte ich, meine Stimme kaum lauter als ein Flüstern, weil ich wusste, dass ihre Ohren schmerzen mussten. »Ich habe das nie für dich gewollt.«

Sie sagte nichts, sondern starrte mich weiterhin mit diesen durchdringenden Augen an. Die Stille, die sich zwischen uns ausbreitete, war erdrückend, und ich konnte mein eigenes Atmen hören, rau und unregelmäßig, ganz im Kontrast zu ihrem Ruhigen.

»Ich will … ich will es einfach nur richtig machen. Ich will dir helfen. Bitte, sag mir, *wie* ich dir helfen kann, sag es und ich werde es tun.« Ich presste die

Lippen zusammen. Egal, was ich sagte, es würde nicht gut genug sein.

Averys Augen bekamen etwas Schelmisches und ihre Züge verloren die Demut von vor einigen Augenblicken. Mühelos setzte sie sich auf und strich sich eine Strähne aus dem Gesicht. Ihr Mund formte sich zu einem Lächeln, das ich nicht von ihr kannte. Es hatte etwas Charmantes und doch Hinterhältiges.

Ein langer Moment verging, und ich blinzelte irritiert, bevor die Realisierung eintrat.

Fucking Leilah.

»*Ich will es richtig machen. Ich möchte dir helfen*«, spottete sie und versuchte, meinen Tonfall zu imitieren. »Wenn du dich so jämmerlich bei Avery entschuldigst, wird sie dir sicher nicht verzeihen, und ich bin bei deinen lahmen Worten fast eingeschlafen.« Sie gähnte demonstrativ und ich sah sie wütend an, entblößte dabei meine Reißzähne. Ich war mit Sicherheit nicht in der Stimmung für ihre Spielchen.

»Was hast du mit ihr gemacht?« Leilah verdrehte die Augen.

»Beruhige dich. Ich habe ihren Arsch gerettet.« Sie deutete mit ihrer Hand auf ihren – Avery's – Körper. »Wenn ich mir ihr Aussehen nicht ausgeliehen hätte, wären deine Eltern schneller hier gewesen, als du bis drei hättest zählen können. Avery ist nicht gerade in ... Bestform.« Ich stieß einen anerkennenden Pfiff aus. Egal wie oft mir Aziz auf die Nerven ging, sie war stark und ihre Magie raffiniert.

»Clever. Wie hast du es gemacht? Blutmagie oder ein einfacher Wandlungszauber?« Blutmagie war viel gefährlicher, viel unberechenbarer als ein einfacher Wandlungszauber und erforderte eine Menge Kraft. Andererseits war sie sicherer und konnte anderen Zaubern leichter widerstehen.

»Ein Wandlungszauber natürlich. Wir hatten keine Zeit für etwas anderes. Außerdem musste es subtil sein.«

Ich nickte und war erleichtert, dass Leilahs halsbrecherischer Plan funktioniert hatte. Es war trotzdem riskant gewesen; meine Tante hätte die Magie an ihr riechen können, so wie alle magischen Wesen Magie durch Geruch aufspüren konnten. Aber offensichtlich hatten wir nochmal Glück gehabt.

»Wo ist sie jetzt?«, wollte ich schließlich wissen, nachdem die erste Welle des Schocks abgeklungen war. Natürlich war das verängstigte, zerbrechliche Ding im Bett nicht Avery gewesen. Dieser Blick hatte nicht zu ihr gepasst, weder als Mensch noch als Vampir.

»Sie ist am anderen Ende des Flügels und ruht sich aus. Und nein, du kannst sie nicht sehen.« Fast hätte ich ihr widersprochen, aber ließ die Diskussion fallen. Wenn Leilah diesen Ausdruck aufsetzte, wusste ich, dass ich mich besser verpissen sollte, bevor ein Schwanzvergleich ausbrach. Außerdem hatte sie ja recht. Avery sollte in Ruhe gelassen werden, aber wie konnte ich schlafen, wenn ich wusste, dass sie litt?

Ich nickte der falschen Avery zu und verließ den Raum, folgte dem unwiderstehlichen Duft meiner Liebe und lehnte mich an eine Wand, weit genug von ihrem Zimmer entfernt und doch nah genug, um bei ihr zu sein.

Avery

Nervös ging ich im Raum auf und ab, und meine neue Vampirgeschwindigkeit machte es mir schwer, meine Bewegungen zu kontrollieren. Die Gemächer, in die ich gebracht worden war, waren ein wunderschönes Zeugnis gotischer Architektur, mit hoch aufragenden Wänden, die mit burgunderroten Tapeten und kunstvollen Schnitzereien versehen waren, aber all das konnte ich nicht genießen, während ich darum kämpfte, meinen Durst, meinen *Hunger* zu unterdrücken. Meine Kehle schmerzte, fühlte sich wie aufeinander reibendes Sandpapier an, und keine Menge Wasser konnte mein Verlangen stillen.

Ich wusste, was ich brauchte — Blut. Aber allein der Gedanke, es zu schmecken, runterzuschlucken, ließ mich unkontrolliert würgen und meine Zähne schmerzen. Die Vorstellung, *so* zu werden, konnte ich nicht ertragen. Das war einfach nicht ich.

Die ewig langen Minuten waren unerträglich und meine Nerven lagen blank, während ich gespannt darauf wartete, zu erfahren, ob unser Plan gelungen war. Leilah hatte meinen Platz vor der Direktorin eingenommen, und ich konnte nur hoffen, dass sie sich geschickt als mich ausgegeben hatte. Die Angst, dass alles scheitern könnte, war unerträglich. So eine Dringlichkeit hatte ich noch nie zuvor gespürt.

Mein Leben stand auf dem Spiel – wieder einmal.

Ich kannte die Direktorin und war mir sicher, dass sie ein machthungriger Lakai der Preston-Familie war und viel zu eifrig darauf war, zu petzen. Vielleicht hoffte sie, auf diese Weise einen besseren Ruf zu erlangen. Oder vielleicht hatte sie einfach Spaß am Töten und sah in mir einen angenehmen Zeitvertreib. Aber wenn ich sterben würde, dann nicht durch ihre Hand. Ein Vampir hatte mir schon einmal das Leben genommen, ein zweites Mal würde es nicht dazu kommen.

Der Duft von Lavendel wehte durch die Luft, ein beruhigendes Aroma, das im krassen Gegensatz zu den Qualen stand, die ich empfand. Wurde ich bereits verrückt? Ich schüttelte den Kopf.

Während ich weiter durchs Zimmer ging, um mich abzulenken, hörte ich plötzlich ein leises Flüstern in meinem Kopf. Fast so, als würde jemand leicht über mein Gehirn streichen. Ich schrie vor Schreck auf und hielt mir kurz darauf reflexartig die Ohren zu. Was zur Hölle? Es reichte nicht aus, dass ich auf so brutale Art und Weise von Vampiren erfahren hatte. Nein, ich musste auch noch verrückt werden, musste meinen Verstand zwischen diesen kalten Mauern verlieren, wo mich niemand finden würde.

»Hab keine Angst, ich bin's.« *Leilah.* »Alles ist gut gelaufen. Aber die Direktorin möchte, dass du ab nächster Woche am Unterricht teilnimmst.« Unterricht? Ich war nicht gerade darauf erpicht in einem Klassenzimmer voller Schüler zu sitzen und meinen Körper nicht unter Kontrolle zu haben. Das war viel zu gefährlich. Ein Himmelfahrtskommando.

Als ob Leilah meine Gedanken gehört hätte,

antwortete sie: »Nein, nicht der Normale. Magieunterricht voller Vampire und Zaubersprüche. Du wirst es lieben.«

Erleichterung durchströmte mich, und für einen kurzen Moment vergaß ich meinen Durst und meine Sorgen. Aber dieses Gefühl währte nicht lange. Sobald Leilahs Nachricht verklungen war, kehrten meine Gedanken in die Gegenwart zurück, in die Dunkelheit.

Ich wollte meine Menschlichkeit behalten, ich wollte wie mein altes Ich sein, ich wollte meine Gedanken, meinen Körper und mein Verlangen kontrollieren können. Es war ein Kampf, von dem ich nicht sicher war, ob ich ihn gewinnen konnte, und die Last des Ganzen erdrückte mich ohne Aussicht auf bessere Zeiten.

Ich legte mich schließlich ins Bett, ließ mein Gesicht auf dem kratzigen Kissen ruhen und schloss die Augen. *Nur eine Minute*, sagte ich mir. Aber dann versank ich in Vergessenheit.

Der Wald war nachts ein grauenhafter Ort. Die Dunkelheit schien sich auf mich zuzubewegen und mich mit ihrer überwältigenden Schwere zu ersticken. Ich spürte die raue Rinde der Bäume auf meiner Haut und das Knirschen des Laubes unter meinen Füßen, als sich Flavian näherte. Seine kalten, toten Augen waren auf mich gerichtet, und da wusste ich, dass es kein Entkommen gab.

Kalter Wind fraß sich durch meine nackte Haut. Der Mond schien hell, beleuchtete Alexanders Gesicht, und ich konnte die Gleichgültigkeit in seinen Augen sehen, als er all diese scheußlichen Dinge über mich sagte. *Ich will sie nicht, ich will sie nicht, ich will sie nicht.* Seine letzten Worte.

Der Schmerz des Verrats saß tief, und ich wünschte, er würde wenigstens versuchen, mich zu retten. Aber er tat es nicht. Er stand nur da ... sah zu, wie ich meinen letzten Atemzug nahm.

Das Geräusch meines gebrochenen Genicks hallte durch den Wald, und ich spürte, wie der scharfe Schmerz durch meinen Körper schoss. Die Dunkelheit nahm überhand, alles wurde still.

Ich wachte schweißgebadet auf. Mein Herz raste, mein Körper zitterte vor Angst. Es war wieder derselbe Albtraum, der mich jedes Mal verfolgte, wenn ich die Augen schloss. Die Erinnerung an Flavians Finger um meinen Hals, sein Atem an meinem Ohr. Es fühlte sich an, als wäre es gerade erst vor einer Minute passiert.

Ich will sie nicht, ich will sie nicht, ich will sie nicht.

Ich will dich auch nicht. Nie wieder, solange mein unsterbliches Herz schlägt. Weil du mir das angetan hast, als dein Gift meinen Körper infizierte.

Und Flavian wird auch dafür bezahlen.

KAPITEL 6

Ich wachte auf und fühlte mich schwächer denn je, mein Körper schmerzte und in meinem Kopf drehte sich alles. Der Durst hatte mich verzehrt und ließ mich nur noch wie einen Schatten meiner selbst fühlen. Als ich die Augen öffnete, sah ich das vertraute Gemach mit seiner alten, aber gepflegten Einrichtung und der dunklen Atmosphäre um mich herum. Das einzige zeitgemäße Element war die Tür zum Badezimmer, die wie ein bunter Hund hervorstach.

Ich schob mich aus dem Bett und meine Füße fühlten sich bei jeder Bewegung zum Bad schwer an. Würde dieses Gefühl der Erschöpfung niemals aufhören? Ich hoffte es, denn ich wollte trotz allem weg von hier. Diese Akademie bedeutete Tod und er hatte mich ein Mal zu viel eingeholt. Ich hatte viel zu viel überlebt, als dass ich mich der Gnade irgendwelcher Vampire abhängig machte. Nein, mein Schicksal gehörte mir.

Mit schmerzenden Schritten betrat ich das Badezimmer, war von seiner Modernität beeindruckt. Die Wände waren mit glatten, dunkelgrauen Fliesen bedeckt, der Boden bestand aus schwarzem Marmor und die Beleuchtung war hell und warm. Es stand in krassem Gegensatz zum Rest des Gemachs und gab mir das Gefühl, meine Augen würden verbrennen. Ich kniff sie zusammen und öffnete sie wieder, doch es half nicht.

Es gab eine riesige, in den Boden eingebaute Badewanne, die groß genug war, um zwei Personen bequem Platz zu bieten. Das Innere war mit silbernen Fliesen ausgekleidet, die im Deckenlicht glänzten.

In der anderen Ecke befand sich eine gläserne Dusche, in der locker drei Personen passen würden. Der Duschkopf war an der Decke angebracht, und es sah aus, als ob ein Wasserfall auf mich herabregnen könnte.

Ich ging zum Waschbecken, das aus farblosem Glas bestand. Der Wasserhahn hatte die Form einer Schlange, aus deren Giftzähnen und offenem Maul das Wasser floss. Ich drehte ihn auf und spritzte mir etwas kühles Wasser ins Gesicht, erfrischte endlich meine ausgetrocknete Haut. Der Spiegel über dem Waschbecken war von einem beleuchteten Rahmen umgeben, der wie ein Heiligenschein leuchtete.

Ich schaute hoch und zog scharf die Luft ein. Was zur Hölle? Ich trat instinktiv einen Schritt näher, auch wenn es mit meinen übernatürlichen Augen nicht nötig war. Verdammt, ich kam mir vor wie eine Fremde, die in ihrem eigenen Körper gefangen war.

Mein Spiegelbild starrte mich an und ahmte jede meiner Bewegungen nach, doch irgendwie fühlte es sich falsch an. Das Gesicht, das zurückblickte, war unbestreitbar meins, aber die Augen wirkten distanziert und leer, ohne Leben, und meine einst markante Narbe war heller und dünner geworden. *Für das menschliche Auge fast unsichtbar*, dachte ich geschockt. Sie war ein Teil von mir gewesen, eine Erinnerung an meine Prinzipien, machte mich aus und jetzt war nichts mehr davon übrig geblieben. Ein fucking Witz des Universums.

Ich bewegte meine Hand und mein Spiegelbild folgte mir, aber die Reflexion war zu schnell, zu unnatürlich. Es war, als hätte mein Körper einen eigenen Willen, losgelöst von meinem Bewusstsein. Ich beobachtete mit morbider Faszination, wie meine Finger über meine Haut fuhren, und spürte ihre Fremdheit. Die Beschaffenheit war anders, glatter und kühler als in meiner Erinnerung, wie Seide unter meinen Fingerspitzen. Nicht menschlich, eher puppenhaft.

Ich fuhr fort, mich zu begutachten, nahm jedes Detail meines neuen Körpers in mich auf, die Schärfe meiner Gesichtszüge, die Blässe meines Teints, die Art und Weise, wie meine Haltung aufrechter war. Es war alles so überwältigend, und doch konnte ich meinen Blick nicht abwenden. Mein Spiegelbild war der endgültige Beweis dafür, dass Avery tot war.

Während ich so dastand und in nichts bringenden Gedanken versunken war, fragte ich mich unweigerlich, was Alexander jetzt wohl von mir denken würde, ob er von diesem neuen Körper faszinierter sei.

Scheiß drauf, was Alexander denkt, zischte ich mich im Geiste an.

Das Brennen in meiner Kehle breitete sich wie ein Lauffeuer aus, und ich strich über meinen makellosen Hals. Es sah falsch aus. *Ich* sah falsch aus.

Ich schloss die Augen und sah nur Flavian vor mir, teuflisch und selbstgefällig grinsend. Er hatte den Spaß seines Lebens gehabt, hatte sich an meiner Angst ergötzt. Diese Perversion war abartig. *Ich würde ihn töten, eines Tages würde ich meine Rache bekommen*, sagte ich mir immer wieder, um meine Nerven zu beruhigen, doch es half nicht. Die Wut in meiner Brust sang ein Lied, das mich antrieb, das mir ein Ziel gab.

Ich öffnete die Augen und stolperte zurück. Ein erstickter Schrei blieb mir in der Kehle stecken, ließ mich erzittern.

Dunkle Adern hatten sich um meine schwarzen Augen ausgebreitet und mein Kiefer pochte wie wild. Ich fletschte die Zähne und sah zwei scharfe Reißzähne hervortreten, das Abbild eines Monsters.

Ich drückte einen Finger gegen die Spitze, um zu sehen, wie scharf, wie tödlich sie sein konnten. Ein kleines bisschen Druck genügte, um Blut fließen zu lassen. Ich leckte über die verletzte Stelle, aber mein Blut schmeckte nach nichts, roch nach nichts.

Was hattest du erwartet? Na ja, vielleicht etwas.

Ich schüttelte den Kopf und fragte mich, wann Leilah mich wieder besuchen würde, ob sie mir auch nächste Woche den Arsch retten könnte. Wahrscheinlich nicht. Sie musste selbst zum Unterricht und ich musste lernen, mit diesem neuen Körper umzugehen.

Ein Kurs für Zaubersprüche hatte sie gesagt. Würde ich lernen, die Elemente zu benutzen, so wie die beiden Vampire in der Nacht vor meinem Tod?

Wie ein Narr streckte ich meine Hand aus und ahmte ihre Bewegungen nach. Doch nichts geschah. Ich sah albern aus.

Seufzend zog ich mich aus und zerriss dabei versehentlich das T-Shirt an einem Ende. Ich starrte auf meine Finger und presste die Lippen zusammen, bevor ich unter die Dusche stieg und den Tränen freien Lauf ließ.

Ich saß unruhig im Schneidersitz auf meinem Bett und sah mir ein Video auf dem Tablet an. Eine Kante war bereits verbogen, und das Display war in einer Ecke zerbrochen, weil ich versehentlich zu fest draufgedrückt hatte. Zum Glück funktionierte es noch, und ich konnte mir die Zeit mit etwas Musik vertreiben, auch wenn sie selbst bei der niedrigsten Lautstärke irritierend war. Aber besser als diese Stille, diese erdrückende Leere im Raum.

Meine Finger hatten nicht ein einziges Mal gezuckt, seit ich gestorben war, und ich gab meinem Vampirkörper die Schuld daran. Nicht, dass ich es nicht begrüßt hatte, aber das Zucken war eine Erinnerung an meine Vergangenheit, eine Warnung, nicht so schnell zu vertrauen. Wenn ich darüber nachdachte, war mein unsterblicher Körper ohnehin die neue, bessere Warnung; sah sie jedes Mal, wenn ich in den Spiegel schaute. Wenigstens etwas.

Mit einem Mal waren all meine Sinne in Alarmbereitschaft, und mein Herz raste, als ich spürte, dass sich eine Person vom Gang näherte. Eine Welle der Panik überkam mich. War es die Direktorin? Flavian? Oder schlimmer noch, Alexander?

Einen Moment später nahm ich einen vertrauten Geruch wahr. Leilah. Ich atmete langsam aus, lauschte dem Geräusch eiliger Schritte.

Die Holztür öffnete sich mit einem Knarzen und gab Leilahs Gesicht frei. »Hey, Süße«, begrüßte sie mich mit einem neckischen Grinsen. »Ich habe eine Überraschung für dich.«

Meine Neugier war geweckt, doch bevor sie ein weiteres Wort sagen konnte, erfüllte der unverkennbare metallische Geruch von Blut, der aus ihrer Sporttasche kam, die Luft. Mein Körper reagierte sofort, meine geschärften Sinne übernahmen die Kontrolle, und ein Schauer durchlief mich. Das Geräusch meines eigenen Blutes, das in meinen Ohren pulsierte, war alles, was ich hören konnte, während ich erstarrte.

Sie zog einen Blutbeutel heraus und machte einen Schritt auf mich zu, um meine Reaktion zu beobachten, aber bevor sie sich weiterbewegen konnte, war ich bereits am anderen Ende des Raumes, mit dem Rücken fest an die Wand gepresst, in der Hoffnung, dass sie mich verschlucken und weit weg ausspucken würde. *Nein, nein, nein …*

»Komm mir mit diesem Scheiß nicht zu nahe«,

zischte ich zwischen zusammengebissenen Zähnen. Sie hob eine Augenbraue.

»Ein Dankeschön hätte gereicht. Ich musste die Schwester überreden, mir eine doppelte Portion zu geben.« Die Verlockung war groß. Meine Reißzähne schmerzten, und ich spürte, wie sich meine Augen vor Hunger verdunkelten. Aber ich konnte die alte Avery nicht auf diese Weise verraten. Fuck, alles brannte in mir. »Avery, du musst trinken, sonst trocknest du aus und wirst ausrasten, Amok laufen.«

Ich schüttelte hartnäckig den Kopf. Das konnte sie vergessen. »Nein.«

Leilah schnalzte mit der Zunge. »Du glaubst, du kannst alles ungeschehen machen, indem du dich weigerst zu akzeptieren, was du geworden bist?« Ihr Tonfall hatte etwas Ernstes, etwas Unnachgiebiges angenommen. Diese Seite an ihr war rar und wenn sie doch mal zum Vorschein kam, sollte man sich vorsichtshalber in Sicherheit bringen. »Falsch. Du bist ein Vampir und deine Proteste werden nichts daran ändern, also finde dich damit ab, bevor du jeden Menschen im Umkreis von 100 Kilometern leer trinkst.«

Ihre harschen Worte trafen genau ins Schwarze. Leilah hatte mir erbarmungslos gezeigt, was passieren konnte, wenn ich eine falsche Bewegung machte. Aber ich konnte ihr nicht geben, was sie verlangte. Nein, mit Sicherheit nicht. Also schloss ich die Augen und betete, dass sie dieses Gift verbannen würde.

»Muss ich dich erst festhalten und es dir die Kehle hinunterzwingen, bevor du merkst, dass es das Beste für dich ist?« Meine Augen schnappten auf und ungewohnte Wut machte sich in meinem Körper breit. Ihre Drohung hatte einen Instinkt in mir ausgelöst, den ich nicht von mir kannte. Mein Körper fühlte sich bedroht und musste sich umgehend verteidigen.

Es war fast so, als hätte sie den Vampir in mir angegriffen, als hätte sie mich herausgefordert. Sie gab mir einen wissenden Blick.

»Unsere Gefühle sind anders, verstärkt. Wir reagieren harscher auf Drohungen und hassen unbarmherziger. Im Gegenzug lieben wir auch intensiver. Aber wenn wir nicht trinken, dann können unsere Gefühle die Oberhand gewinnen, sie können uns beherrschen. Vor allem die Schlechten. Dein Körper hat auf meine Drohung reagiert, obwohl du weißt, dass ich dich nie zu etwas zwingen würde. Stell dir vor, wie es wäre, wenn ich ein Fremder wäre, der zu große Töne spuckt.« *Ich würde dich angreifen*, antwortete ich in meinem Kopf.

Trotzdem machte ich keine Anstalten, mich von der Wand zu entfernen, und Leilah gab schließlich nach.

»Ich lasse es hier liegen, und du kannst entscheiden, wann du trinken willst. Aber lass dir nicht zu viel Zeit. Dein Unterricht beginnt bald, und du brauchst alle Kraft der Welt. Die Flure sind voller Sterblicher.« Sie legte den Blutbeutel auf das Bett und holte ein paar meiner Sachen aus der Sporttasche. Ich hielt den Atem an, aber es half nichts. Der zu meinem Entsetzen verlockende Geruch drang tief in mein Innerstes und verführte mich in die süße Umarmung der Hölle. Nicht heute, Luzifer. Und auch nicht morgen.

Meine Freundin verließ schließlich ohne ein weiteres Wort den Raum, die Lippen zusammengepresst, und ich vergrub mein Gesicht in meinen Händen.

Ich wusste nicht, wie lange ich dort so verharrt hatte, die Augen geschlossen und auf meinen Herzschlag konzentriert, aber langsam wurden der Druck in meinem Kopf und das Brennen in meiner Kehle unerträglich. Entweder würde ich das Blut trinken und mein Schicksal und meinen neuen Körper akzeptieren, oder ich würde es die Toilette hinunterspülen und riskieren, verrückt zu werden.

Mit einem gequälten Seufzer entschied ich mich für die dümmere, zweite Option. Ich konnte mich nicht dazu durchringen, es zu trinken, konnte nicht einfach nachgeben. Zumindest noch nicht. Je länger ich diesen Teil meines neuen Daseins herauszögern konnte, desto besser.

Ich wollte nicht stur sein, aber an dem Tag, an dem ich getötet wurde, wurde mir die Wahl genommen, und wenn mir wenigstens ein kleiner Funke der Rebellion übrigblieb, würde ich ihn nutzen. Zumindest hatte ich noch die Möglichkeit, nein zu sagen, also straffte ich meine Schultern und griff schnell nach dem Beutel.

Das Blut so nah an meinem Körper zu haben, war fast unerträglich. *Nur ein Schluck,* sagte die teuflische, leise Stimme in mir.

Nein.

Bitte, drängte sie weiter, aber ich schenkte ihr keine Beachtung. Stattdessen sprintete ich ins Bad, riss den

Beutel auf und kippte die weinrote Flüssigkeit in die Toilette, wo sie das glänzende Porzellan blutig färbte.

Der Geruch nahm jeden Winkel des Gemachs ein, wickelte sich um jedes Staubkorn und verweilte dort, um mich für den Rest meiner Zeit hier zu quälen.

Dummes, dummes Mädchen, flüsterte die Stimme noch einmal, bevor sie verstummte.

Und dann war ich allein.

KAPITEL 7

Ich fand mich in den Tiefen eines elenden Kerkers wieder, und der muffige Geruch der Verwesung vernebelte meine Sinne. Die Dunkelheit verschlang mich und ließ mir nichts außer dem Geräusch klirrender Ketten, das von den Steinwänden widerhallte. Und dann hörte ich es – das Weinen. Es war ein kläglicher Schrei, der an meinem Herzen zerrte und mich wie ein Magnet der vagen Erinnerung anzog.

Ich konnte nicht viel sehen, aber ich konnte die Gestalt eines Mädchens ausmachen, ihr Haar schmutzig, die Haut zerschunden und blutig. Sie war mit Eisenketten gefesselt, eine Gefangene in ihrem eigenen Körper. Ich spürte, wie ihre Qualen in mir nachklangen, und ich sehnte mich danach, ihren Schmerz zu lindern und die Tränen wegzuwischen, die wie ein wilder Fluss aus ihren Augen strömten. Ich spürte ihre Schmerzen, als ob es meine eigenen waren, und dieses Gefühl machte mich krank.

Ich trat einen Schritt näher, und die Vertrautheit ihrer Gesichtszüge traf mich wie ein Blitzschlag. Ich hatte sie schon einmal gesehen, aber wo? Ihre Tränen fielen in einer endlosen Kaskade, ihr Kummer war greifbar. Ich sehnte mich danach, ihr die Hand zu reichen, um sie an diesem tristen Ort zu trösten, ihr Kraft zu spenden. Denn etwas sagte mir, dass sie beinahe keine mehr hatte. Dass sie sich mit einem Bein in der Welt der Toten befand.

Ihre Augen trafen meine, und in diesem Moment trafen unsere Seelen aufeinander. Uns verband etwas Uraltes, ein gemeinsames Verständnis von Schmerz und Leid. In ihrem flehenden Blick sah ich ein Spiegelbild von mir selbst, verloren und einsam. Wir waren uns ähnlicher, als es menschenmöglich war.

Ich kannte vielleicht nicht ihren Namen, aber ich wusste, dass ich sie nie vergessen würde. Das Mädchen in Fesseln, mit einem Gesicht, das mir so vertraut und doch so fern war.

»*Finde die Jäger*«, flüsterte sie mit heiserer, rauer Stimme. Eine Stimme, die ein Leben lang geschrien hatte. Ich fasste mir selbst an die Kehle, als ob ihr Schmerz in mir widerhallte. Ich schüttelte meinen Kopf, um alles um mich herum zu verbannen, aber nichts geschah. Es war beängstigend, morbide. Ein leises Gebet kam über meine Lippen und sie ahmte meine Worte nach, als ob es ihre eigenen wären. Dann fiel ich und fiel ich und fiel ich, bis ich hart aufkam und mich vor Qualen krümmte.

Ich wachte schweißgebadet auf, mein Herz hämmerte in meiner Brust. Der Traum war noch frisch in meinem Gedächtnis und verfolgte mich mit seinen lebhaften Bildern. Ich konnte die Sorge um die junge Frau nicht abschütteln, die wie ein schwerer Nebel anhielt und sich nicht auflösen wollte. Ich wurde verrückt, das musste es sein. Ganz und gar verrückt.

Mit wackeligen Beinen stieg ich aus dem Bett und stolperte ins Bad, noch immer verwirrt von dem Albtraum. Ich drehte die Dusche auf, trat unter den warmen Strahl und ließ zu, dass das Wasser den Schweiß und den Schreck abwusch. Das Shampoo duftete nach Erdbeeren, und der Dampf ließ das Bad neblig und unwirklich erscheinen.

Der Geruch von Blut hing noch immer überall, eine geisterhafte Erinnerung an Leilahs *Überraschung*. Ich konnte nicht umhin, mich zu fragen, was es zu bedeuten hatte, warum mein Unterbewusstsein einen solchen Albtraum heraufbeschworen hatte.

Schließlich stieg ich aus der Dusche und zog mir meine Schuluniform an, in der Hoffnung, dass die Vertrautheit mir Halt geben würde. Das gestärkte, weiße Hemd fühlte sich kratzig auf meiner Haut an, aber der karierte Rock war angenehm zu tragen. Vielleicht fing mein Körper ja an, sich an die neuen Umstände zu gewöhnen, auch wenn es mein Kopf nicht konnte. Während ich auf Leilah wartete, versuchte ich, das anhaltende Gefühl, dass noch etwas Schlimmes passieren würde, abzuschütteln. Etwas stimmte nicht, es war, als ob ein Puzzleteil fehlte. Aber ich konnte nicht herausfinden, was es war. Jedes Mal, wenn ich dachte, ich könnte danach greifen, verlor es sich im Nichts. Es war wie das Gefühl, wenn einem etwas auf der Zunge lag, aber das Gehirn nicht mitspielte. Ein Seufzer kam über meine Lippen.

Ich saß auf der Bettkante und fürchtete mich davor, den Tag in Angriff zu nehmen. Als neuer Vampir jagte mir die Angst, mich nicht beherrschen zu können und jemanden zu verletzen, den ich liebte, einen Schauer über den Rücken. Bei diesem bloßen Gedanken spürte ich, wie sich meine Reißzähne schmerzhaft verlängerten. Der Versuch, meine Befürchtungen einzudämmen, war wie der Versuch, einen Tsunami mit bloßen Händen aufzuhalten – unmöglich. Ich wusste ja, dass meine Emotionen verstärkt waren, aber dass selbst Angst dabei eine Rolle spielte, war mir nicht klar. Ich war armselig, eine leichte Zielscheibe.

Auch der bloße Gedanke, Flavian, dem Jungen, der mir das Genick gebrochen hatte, als wäre es die natürlichste Sache der Welt, über den Weg zu laufen, ließ Panik in mir hochsteigen. Na ja, noch einmal umbringen konnte er mich ja nicht. Aber er würde sicher hundert andere Wege finden, mich zu quälen.

Ich fragte mich, ob Alexander ihn für das, was er getan hatte, getötet hatte, aber ich schüttelte den Kopf, um den Gedanken zu vertreiben. Natürlich nicht. Als ob er so weit für eine Person gehen würde, die ihm im Grunde nichts bedeutete.

Die Frage, was *ich* tun würde, wenn ich dem Monster begegnen würde, spukte mir durch den Kopf. Würde ich ihn selbst umbringen? Ihn foltern? Oder würde ich ein Feigling sein, der sich in seinem Zimmer verschanzt?

Allzu bald vernebelten pathetische Gedanken an

Alexander meinen Kopf, und ich spürte, wie meine Wut alle anderen Gefühle verdrängte, sie in den Hintergrund rücken ließ. Ich wollte ihn nicht sehen, nicht nach den verletzenden Worten, die er über mich gesagt hatte. Seine Stimme hallte noch immer in meinen Ohren nach, und seine Grausamkeiten schnitten wie ein rostiges Messer in verbranntes Fleisch. Ich hatte keinen Plan, wie ich mit ihm umgehen oder ihn aus meinem Kopf verdrängen sollte. Er war wie eine entzündete Wunde, und ich wusste nicht, wie ich den Eiter entfernen sollte. Ob es überhaupt möglich war. Alexander hatte meinen Körper, meinen Geist, vergiftet.

Ein Klopfen ertönte an der Tür und ich wusste, dass es Leilah war, bevor sie überhaupt eintrat. Ich holte tief Luft, um meine Nerven zu beruhigen, und machte mich auf den Weg, die Tür zu öffnen. Sie stand dort in einer identischen Uniform, ihr Gesicht voller Sorge. Sie versuchte, es mit ihrem üblichen Lächeln zu überspielen, aber ich konnte die Anspannung in ihren Augen sehen. Wenigstens war ich nicht allein.

»Bereit?«, fragte sie mit sanfter Stimme.

Ich nickte und versuchte, zuversichtlicher zu wirken, als ich mich tatsächlich fühlte. Ich wollte sie nicht noch mehr beunruhigen, als sie es ohnehin schon war, denn ich wusste, dass ich sie in diese Lage gebracht hatte. Leilah hatte mit dieser Scheiße hier nichts zu tun, aber ein egoistischer Teil von mir war dankbar, dass sie trotzdem mitgezogen wurde. Ihre Freundschaft ließ mich leichter atmen.

Leilah trat in mein Gemach, und ich konnte den schwachen Hauch von Calebs Duft auf ihrer Haut und in ihren Haaren riechen.

Bevor ich etwas erwidern konnte, drehte sie sich zu mir um, und ihr Gesichtsausdruck wurde ernster. »Avery, ich muss mit dir über etwas reden.«

Mein Herz setzte einen Schlag aus und ich spürte, wie Panik in mir aufstieg – verdammt, ich hasste diese verstärkten Gefühle. Am liebsten würde ich gar nichts fühlen. Was konnte so wichtig sein, dass sie es mir jetzt sagen musste?

Ich versuchte, meine Stimme ruhig zu halten. »Was ist los?«

Leilah holte tief Luft, und ich konnte die Ungewissheit sehen, die in jeden ihrer Gesichtszüge geätzt war.

»Es geht um Alexander …«, fuhr sie fort, und ich wusste, was auch immer als Nächstes kam, es würde nichts Gutes bedeuten.

Ich wartete darauf, dass sie fortfuhr, und schließlich ergriff sie wieder das Wort.

»Ich denke, er wird ein paar Klassen von dir übernehmen. Ich weiß, dass es nicht ideal ist, aber ich kann dir versichern, dass er sich das nicht ausgesucht hat und –«

»Ist schon okay«, unterbrach ich sie locker, und sie verengte die Augen. Es war verdammt noch mal *nicht* okay, aber ich hatte beschlossen, mich meinen Dämonen zu stellen, und wenn das bedeutete, Zeit mit dem Mann zu verbringen, der mich ausgenutzt und gedemütigt hatte, dann war es eben so. Vielleicht würde ich aber auch einfach die Kontrolle verlieren und ihm aus Rache den Kopf abbeißen. Win – win.

»Nun, wenn das so ist, dann lass uns gehen. Wir werden einen Umweg machen, um die Sterblichen zu umgehen. Außerdem sind die Klassenräume am anderen Ende der Akademie.« Gute Idee. Leilah sah sich im Raum um und hob eine Augenbraue. »Wie war das Blut?«, fragte sie, wohl wissend, dass ich es nicht getrunken hatte.

»Gut«, antwortete ich knapp und hob meine Tasche. Sie schüttelte nur den Kopf und bedeutete mir, ihr zu folgen. Es war das erste Mal seit meiner Verwandlung, dass ich meine Räumlichkeiten verließ, und ich konnte Leilahs Nervosität praktisch fühlen.

Hier, außerhalb meines Gemachs fühlte ich mich viel zu angreifbar, fehl am Platz. Wie ein Eindringling. Aber es würde nichts helfen, mich wieder unter meine Decke zu verkriechen.

Der Flur kam mir jetzt, wo ich ein Vampir war, anders vor; alles war lebendiger, die Farben der Ölgemälde waren leuchtender und die Schatten, die sie umringten, dunkler. Bücherregale zierten hier und da die tapezierten Wände und meine verrückten Augen konnten sogar die dünne Staubschicht auf den Einbänden ausmachen.

Das ferne Geflüster von Schülern und Professoren rauschte in meinen Ohren, und meine eigenen Schritte klangen unnatürlich laut. Ich würde mich nie an diese Eindrücke gewöhnen können. Vor allem, wenn alle möglichen Geräusche aus jeder Ecke widerhallten. Später würden mich die Kopfschmerzen umbringen, da war ich mir sicher.

Leilah ging neben mir, ihr Gesicht eine Maske der Besorgnis, die sie zu verbergen versuchte. Aber ich kannte sie viel zu gut. Als Aufmunterung wollte ich meine Schulter spielerisch gegen ihre stoßen, doch hatte aus Versehen ein wenig zu viel Kraft in meine Bewegung gepackt, sodass sie zur Seite stolperte. Sie lachte laut auf und massierte sich die Stelle, wo ich sie erwischt hatte. Ups. Nicht anrempeln – ist notiert.

Wir bewegten uns in einem gleichmäßigen Tempo, und ich versuchte, Schritt zu halten, obwohl ich das Gefühl hatte, jeden Moment zu stolpern und zu fallen. Aber meine Motorik klappte immerhin schon viel besser als vor einigen Tagen. Wenn es nach mir ging, sah ich vollkommen natürlich aus.

Leilah zufolge vermied man es in diesem Teil der Akademie, da er theoretisch frei zugänglich war, seine Vampirgeschwindigkeit einzusetzen, aus Angst, von Sterblichen erwischt zu werden. Zwar war die Wahrscheinlichkeit sehr gering, aber man wollte kein Risiko eingehen. Einleuchtend.

Ich spürte Leilahs Augen auf mir und versuchte, meinen Rücken gerade zu halten und meine selbstbewusste Maske aufzusetzen. Aber innerlich war ich ein Wrack. In meinem Kopf drehte sich alles, und ich spürte, wie der Blutdurst wuchs, unter meinen Schläfen pulsierte und in meiner Kehle brannte. Ich wollte es unterdrücken, aber es war wie ein Feuer, das sich nicht ersticken ließ. Ging es den anderen auch konstant so? Und wenn ja, wie könnte eine Akademie die Aufnahme von *Sterblichen* rechtfertigen? Ein Massaker war vorprogrammiert.

Ich wusste, dass es dumm gewesen war, das Blut abzulehnen, und hoffte einfach, den Menschen so gut wie möglich aus dem Weg zu gehen. Vielleicht war mir in dieser Hinsicht etwas Glück vergönnt, obwohl ich befürchtete, dass es genau andersrum war.

Wir bogen in einen schmaleren Gang ein, der kaum genug Platz zum Durchgehen bot. Hätte ich nicht meine neuen Augen gehabt, hätte ich fast nichts gesehen. Die Wände waren aus rauem Stein, an dem man sich leicht die Haut aufschürfen konnte, und die Kälte drang in jede Pore meines Körpers ein.

»Beeil dich«, drängte Leilah, und ich beschleunigte mein Tempo.

Die Geräusche traten in den Hintergrund und wurden durch süße Stille ersetzt. Ich dankte allen möglichen Göttern für dieses Geschenk.

»Noch ein paar Schritte und wir haben es geschafft.« Leilah machte eine scharfe Linkskurve, und wir traten in einen besser beleuchteten Flur, umrahmt von dunkelgrünen Wandteppichen. An freien Stellen hingen Bilder von Menschen – oder Vampiren – in altmodischer Kleidung, und ich wäre gerne stehen geblieben, um die Kunstwerke zu bewundern, aber Leilah warnte mich, dass wir uns verspäten würden, also hob ich mir das Staunen für später auf.

Ich war noch nie in diesem Teil der Akademie gewesen, und ich war mir sicher, dass es einen guten

Grund dafür gab, warum dieser Flügel geheim gehalten wurde.

Schließlich blieben wir vor einer massiven Doppeltür mit eleganten Schnitzereien stehen, und ich hörte ein leises Gemurmel aus dem Klassenraum, das mir verriet, dass Alexander noch nicht anwesend war. Vielleicht hatte ich ja auch Glück und er war krank. Wenn das überhaupt bei ihnen möglich war.

»Ich fürchte, ich muss dich ab hier alleine lassen«, sagte meine Freundin entschuldigend und machte eine Kopfbewegung. »Das hier ist der Kurs für die Anfänger und frisch verwandelten Vampire.« Ich nickte entmutigt, hätte sie gerne an meiner Seite gehabt — wenigstens dieses eine Mal. Solch ein Glück war mir wohl nicht vergönnt.

»Ich hole dich nachher ab. Warte einfach hier auf mich.« Bevor ich etwas erwidern konnte, rannte sie los – diesmal in Vampirgeschwindigkeit.

Ich atmete tief ein und aus, konzentrierte mich darauf, die penetranten Gerüche um mich herum auszublenden und eine unbeeindruckte Miene aufzusetzen. Ob mir das so recht gelang, wusste ich nicht. Dann drehte ich den Türknauf, mein Griff so fest, dass ich die Tür fast aus den Angeln gerissen hatte. Hätte keinen guten ersten Eindruck hinterlassen.

Ich schob mir eine Strähne hinters Ohr und blickte auf.

Fünfzehn Augenpaare schossen in meine Richtung, einige schauten misstrauisch, einige verwundert, alle *tödlich*.

KAPITEL 8

Mir stockte der Atem, als ich das Klassenzimmer betrat. Der Raum war ein wahrer Blickfang mit seiner eleganten Schönheit und dem klassischen Charme. Acht hölzerne Kirschbaumschreibtische waren in zwei Reihen aufgestellt und ihre Oberflächen schimmerten im warmen Licht des Kronleuchters, der von der Decke hing. Große Fenster gaben den Blick auf die Gärten frei, und an den Wänden standen Bücherregale, die Ledereinbände der alten Wälzer verstaubt, was das dunkle Ambiente des Raumes noch unterstrich.

An der Vorderseite des Klassenzimmers befanden sich eine Tafel und das Lehrerpult, beide gleichermaßen beeindruckend in ihrem einfachen, aber raffinierten Design. Das Pult war aus dunklem, poliertem Holz und hatte einen ordentlichen Stapel Papiere darauf.

Ich ging langsam auf den einzigen freien Platz zu

und ließ meine Hand über die glatte Oberfläche gleiten. Mir war klar, dass alle Augenpaare mich verfolgten und bei dem Wissen, dass sie alle Killermaschinen waren, wäre ich am liebsten schreiend rausgerannt. Aber ich konnte mir diese Schwäche nicht anmerken lassen. Dieser erste Auftritt würde bestimmen, ob ich für den Rest meines Aufenthalts hier der Jäger oder die Beute war. Ich bevorzugte Ersteres, auch wenn ich mich nicht danach fühlte.

Mein Blick richtete sich auf das Mädchen, das neben dem freien Stuhl saß. Ihr warmes, schokoladenbraunes Haar reichte ihr bis zu den Hüften, und ihre dunklen, fast schwarzen Augen strahlten eine Faszination aus, die ich nicht verstand. Sie trug ein gelbes Haarband, das mit der Farbe ihrer Uniform nicht harmonierte, aber trotzdem unglaublich hübsch an ihr aussah und ihr einen mädchenhaften Flair verlieh. Sie hob ihr spitzes Kinn und lächelte mich an. Kleine Grübchen bildeten sich auf ihren Wangen und ließen sie jünger wirken, als sie vermutlich war. Wahrscheinlich war sie aber in meinem Alter. Zumindest hoffte ich das.

Wenn ich mich umschaute, waren alle anderen weitaus jünger als ich, was meinem Ego nicht wirklich guttat, um ehrlich zu sein.

»Darf ich?« Ich deutete auf den Stuhl neben ihr.

Sie legte den Kopf schief, als hätte ich gerade die dümmste aller Fragen gestellt.

»Aber natürlich.« Das Mädchen schenkte mir ein Grinsen, das so echt und unbeschwert war, dass ich es fast erwiderte. »Du bist Avery, oder?«, fragte meine

Sitznachbarin und verschränkte ihre Finger elegant auf dem Schreibtisch. Ich räusperte mich, hätte mir die erste Interaktion im Klassenzimmer schlimmer vorgestellt. Fuck, hatte ich es gerade verschrien?

»Ja, und du bist?«, fragte ich, während ich mich auf dem unbequemen Stuhl niederließ, dessen Polsterung kaum dick genug war, um das Holz darunter nicht zu spüren.

»Du hast ganz schön für Aufregung gesorgt«, sagte sie kichernd. »Viele sagten, du würdest nicht erscheinen, und da die anderen mal wieder vor mir da waren, hatte ich den letzten freien Tisch bekommen. Alles Weicheier, sie befürchteten, du würdest denen an die Gurgel gehen oder so, aber ich denke, wir werden gute Freundinnen werden«, verkündete sie stolz. Ich hob eine Augenbraue. Die anderen hatten Angst vor *mir*? Ich musste fast lachen.

»Dein Name?«, wiederholte ich amüsiert, und ihre Worte sprudelten nur so heraus, als würden sie von einem Serienmörder gejagt werden.

»Oh, ja, sorry. Manchmal vergesse ich mich, wenn ich aufgeregt bin. Ich hatte nur nicht erwartet, dass du so nett bist.« Sie grinste von einem Ohr zum anderen, und ich fragte mich, warum sie diesen Eindruck von mir hatte. Reichte es schon, ihr nicht den Kopf abzureißen, damit sie mich mochte? Ich schnaubte innerlich.

Meine Sitznachbarin holte tief Luft. »Nicolette.« Sie streckte mir die Hand entgegen. »Nicolette Jeong.« Ich schüttelte sie zögernd.

»Avery James, aber das weißt du ja schon.« Alle

wussten ihn anscheinend, hatten sich schon auf meine Ankunft vorbereitet.

Gerade als sie etwas hinzufügen wollte, wurde die Tür aufgerissen. Ich hatte seine Schritte gar nicht bemerkt, war viel zu sehr auf Nicolette konzentriert gewesen. Aber jetzt hallte Alexanders Duft durch den Raum wie ein Schrei der Lust. Er war anders, als ich ihn in Erinnerung hatte, dunkler, verführerischer. Ich schüttelte den Kopf, um die alten Bilder von ihm zu vertreiben, wie er meinen Namen gehaucht hatte, als ob er es ernst meinte. *Bullshit.* Nichts davon war echt gewesen, weder seine zarten Küsse noch seine liebevollen Berührungen. Ich war ein netter Zeitvertreib gewesen, doch jetzt war damit Schluss.

Mr. Preston hob den Blick und unsere Blicke trafen sich zum ersten Mal seit jener Nacht auf der Party, zum ersten Mal, seitdem ich gestorben war. Ein Wirbelsturm breitete sich in meiner Brust aus, so allesverzehrend, dass ich dachte, ich würde ersticken. In seinen Augen lag ein Hauch von Sehnsucht, den er weder leugnen noch verbergen konnte. Es war, als wolle er die Hand nach mir ausstrecken, mir etwas sagen, aber konnte es nicht. Was wollte er auch schon hier, mitten im Klassenzimmer, bewirken? Zwischen uns war alles gesagt, sein Verrat bedurfte keiner großen Worte mehr.

Mr. Preston hatte deutlich gemacht, dass er mich nicht wollte, dass ich nur für einen *einfachen Fick* gut gewesen war, warum also die plötzliche Veränderung in seinem Blick? Machte es ihm Spaß, mir immer wieder das Herz zu brechen?

Seine Schultern waren angespannt, als würde er

sich selbst davor abhalten wollen, etwas Impulsives, etwas sehr Dummes zu tun. Ich konnte praktisch spüren, wie sich die Elektrizität zwischen uns aufbaute, eine unbestreitbare magnetische Kraft, vor der ich mich schützen musste.

Trotz allem lag ein Hauch von Bedauern in seinen Augen, die so müde waren, als hätte er seit Tagen nicht mehr geschlafen. Bedauern über das, was er gesagt hatte, darüber, wie er mich behandelt hatte. Zumindest war es das, was mein naiver Verstand sich zusammenreimte. Es war fast so, als würde er um Vergebung bitten, ohne ein Wort zu sagen. Er wollte sicher sein Gewissen beruhigen. Aber das war nicht genug. Würde es nie sein. Ich würde nie vergeben und noch weniger vergessen. Nur über meine Leiche.

Ich warf ihm einen verächtlichen Blick zu, legte so viel Hass und Abscheu hinein, wie ich nur konnte. Schließlich sah er weg, konzentrierte sich auf die Unterlagen auf seinem Schreibtisch und presste die Lippen zusammen.

Alexander

Averys hasserfüllter Blick traf mich mitten ins Herz und erschütterte meine Seele.

Sie hatte jedes Recht, wütend zu sein, mich zu hassen, aber es tat nicht weniger weh. Ganz im Gegenteil.

Ihr wunderschönes Gesicht, so anders und doch dasselbe, war auf mich gerichtet, die Narbe kaum sichtbar. Ich wusste, dass sie es hasste, dass sie nicht mehr da war, denn ich kannte sie besser als mich selbst. Deshalb war ich mir auch sicher, dass sie mir nie verzeihen würde, nicht gänzlich, zumindest.

Ich hatte sie nicht gerettet, und sie würde es mich für den Rest meines Lebens nicht vergessen lassen. Die Schuldgefühle schmerzten wie ein Pfeil in meiner Brust, aber wenigstens ließen sie mich *etwas* fühlen. Schlimmer noch wäre die Leere gewesen, die in ihrer Abwesenheit all die Jahrzehnte geherrscht hatte.

»Da unser Neuzugang einen Monat verpasst hat, würde ich gerne die Grundlagen des Vampirismus und die Geschichte der Akademie auffrischen.« Einige Mitschüler stöhnten genervt auf, weil sie die Fakten schon zigmal gehört hatten. Aber das war mir egal. Ich warf den kleinen Arschlöchern einen warnenden Blick zu, und sie sanken zurück in ihre Stühle wie rückgratlose Welpen. Gut so.

Aus dem Augenwinkel bemerkte ich, wie Avery mich einen Moment lang anstarrte, bis ihr Blick wieder auf ihre Hände fiel.

»Die Preston Academy wurde gegründet, um junge Vampire aus Adelshäusern und verwandelte Vampire gleichermaßen in Sachen Magie, Kampf und Umgang mit Menschen zu unterrichten«, holte ich aus, »Durch ein neues Programm und unter dem Deckmantel, Jugendlichen eine Gefängnisstrafe zu ersparen, nehmen wir auch Sterbliche auf, um junge Vampire, die oft unberechenbar und von negativen Emotionen geleitet werden, an das Blut der Menschen zu akklimatisieren.«

Ich lehnte meine Hüfte gegen die Kante des Pultes, wusste, dass ich jetzt meinen Part spielen musste, dass Avery die nächsten Worte mehr als widerlich finden würde. Aber das war unsere Realität. Ein abgefucktes Programm meiner Eltern. »Aber wieso gerade Kleinkriminelle? Nun ja, die straffälligen Problemkinder, meist von Pflegeheim zu Pflegeheim gereicht, würde man leichter vergessen oder man könnte schneller eine Ausrede für ihr Verschwinden erfinden, falls einer von euch sich nicht beherrschen kann. Manche kaufen sich auch einen Platz hier, das füllt die Taschen, ist aber riskanter.« Ich zuckte mit den Schultern. »Der Unterricht findet teils separat und teils zusammen statt und einige Vampire, in denen wir besonderes Vertrauen haben, teilen sich mit Sterblichen ein Zimmer. So werden diese perfekt an eine Welt angepasst, in der sie immer wieder in Versuchung geraten. Diskretion ist in unseren Kreisen essenziell und gerade junge Vampire brauchen eine harte Hand. Meine Familie bietet sie ihnen.«

Ich sah in jedes ihrer Gesichter, sah die Angst, die den Ruf meiner Familie verbreitete. »Ohne Disziplin seid ihr euren Kopf schneller los, als euch lieb ist, und euren Eltern ist es vermutlich egal. Die Ewigkeit ist eine lange Zeit, um weitere Nachkommen zu zeugen. Vergesst das nie.« Averys angeekelter Blick traf meinen und ich sah schnell in die andere Richtung, um den Schmerz zu verbergen. Das alles war nun mal ein Teil meiner Familie. Ein grotesker, barbarischer Teil, dem ich liebend gerne ein Ende bereitet hätte, aber mir waren die Hände gebunden. Ich konnte nichts anderes machen, als alles über mich ergehen zu lassen und mich dreckig zu fühlen.

»Wer kann mir sagen, wo Vampire ihren Ursprung haben und was sie mit Hexen verbindet?« Ein paar Hände gingen in die Höhe, und ich zeigte auf den Jungen auf der linken Seite des Klassenzimmers, der wahrscheinlich um die 13 Jahre alt war. Er räusperte sich.

»Beide Spezies haben ihren Ursprung in *Elyanne*, dem Reich der Hexen. Es ist eine Parallelwelt, wenn man so will. Vampire stammen zur Hälfte von Hexen ab, also haben wir fast die gleichen Kräfte.«

Ich nickte und bohrte nach: »Inwiefern stammen Vampire von Hexen ab?«

Der schüchterne Junge errötete und ich verdrehte fast die Augen.

»Man sagt, die ersten Vampire wurden erschaffen, als, als …« Einige seiner Klassenkameraden kicherten, und ich warf ihnen einen warnenden Blick zu.

»Spuck's schon aus«, entgegnete ich genervt.

»Als sich Hexen mit Dämonen gepaart haben.« Aus dem Augenwinkel sah ich, wie Averys Augen groß wurden und ihr Teint etwas Grünliches annahm.

»Sehr gut. Du da«, sagte ich zu einem Mädchen in der ersten Reihe, deren Stifte makellos neben ihrem Notizbuch aufgereiht waren. »Was unterscheidet uns noch von Hexen, außer dass wir zum Teil von Dämonen abstammen?«

Sie schob sich eine Strähne hinters Ohr. »Während

die Elementarmagie bei Hexen ausgeprägter ist, sind wir schneller, stärker und belastbarer. Wir haben auch die Gabe, Menschen unserem Willen zu unterwerfen, sie dazu zu bringen, das zu sagen, was sie denken oder bestimmte Dinge zu tun …« Sie holte tief Luft und ich tippte ungeduldig mit den Fingern auf das Holz des Lehrerpults. Dieses Mädchen war die schlauste der Klasse, aber verdammt, konnte sie ein Thema mit ihrer ausschweifenden Sprache in die Länge ziehen. »Während beide Spezies nach dem 25. Lebensjahr sehr langsam altern, kann es bei uns Jahrhunderte dauern, bis wir ein paar Jahre älter aussehen. Der Alterungsprozess hängt aber auch von der Stärke der Magie in uns ab, ganz gleich ob Hexe oder Vampir.« Sie beendete ihren Monolog und gab ihrer Sitznachbarin einen hochmütigen Blick.

Ich nickte, aber da war noch eine Kleinigkeit. »Du hast den wesentlichsten Aspekt vergessen. Welcher ist das?« Sie runzelte die Stirn, und ich wartete nicht, bis ihr die Antwort einfiel, sondern zeigte auf ein anderes, jüngeres Mädchen zwei Reihen hinter ihr.

»Wir trinken Blut, natürlich. Es hält uns stark und ausgeglichen.« Avery presste die Lippen zusammen und dachte wahrscheinlich an ihren Hunger, wie es in den ersten Monaten üblich war. Sie musste sicher Höllenqualen leiden. Bei dem Gedanken ballte ich meine Hände zu Fäusten.

»Und wenn wir kein Blut trinken?«, fragte ich in die Runde, auch als Warnung an Avery, weil ich wusste, dass sie sich weigerte. Ein Junge, eine Reihe vor Avery, meldete sich zu Wort.

»Wir werden launisch und so kraftlos, dass uns sogar das Stehen schwerfällt. Und unsere Magie wird auch schwächer.«

Averys Gesicht wirkte beinahe blasser als sonst und für eine Millisekunde konnte ich die schwarzen Venen um ihre Augen sehen, bevor sie verschwanden. Vielleicht hatte sie sich überschätzt und hätte lieber – entgegen dem Wunsch meiner Tante – vom Unterricht fernbleiben sollen. Niemand hätte es ihr verübelt. Niemand außer sie selbst, denn sie wollte, dass alles wieder normal war. Sie verleugnete dabei alles, was sie durchgemacht hatte. Verleugnete ihren Tod. Ein Tod, in dem ich eine tragende Rolle gespielt hatte, weil ich sie nicht beschützen konnte. So wie beim ersten Mal.

Ich seufzte, holte mein Tablet heraus und wählte ein Dokument aus.

Einen Knopfdruck später erhielt jeder Schüler eine Übersicht über die einflussreichsten Vampirfamilien, meine ganz oben, gefolgt von Aziz, Vernon, Popescu, Marino, Toussaint, Eriksen und Arden.

»Diese Familien gehören zu den ältesten und mächtigsten der Geschichte. Prägt euch ihre Namen und die von ihnen geführten Unternehmen ein. Prägt euch ein, welchen Einfluss sie in der Politik haben, welche Ehebündnisse welche Vorteile hatten. Ich werde euch dazu abfragen.« Aufgeregtes Gemurmel ging durch den Raum. Die Schüler zeigten auf Fotos, verglichen, wen sie kannten und mit wem sie entfernt verwandt waren, und ich drehte mich um und schrieb einige relevante Daten an die Tafel, betete um Averys willen, dass diese Stunde bald vorbei war.

Der Hunger in mir wurde von Minute zu Minute stärker, eine unersättliche Bestie, die an meinen Eingeweiden zerrte. Das Stimmengewirr meiner Klassenkameraden war wie ein Chor aus Messern, die sich mit jedem Augenblick in meinen Schädel bohrten. Das Licht über mir blendete mich, brannte auf meiner Netzhaut wie die Sonne selbst.

Meine Adern pulsierten mit einer Dringlichkeit, die sowohl beängstigend als auch berauschend war. Es war, als würde jede Faser meines Wesens nach Blut schreien, nach der Nahrung, die die nagende Leere in mir stillen würde. Wenigstens für ein paar Minuten. Fuck, ich hatte einen großen Fehler begangen, hier aufzukreuzen.

Mein Kopf pochte so heftig, dass mein Verstand zu zerbrechen drohte. Jedes Geräusch, jeder Geruch, jede Empfindung wurde in einem unerträglichen Ausmaß verstärkt, wie eine Symphonie des Chaos, die mich ganz zu verschlingen drohte.

Ich kämpfte darum, meine Fassung zu bewahren und dem Drang zu widerstehen, meinen Impulsen nachzugeben, die mich zu überwältigen drohten. Dieser Kampf war ein Willenskrieg, ein Krieg zwischen dem Hunger, der in mir tobte, und der Beherrschung, die mich an meiner Menschlichkeit festhalten ließ.

Doch selbst in diesem Kampf wusste ich, dass mein Widerstand nur so lange andauern konnte. Irgendwann würde der Hunger siegen, und mir würde nichts bleiben als der Geschmack von warmem Blut auf meiner Zunge und die Schuldgefühle für das, was ich geworden war. *Monster, Monster, Monster.*

Allein der Gedanke daran jagte mir einen Schauer über den Rücken, und ich spürte, wie meine Reißzähne in Vorfreude ausfuhren.

Ich schloss die Augen, atmete tief durch und versuchte, meine aufgewühlten Gefühle wieder unter Kontrolle zu bringen. Aber der imaginäre Geruch von Blut war wie der Ruf einer Sirene, unwiderstehlich und alles verzehrend.

Ich spürte, wie mein Körper vor Anstrengung zitterte, wie sich meine Finger verkrampften und wieder lösten, während ich darum kämpfte, nicht aufzufallen. Aber der Hunger war unerbittlich, ein ständiges Sperrfeuer, das jeden Moment meine Abwehr zu durchbrechen drohte.

Meine Zähne waren wie Messer, scharf und tödlich, und ich konnte ihre Macht an meinen Lippen spüren. Ich wusste, dass ich an der Schwelle zu etwas Gefährlichem stand, etwas, das den Verlauf meines unsterblichen Lebens für immer verändern konnte.

Aber trotzdem hielt ich mich zurück. Ich spannte meinen Kiefer an und kämpfte mit aller Kraft, der Versuchung zu widerstehen, die mich zu überwältigen drohte.

In diesem Moment fühlte ich mich wie eine Gefangene, eingesperrt in meinem eigenen Körper, mit dem Hunger als meinem Wärter. Aber ich weigerte mich, nachzugeben und zu dem Biest zu werden, das ich fürchtete.

So saß ich also da, die Reißzähne bereit, eine Närrin, die kurz davor stand, die Kontrolle zu verlieren. Und doch fand ich irgendwie die Kraft, durchzuhalten, mein Verlangen in Schach zu halten.

Ich wusste, ich brauchte Blut. Ich brauchte es so dringend. *Nur einen Tropfen, bitte.*

Nein ... dieser Teil durfte nicht siegen. Niemand hatte gesagt, dass ich ohne Blut sterben würde, oder? Ich brauchte nicht zu trinken, brauchte mich nicht zu verändern. *Aber du hast dich doch schon verändert*, flüsterte die sanfte Stimme in meinem Kopf. *Halt die Klappe.*

Ich zwang mich, mich auf das Dokument auf meinem Tablet zu konzentrieren. Der Name Preston stand über denen der anderen Familien wie ein Herrscher.

Darunter befand sich ein Bild der Preston Academy. Ich spürte Augen auf mir und schaute auf. Alexander wirkte dünner, seine Augenringe dunkel vom Schlafmangel, und die Wangen eingefallen, was seine markanten Züge noch mehr hervortreten ließ. Sein weißes Hemd war zerknittert, und seine schwarze Hose saß an einigen Stellen zu locker. Ich hatte fast Mitleid mit ihm, ehe ich mich ermahnte.

Ein Mann, der an einer Akademie unterrichtete, in der Menschen wie wilde Tiere angesehen wurden, hatte mein Mitleid nicht verdient.

Er ertappte mich dabei, wie ich ihn voller Verachtung anstarrte, und ich hielt seinem Blick stand, bevor ich mich wieder meinem Tablet zuwandte.

»Geht es dir gut?«, fragte Nicolette, ihre Stimme so nah an meinem Ohr, dass ich aufschreckte.

»Nein«, antwortete ich ehrlich. »Mir ist schlecht.« Keine Lüge. Sie nickte verständnisvoll.

»Wenn du willst, begleite ich dich auf dein Zimmer.« Ihre melodische, leise Stimme war ein starker Kontrast zu Alexanders rauen Worten.

»Danke, aber ich komme schon klar. Ich kann mich ja nicht ewig in meinem Zimmer verkriechen.« Sie sah mich besorgt an, bevor ihre Gesichtszüge wieder weicher wurden und ihre süßen Grübchen zum Vorschein kamen.

»Wenn du das sagst. Nur damit du es weißt, ich habe das auch schon durchgemacht, du kannst also immer mit mir reden.« Nicolette schaute mich aufmunternd an, doch ich konnte ihren Blick nicht erwidern.

Ja, ihr Angebot war sehr nett, aber ich konnte mich nicht dazu durchringen, es anzunehmen. Denn wenn ich es annehmen würde, würde ich auch akzeptieren, was ich war. Und ich hatte in Flavians Gesicht gesehen, was der Vampirismus aus einem machte.

Ich schüttelte den Kopf, und sie widmete sich wieder ihrem Notizbuch, in dem sie die Informationen über die Adelsfamilien zusammenfasste.

Der Junge vor uns drehte sich um und sah uns mit einem grausamen Lächeln an.

»Bettelst du wieder um Freundschaft, Jeong? Ausgerechnet von *ihr*? Jämmerlich. Du machst dich lächerlich, merkst du es nicht? Sieh es ein, niemand will mit dir Zöpfe flechten.« Ich ballte meine Hände zu Fäusten.

Wie konnte er es wagen, so mit Nicolette zu reden? Lodernde Wut stieg mit Überschallgeschwindigkeit in mir auf und meine Sinne fixierten sich voll und ganz auf den Teenager vor uns. Ich hörte seinen Herzschlag, das Flattern seiner Wimpern.

Tausende Gedanken schwirrten mir durch den Kopf, hatten allesamt mit seinem Tod zu tun. Es wäre so leicht, ihn zu packen, zu quälen, ihm das Genick zu brechen ... Gänsehaut breitete sich auf meiner Haut aus, denn diese Rage fühlte sich so verdammt gut an. Ein Ventil für mein Selbstmitleid. Sein Tod würde mir die Erlösung bringen, die mein Geist so dringend brauchte.

Nicolette rückte zurück, machte sich klein, als sei sie mehr verletzt als wütend. Ich sah sie an; ihre Wangen waren gerötet und ihre Augen füllten sich mit Tränen.

»Pass auf, wie du mit ihr redest«, sagte ich mit tödlicher Ruhe und bleckte ungewollt meine spitzen Reißzähne. Der Junge schnaubte verächtlich.

»Ich lasse mir von einem dreckigen Verwandelten nicht sagen, was ich zu tun habe. Du bist genauso erbärmlich wie der Abschaum neben dir.« Meine Fingernägel bohrten sich in den Tisch.

»Genug«, schrie Alexander wütend, aber ich schenkte ihm keine Beachtung. Das polierte Holz gab unter meinen Fingern nach und Nicolette spannte sich neben mir an. Vielleicht ahnte sie bereits, was passieren würde, wenn der Kerl nicht bald die Klappe halten würde. Sollte er doch weiterreden, ich begrüßte seine Provokation.

»Du spuckst große Töne für jemanden, der noch nicht einmal Haare an den Eiern hat.« Sein bester Freund lachte auf und er brachte ihn mit einem finsteren Blick zum Schweigen.

»So neugierig auf meine Eier? Spreiz deine Beine und vielleicht zeige ich dir, wo dein Platz hier ist.« Meine Hände zitterten, und ich konnte nicht mehr klar sehen. Meine Rationalität wurde von der Glut in meinen Adern übermannt. Normalerweise wären solche Bemerkungen an mir abgeprallt, aber das hier war anders. Solch einen Angriff konnte der Vampir in mir nicht wegstecken. Ganz im Gegenteil. »Der Hund neben dir kann mitmachen, wenn sie sich wäscht.« *Genug*.

Ich würde ihn *umbringen*. Und ich würde es verdammt noch mal genießen.

KAPITEL 9

Bevor Alexander uns erreichen konnte, wahrscheinlich um den Schüler zu verprügeln, war ich bereits instinktiv aufgestanden und hatte ihn mit nur einem Bruchteil meiner Kraft ans andere Ende des Raumes geschleudert. Er keuchte, als er hart auf dem Boden aufkam, und bevor er etwas unternehmen konnte, war ich dank meiner Vampirgeschwindigkeit schon auf ihm und versetzte ihm einen brutalen Schlag nach dem anderen. Der Junge bewegte sich nicht. Es war fast so, als würde er von unsichtbaren, magischen Ketten gefesselt sein. Umso besser für mich, denn jetzt konnte ich endlich meine Wut rauslassen.

Sein Blut spritzte mir ins Gesicht, und die Knochen in seinem Gesicht brachen unter meiner neuen, unerbittlichen Kraft. Ich lächelte, während ich mich in dem Rausch der Gewalt verlor und genoss das Gefühl von rohem Fleisch unter meinen Fingerknöcheln. *Noch ein*

Schlag und noch ein Schlag und noch ein Schlag. Er hatte nicht mal Zeit, um Vergebung zu bitten, während meine Fäuste durch die Luft flogen und sein Gesicht bearbeiteten, als wäre es bloß ein Kissen. Dieser Widerstand war nichts im Vergleich zu meiner durch Mordlust angefachten Macht.

Ich hatte den Jungen so zugerichtet, dass nicht mal seine dreckige Familie ihn erkennen würde. Aber da war noch Luft nach oben, also schlug ich weiter und bemerkte, wie ihm sogar Blut aus den Ohren floss. Es roch nicht so verführerisch wie das der Menschen. Es roch fast nach gar nichts, um ehrlich zu sein.

Nicht mehr lange und dieses Arschloch würde unter meiner Hand sterben. Gut.

»Das reicht, Ms. James«, knurrte Alexander hinter mir, aber griff nicht ein, also beachtete ich ihn nicht. Der Typ unter mir hatte es verdient, einen langsamen, qualvollen Tod zu sterben. Er hatte praktisch darum gebettelt. Und jetzt zeigte ich ihm, was ein *dreckiger Verwandelter* mit ihm anstellen konnte. Seine Wangenknochen wurden zu bloßen Splittern unter meinen Fäusten und schnitten in meine Haut.

Das bist nicht du, meldete sich die Stimme in mir wieder zu Wort, aber ich konnte mich nicht von ihm lösen, musste es zu Ende bringen. Meine Reißzähne schossen hervor und schmerzten ins Unermessliche. Der Dämon in mir spornte mich an, versicherte mir, dass dieser Bastard es so gewollt hatte. *Ja, er hatte es verdient.*

Meine zerschundenen Hände legten sich um seinen Kiefer, und ich drückte sein Gesicht zur Seite, was den Boden unter seinem Schädel zum Nachgeben brachte. Ich leckte über meine Reißzähne und gerade als ich ihm an die Kehle gehen wollte, flog ich brutal zurück und landete hart auf meinem Hintern.

Ich wollte aufstehen, um zu beenden, was ich begonnen hatte, aber unsichtbare Eisenketten hielten mich zurück. *Was zur Hölle?* Wie ein wildes Tier wehrte ich mich gegen diese Magie, doch es half nicht.

Mr. Preston kam in mein Blickfeld und legte seine Hand auf das Gesicht des fast bewusstlosen Typen. Ein blasses Licht schimmerte aus seiner Handfläche und drang ins aufgeplatzte Fleisch des anderen ein. Mit Entsetzen sah ich dabei zu, wie seine Wunden allmählich heilten.

»Ich werde dich dort festhalten, bis du dich beruhigt hast.« Ich entblößte meine Reißzähne, eine stumme Warnung. Mörderische Wut durchströmte meinen Körper. Ich würde kein Problem damit haben, ihn auch aus dem Weg zu räumen. In meinem Körper herrschte bloß noch Hass und Zerstörung. Ich würde jeden Einzelnen von ihnen umbringen, mit Freuden sogar. »Atme gleichmäßig, höre auf deinen Herzschlag«, wies mein Professor mich an.

»Fahr zur Hölle«, spuckte ich ihm entgegen. Er zeigte sich unbeeindruckt von meinen Worten.

»Ich glaube, da bin ich schon längst. Beruhige dich, oder du landest bei der Direktorin.« Ich schloss die Augen, um sein Gesicht nicht mehr sehen zu müssen, und hörte, wie sich der Junge ein paar Schritte vor mir aufrichtete und wütend aus dem Raum stapfte.

»Glaub nicht, es ist vorbei«, schrie ich ihm nach

und wusste, dass er mich auch vom Flur aus gehört hat. Das sollte ihm eine Lehre sein. Das nächste Mal, wenn ich ihn erwischte, würde er nicht mehr so leicht davonkommen.

Ich konzentrierte mich auf meine Atmung, auf die Atmung aller Vampire im Raum, bis mein rasender Puls sich allmählich beruhigte. Aber es war verdammt schwer, die Rage in meinem Herzen zu unterdrücken, wenn der Kampf so unfair unterbrochen worden war.

Als ich mich einigermaßen beruhigt hatte, nahm ich einen seltsamen neuen Duft in der Luft wahr, das Abbild der Verführung schlechthin. Ich atmete tiefer ein und genoss das Gefühl, das er mir gab — Sicherheit und Geborgenheit. Es war fast so, als ob ich nach Hause gekommen war. War das wieder einer dieser Tricks?

Ich atmete noch einmal tief ein und richtete mich schließlich an meinen Professor.

»Sie können mich loslassen, es geht mir gut«, log ich. Er sah mich an, nickte knapp und wandte sich ab. Das Gewicht auf meinen Armen und Beinen wich kühler Luft, und ich konnte mich endlich auf wackeligen Beinen aufrichten. Mit einem sauberen Stück meines Ärmels rieb ich mir das restliche Blut aus dem Gesicht und von den Fingerknöcheln und setzte mich wieder auf meinen Stuhl. Alle vierzehn Augenpaare verfolgten jede meiner Bewegungen und berechneten, ob ich wieder durchdrehen würde oder nicht. Ich gab ihnen nicht die Genugtuung, einzuknicken. Stattdessen schaute ich jedem von ihnen ins Gesicht und lächelte selbstgefällig — eine Maske der Grausamkeit, die mir normalerweise so gar nicht stand. Aber dieses Mal war es anders.

Nur Nicolette sah mich mit einer Art Neugierde an, die ich nicht begriff. Es war, als hätte ich gerade eine abenteuerliche Geschichte erzählt und nicht einen Klassenkameraden fast zu Tode geprügelt. Ich schüttelte ungläubig den Kopf.

»Jetzt, wo wir uns alle beruhigt haben, können wir uns wieder den Hausaufgaben widmen«, hörte ich Alexander sagen, aber ich war schon längst nicht mehr in der Lage, mich auf seinen Unterricht zu konzentrieren. Mein Blut kochte, und ich musste jede Faser meiner Konzentration aufbringen, um nicht aufzustehen und dem Kerl hinterherzujagen. Ein falsches Wort und ich würde mich verlieren, zum Teufel mit den Konsequenzen.

»Das war sehr ehrenhaft, danke«, flüsterte Nicolette mir zu. Ich schnaubte. *Ehrenhaft*? An dem Beinahe-Blutbad war nichts Ehrenhaftes. Wenn Alexander mich nicht von dem Jungen weggezogen hätte, hätte ich ihn vor der ganzen Klasse hingerichtet und dabei gelacht.

Meine Sitznachbarin ließ das Thema fallen, und ich zählte die Sekunden, bis die Stunde endlich zu Ende war.

Ich wartete vor dem Klassenzimmer auf Leilah, meine Schuluniform blutverschmiert. Meine Kehle brannte, als hätte sie jemand mit einem heißen Eisen durchbohrt. Ich hatte es kaum geschafft, mich nach dem Kampf zu beruhigen, und jetzt war ich ein Wrack.

Die anderen Schüler sahen mich entweder mit Entsetzen oder mit einer morbiden Begeisterung an, und ich spürte, wie sich ihre übernatürlichen Augen in meinen Rücken brannten. Ich versuchte, sie zu ignorieren und mich auf meine Atmung zu konzentrieren, aber der Hunger war überwältigend, und ich spürte, wie sich meine Reißzähne mit jedem Herzschlag verlängerten. Nein, ich konnte es mir nicht leisten, die Kontrolle zu verlieren, nicht hier, nicht wieder. Die Direktorin hatte ihre Augen überall.

Ich fühlte mich schuldig, nicht wegen des Kampfes, sondern weil ich ihn *genossen* hatte. Ich konnte nicht glauben, dass ich mich von meiner Blutrünstigkeit überwältigen lassen hatte, aber gleichzeitig konnte ich nicht anders, als mich nach mehr Gewalt zu sehnen. Es war ein Teufelskreis, und ich wusste nicht, wie ich mich davon befreien konnte.

Aus der Ferne waren federleichte Schritte zu hören, und ich atmete erleichtert aus.

Leilah war endlich da, und ich war dankbar für die Ablenkung. Mit meinen Gedanken allein zu sein, war gerade keine gute Idee.

Sie blieb stehen, ihr Blick auf meine Kleidung gerichtet. Ihre Augen weiteten sich, als sie erkannte, was die Flecken waren. Definitiv kein Kirschsaft.

Meine Freundin stieß einen Seufzer aus und schüttelte den Kopf. »Ich kann dich keine fünf Minuten allein lassen, oder?«, stichelte sie, aber mir entging nicht die Sorge in ihrem Ton. Wenigstens hatte sie mir keinen Vortrag gehalten.

Ich rollte mit den Augen und setzte ein falsches Lächeln auf. »Nein, ich glaub nicht«, antwortete ich und bemühte mich um einen lockeren Ton.

Leilah führte mich zurück in mein Gemach, und ich zog mir schnell frische Kleidung an, erleichtert, dass ich die blutigen Sachen loswerden konnte. Sie beobachtete mich die ganze Zeit über mit einem leichten Stirnrunzeln, sagte aber nichts.

Als ich mit dem Umziehen fertig war, spürte ich ihren typisch misstrauischen Blick wieder auf mir. Ich wusste, dass ich etwas sagen musste, um sie zu beruhigen. »Es war nur eine kleine Rauferei, Leilah. Kein Grund zur Sorge, wirklich«, versicherte ich ihr. Zum Glück waren meine geprellten Knöchel verheilt, ein weiterer Vorteil der Magie, die mich durchströmte.

Sie hob skeptisch eine Augenbraue, schien meine Erklärung aber erst einmal zu akzeptieren. »Na gut, aber pass nächstes Mal auf dich auf«, sagte meine Freundin entschlossen, bevor wir uns auf den Weg zur nächsten Unterrichtsstunde machten.

Ich konnte nicht umhin, ein schlechtes Gewissen zu haben, als ich sie aus den Augenwinkeln beobachtete. Ich wusste, dass sie zu Recht misstrauisch war, aber ich konnte mich nicht dazu durchringen, ihr die Wahrheit zu sagen.

Es war nicht nur eine kleine Rauferei gewesen. Die Macht, die ich während des Kampfes verspürt hatte, war berauschend gewesen, und ich konnte den Kick nicht leugnen, den es mir gegeben hatte. Aber ich wusste, dass ich es nicht laut aussprechen konnte, aus Angst, sie würde mich verurteilen oder mich so sehen, wie ich Flavian sah. Ich musste diese dunkle Seite verborgen halten, selbst vor denen, die mir am nächsten standen.

Aber was, wenn sie von mir Besitz ergriff und meine Seele vergiftete, bis nur noch meine Hülle übrig blieb?

»Wir sind da«, riss sie mich aus meinen Gedanken.

KAPITEL 10

Wir standen vor einer massiven, mit Eisenelementen verzierten Tür. Der bloße Anblick stieß mich ab und ließ mich atemlos zurück. Irgendetwas stimmte hier nicht. Es war abartig, ekelerregend.

»Was sind das für Zeichen?«, hauchte ich, während sich mein Magen schmerzhaft zusammenzog. Mein ganzer Körper schrie danach, dass ich weit weglaufen und nie mehr zurückkehren solle. Fuck, ich konnte nicht bleiben, es würde mich umbringen ...

Leilah strich mir über den Rücken, und ich zuckte bei ihrer Berührung zusammen, woraufhin sie ihre Hand zurückzog. »Das ist ein magieabweisendes Eisen. Man benutzt es, um die Magie in Schach zu halten, oder sie legen es einem an, damit man keine Magie mehr anwenden kann. Es verwandelt dich praktisch in einen Sterblichen. Du wirst dich daran gewöhnen, aber fass es nicht an. Es verbrennt dir die Finger.« Ich wich einen Schritt zurück, angewidert von der Kraft, die dieses Eisen ausstrahlte. Wer wollte mit dem Scheiß schon etwas zu tun haben?

»Und warum ist das hier in der Akademie?«

Meine Freundin kratzte sich am Hinterkopf.

»Für den Unterricht in Elementarmagie oder für den Kampfunterricht. Das Eisen ist notwendig, damit die Vampire nicht aus Versehen das ganze Gebäude abbrennen oder überfluten. Du weißt schon.« Elementarmagie – als Alexander und Flavian gekämpft hatten, hatten sie Feuer, Erde und Luft benutzt. Bedeutete das …

»Wir lernen hier also, wie man mit Magie kämpft?«, fragte ich mit weit aufgerissenen Augen und so etwas wie Vorfreude breitete sich in meinem Magen aus. Sie nickte.

»Ms. Arden wird dir alles erklären. Ich muss jetzt gehen, aber wir treffen uns in zwei Stunden.« Mein Blut gefror bei dem Familiennamen, dem Klang des Teufels höchstpersönlich und am liebsten hätte ich mich umgedreht und wäre in mein Zimmer verschwunden. Aber ich wusste nur allzu gut, dass mich einer von denen sicher wieder zurückzerren würde. *Fuck.*

Ich nickte abwesend, meine Gedanken bereits bei der Schwester des Monsters, das mich getötet hatte.

Ich betrat den Raum und meine Augen weiteten sich beim Anblick. Die hohen, bemalten Decken verliehen ihm etwas Ätherisches, als wäre er ein Ort außerhalb der Zeit, und die riesigen Fenster durchfluteten den Saal mit Licht, als würde die Sonne direkt auf uns scheinen. Ich schaute raus und konnte die Gärten draußen sehen. Dahinter waren die Konturen der Berge zu erkennen, deren Gipfel bereits mit Schnee bedeckt waren. Es wirkte so, als würden sie wie Kristalle schimmern.

Im Raum herrschte eine Stille, die fast greifbar war, als ob sie darauf wartete, dass etwas passierte. Doch meine Aufmerksamkeit wurde schnell auf die Wände gelenkt. Sie waren alle mit demselben magieabweisenden Eisen verziert, das auch an der Tür angebracht war.

Es bereitete mir höllische Kopfschmerzen, und mir wurde beim reinen Blickkontakt übel. Es war, als ob das Eisen gegen meinen Körper ankämpfte, als ob es mich dort nicht haben wollte.

Ich versuchte, einen Schritt vorwärtszumachen, aber meine Beine fühlten sich tonnenschwer an. *Renn weg*, sagte mir mein Unterbewusstsein und ich schluckte schwer, konnte hier doch nicht weg. Aber das Eisen war zu viel für den Vampir in mir. Ich stolperte zurück und presste meine Hände gegen die Schläfen, schloss die Augen und versuchte, den Schmerz zu vertreiben. Als ich sie wieder öffnete, sah ich Nicolette mit sorgenvoller Miene neben mir stehen.

»Geht es dir gut?«, fragte sie, ihre Stimme leicht wie eine Brise.

Ich schüttelte den Kopf, es pochte noch immer in meinem Schädel. Kein gutes Omen, wenn ich jetzt den ganzen Boden vollkotzen würde. »Das Eisen … es ist zu heftig«, brachte ich zwischen zusammengebissenen Zähnen heraus.

Meine Mitschülerin nickte verständnisvoll und klopfte mir auf die Schulter.

»Man gewöhnt sich schon daran. Versprochen. Es dauert eben nur ein bisschen. Komm, Frau Arden wird gleich hier sein.« Bei dem Gedanken, die nächsten zwei Stunden mit dieser Professorin verbringen zu müssen, fühlte ich mich noch elender. Wie sollte ich mich beherrschen, wenn sie das gleiche Blut wie Flavian teilte? Keine Anzeichen meiner Abscheu zu zeigen, würde mir definitiv alles abverlangen.

Gerade als ich diesen Gedanken zu Ende gedacht hatte, öffnete sich die Tür und gab den Blick auf blondes Haar, ein paar Nuancen dunkler als Flavians, und einen stolzen Gang frei. Penelope hatte ihre Maske der distanzierten Eleganz aufgesetzt.

Es verschlug mir fast den Atem, als ich in ihr Gesicht sah und ihren Bruder darin entdeckte.

Warum war es mir nie zuvor aufgefallen? Die gerade Nase, das kantige Gesicht und die vollen Lippen hatten etwas Aristokratisches an sich. Sogar das Lächeln war ähnlich, obwohl ihres wärmer schien als seines.

Ihre melodische Stimme holte mich aus meiner Trance.

»Wir werden heute einen Schutzschild errichten. Avery, dieses Mal darfst du nur zusehen und dir ein Bild von dem Unterricht machen. Ich weiß, dass du im Moment sehr labil sein musst. Das Eisen wird uns zwar vor einer Katastrophe bewahren, aber wir sollten die anderen nicht unnötig in Gefahr bringen, oder?« Sie sah mich wissend an, aber ich schüttelte den Kopf.

»Ich brauche keine Sonderbehandlung, aber ich danke für die Anteilnahme«, erwiderte ich mit einer gespielten Freundlichkeit. Sie sah mich noch einen Moment lang an, und etwas in ihrem Blick veränderte sich. Penelopes Augen hatten sich für den Bruchteil einer Sekunde geweitet und ihr Gesicht verzog sich, als hätte sie etwas erfahren, das ihre gesamte Existenz erschüttert hatte.

Bevor ich fragen konnte, was los war, richtete sie ihre Aufmerksamkeit wieder auf die anderen Schüler. Ich nutzte die Gelegenheit und trat einen Schritt zurück, um mich unter die schlichten Gesichter im Hintergrund zu mischen und so unauffällig wie möglich zu sein.

»Wie bei allen anderen Magieanwendungen müssen wir uns zuallererst sammeln und uns auf unsere konkrete Absicht konzentrieren – nämlich einen Schutzschild zu errichten. Atmet ein paar Mal tief ein und stellt euch ein glühendes, silbernes Licht vor, das euch umgibt und euch mit positiver Energie und Kraft erfüllt.« Wüsste ich es nicht besser, hätte ich gesagt, sie sei ein verrückter Scharlatan auf irgendwelchen Pilzen. Die ganze Szenerie war so surreal, dass mich Nicolette anstupsen musste, damit ich meinen wirren Gedanken entfliehen konnte.

Alle Schüler stellten sich in einer perfekten Reihe auf, und ich tat unbeholfen das Gleiche, Nicolette zu meiner Rechten, die mir aufmunternd zulächelte. An ein silbernes Licht denken, das konnte doch nicht so schwer sein, obwohl ich mich mehr als lächerlich dabei fühlte. Im Endeffekt würde das versteckte Kamerateam hervorgekrochen kommen und mir beichten, dass alles hier nur ein riesengroßer Prank war. Auf eine gewisse Art und Weise wäre mir diese Blamage lieber.

Fuck it, dann tanzte ich eben nach ihrer Geige.

Ich atmete langsam aus und tauchte tief in mich hinein, aber sobald ich die Farbe in mir leuchten sah – so surreal das auch war – wurden meine Gedanken von etwas Unnatürlichem unterbrochen, und ich holte scharf Luft.

»Am Anfang ist das normal, versuch es weiter. Das Eisen widersteht deiner Magie, aber du bist stärker«, versicherte mir meine Klassenkameradin. Ich nickte und fing widerwillig von vorne an, aber meine Konzentration wurde nur allzu schnell durch ein lautes, dumpfes Geräusch unterbrochen. *Was zur Hölle?*

Die Person an der Spitze unserer Reihe wurde mit einer solchen Brutalität zurückgeschleudert, dass selbst mir bei diesem Anblick die Lunge schmerzte. Penelope Arden hatte nur kurz mit der Hand gewedelt, und schon flog der zweite zurück und landete hart auf dem Rücken. Verdammt ... die waren doch alle vollkommen verrückt!

»Benutzt eure Vorstellungskraft und stellt euch eine Energiebarriere um euch herum vor. Diese Barriere kann jede Form annehmen – eine Blase, eine Wand, das ist egal. Wichtig ist nur, dass ihr sie vor eurem geistigen Auge seht und fühlt, wie sie euch umgibt.« Wäre ich nicht mittendrin, hätte ich gedacht, diese Leute hier sind auf irgendwelchen neuen Drogen. Aber diese Show hier war *real*. Kalter Schweiß sammelte sich auf meiner Stirn.

Ich versuchte, den Rest der Geräusche im Raum auszublenden, aber das aufgeregte Gemurmel riss mich immer wieder raus. Penelope hatte den dritten Vampir erreicht, ihre strahlend blauen Augen auf das junge Mädchen gerichtet. Sie winkte demonstrativ mit einer Hand, aber nichts geschah. Das Mädchen war jedoch zu sehr in ihre Magie vertieft, um zu jubeln.

»Durchflutet diese Barriere mit magischer Energie, mit der Essenz eures Wesens. Stellt euch vor, wie die Energie aus eurem Herzen und euren Händen strömt und das Schild mit einem hellen, schimmernden Licht erfüllt. Diese Energie wird eine Barriere schaffen, die Angriffe abwehrt und euch vor Schaden bewahrt.« Als ob das alles Sinn machte. Na ja, vielleicht für andere. Ich war mehr als überfordert, während ich nach etwas suchte, das nicht da war.

Ich schloss meine Augen und tauchte tief in mich hinein, um den von ihr beschriebenen Schimmer zu finden, aber wo Licht sein sollte, fand ich nur Dunkelheit und Kälte. So langsam glaubte ich, dass da überhaupt kein schimmerndes Licht war. Ich tauchte weiter hinab, betrat gefährliches Terrain und bevor ich aufgeben und mich Penelopes mörderischer Magie ausliefern wollte, erschien *etwas*. Doch es war kein silbernes Licht, sondern ein grüner und blauer Faden, die sich wie eine Kordel umeinander wickelten.

Ohne zu überlegen, griff ich nach dem schimmernden Faden, aber meine Magie rührte sich nicht. Stattdessen erschienen *Bilder* vor meinem geistigen Auge.

Ich saß auf dem Schoß eines Mannes, seine

Schenkel kräftig und muskulös. Er hatte einen Arm um meine Mitte geschlungen, und wir lasen gemeinsam aus demselben Buch, lachten an den passenden Stellen. Neben uns brannte ein Feuer im Kamin und warf goldenes Licht auf die antik wirkenden Möbel. Ich verstand nicht ...

Er flüsterte mir etwas Schmutziges ins Ohr, und ich spürte, wie mir die Röte ins Gesicht schoss. Einen Moment später waren die Bilder verschwunden, und ich stand wieder in der großen Halle, die eher einem Ballsaal glich. *Was verdammt noch mal war gerade passiert?* Unter meinen Schläfen pochte es wie wild. Ich hielt es kaum noch aus.

»Verstärkt euer Schutzschild, indem ihr euch eine klare Absicht setzt. Stellt euch vor, dass ich euch angreife, dass ich euch schaden will, dass euer Leben in Gefahr ist. Ich bin der Feind, und ihr wollt euch schützen.« Der nächste Vampir hielt ihrem Angriff stand, und ich wurde immer verzweifelter.

Da war kein silbernes Licht, keine Kraft in mir, nur Schwärze, ein tiefer Abgrund. Vielleicht hatte ich keine Magie. Vielleicht war ich eine Abnormität oder der schlechteste Vampir aller Zeiten. Plötzlich flog ein Vampir von der anderen Seite der Reihe zurück und knallte gegen die Wand. Ich schrie fast auf angesichts der Brutalität und Gnadenlosigkeit dieses *Unterrichts*. Er lag keuchend auf dem Boden, aber niemand kam ihm zu Hilfe. Nicht einmal seine Freunde. Nicolette bemerkte meinen schockierten Blick.

»Das ist ein Kampf eins gegen eins, Magie gegen Magie. Wenn zwei Vampire kämpfen oder ihre Kräfte messen, darf niemand eingreifen. Deshalb hat sich auch niemand während des Unterrichts eingemischt. Es ist wie ein ungeschriebenes Gesetz. Jeder kämpft um seinen Rang.« Jetzt verstand ich, warum Alexander erst in letzter Minute eingegriffen hatte. Und ich war für einen Moment so naiv zu glauben, er hätte mich um meinetwegen gewähren lassen …

Ms. Arden richtete ihre Aufmerksamkeit auf ein junges Mädchen neben uns. Sie konnte der Kraft, die sie traf, nicht standhalten und wurde nach hinten geschleudert, wo sie hart auf dem Boden aufschlug. Ein Knacken, das durch den Raum hallte. Ich hörte sie schniefen. Das war einfach nur krank. Warum bereitete Penelope ihnen so gerne Schmerzen? Vielleicht war das ja so ein Familiending. Vielleicht waren sie alle abgefuckter, als ich dachte.

Ich versuchte erneut, das silberne Licht in mir zu finden. Da … ein Fünkchen! Kaum zu sehen, aber es war da. Ich versuchte, es zu ergreifen, aber bevor ich meine innere Hand danach ausstrecken konnte, verschwand es, als hätte es Angst vor mir. *Komm schon, nur einmal*, flehte ich leise, *bitte*. Es tauchte nicht wieder auf.

»Stellt euch vor, dass ich euer Leben bedrohe, dass ich euch *töten* will. Kanalisiert eure Ängste und verwandelt sie in Kraft, in Magie.« Ich stellte mir vor, dass sie anstelle ihres Bruders hinter mir stand, meinen Kopf hielt und im Begriff war, mich zu beißen. Ich spürte ihren heißen Atem auf meiner Haut und ihre Fingernägel, die sich schmerzhaft in mein Fleisch gruben. Die Bilder wirkten fast schon *zu* real.

Das silberne Licht leuchtete auf und legte sich um mein wild pochendes Herz. Schweiß rann mir die Schläfen herunter, aber ich wischte ihn nicht weg. Stattdessen nährte ich mich an meiner Furcht. Schritt für Schritt.

Wärme schoss aus meinem Körper. Ein Gefühl der Ekstase überkam mich, als ich die Magie zuerst auf meiner Haut, dann um mich herum spürte, als ich merkte, dass sie mich umhüllte, mich beschützte. Ein leiser, kehliger Laut kam mir über die Lippen.

Ich wollte die Hand ausstrecken und die Magiebarriere berühren, aber in diesem Moment richtete Penelope ihren Blick auf mich, ihre Augen fasziniert von meinen Mühen.

Eine heiße Welle der Macht schoss auf mich zu, und ich tauchte tiefer in das silberne Licht und krallte mich daran fest, als ob es meine persönliche Rettungsleine war. Ihre geballte Kraft prallte wie ein Pingpongball an mir ab, nur um mich noch härter, noch gnadenloser anzugreifen.

Nichts geschah, aber dann wurde alles schwarz um mich herum, und als ich die Augen öffnete, fand ich mich am anderen Ende des Saals liegend wieder, den Arm in einem unnatürlichen Winkel verdreht.

Ich schrie vor Schock auf. Der pochende Schmerz in meiner Lunge, an meiner Wirbelsäule und meinem Arm war unbeschreiblich. Irgendetwas musste schiefgelaufen sein, und mein zerschundener Körper war der Beweis dafür. *Fuck, fuck, fuck.* Hoffentlich landete ich wegen diesem Biest nicht im Rollstuhl.

Aufgeregtes Gemurmel ging durch den Saal.

Im nächsten Moment hockte Penelope neben mich, ihr Gesichtsausdruck unlesbar.

»Das sieht nicht gut aus. Ich werde es heilen«, sagte sie trocken, und ich hätte fast mit den Augen gerollt, wenn ich nicht Höllenqualen gelitten hätte.

Ihre Hände fuhren langsam an meinem Körper entlang und blieben dort stehen, wo es am meisten wehtat. Wärme sickerte aus ihren Handflächen und durchdrang meinen Körper durch die Uniform. Sie breitete sich wie Balsam aus. Ich schluckte heftig. Sekunden später konnte ich wieder gleichmäßig atmen. Dann war mein pochender Arm an der Reihe.

Sie legte ihre Hand auf die gebrochene Stelle und ihre Magie heilte meinen Knochen, fügte ihn wieder zusammen, als ob es das Leichteste der Welt war. Unglaublich. Der Schmerz ließ nach, und einige Sekunden später war es fast so, als ob es die Verletzung nie gegeben hätte. Ich bewegte ungläubig meinen Arm, spürte aber nur den Stoff auf meiner Haut. Diesen Trick musste sie mir beibringen.

»Danke«, murmelte ich, und sie nickte.

»Du wirst auch das Heilen lernen.« Mit diesen Worten stand sie auf und kehrte an ihren Platz zurück. »Worauf wartest du noch? Stell dich wieder in die Reihe«, fügte sie noch mit dem Rücken zu mir gekehrt hinzu. War das ihr Ernst? Ich wäre hier fast gelähmt gewesen!

Widerwillig stand ich auf und richtete meine zerknitterte Uniform. Es wäre auch zu schön gewesen, wenn ich den Rest der Stunde einfach von hier aus hätte verfolgen können.

Seufzend und noch immer ein bisschen benommen folgte ich ihrem Befehl und ging zurück zu Nicolette, die ein paar Sekunden später selbst auf dem Hintern landete. Aber anstatt ein Gesicht zu verziehen, *lachte* sie, als ob es ihr den größten Spaß bereitet hätte. Dieses Mädchen war verdammt komisch … und genau deshalb fing ich an, sie zu mögen.

Ich schüttelte den Kopf und vertiefte mich wieder in meine Magie.

Eine gefühlte Ewigkeit später neigte sich der Unterricht dem Ende zu. Ich hatte es nur ein einziges Mal geschafft, ihre Magie an meinem Schild abprallen zu lassen, und das war wohl mehr Glück als alles andere. Nicolette hingegen hatte fast jeden ihrer Tests bestanden.

Gut, sie hatte nicht so viele Wochen versäumt wie ich, aber ich gönnte ihr den Sieg, auch wenn es ihr mehr Spaß zu machen schien, wie eine Puppe herumgeschleudert zu werden.

»Eure Hausaufgabe wird sein, an eurem Schild zu üben. Bis zu unserer nächsten Stunde werdet ihr noch einige Überraschungen erleben, bei denen ein Schild euch das Leben retten könnte.« Ihr schelmisches Grinsen hatte nichts Gutes zu bedeuten. Würden wir auch in unserer Freizeit angegriffen werden?

Ich atmete verärgert aus; das hatte mir gerade noch gefehlt.

»Wollen wir ein Eis essen gehen?«, fragte meine Klassenkameradin, nachdem die meisten anderen schon aus der Tür waren. Ich schüttelte den Kopf, bekam schon beim bloßen Gedanken einen Würgereiz.

»Im Moment ist mir nicht danach, irgendetwas hinunterzuschlucken. Oder jemals wieder.« Sie nickte verständnisvoll.

»Das kann ich mir vorstellen. In den ersten Wochen konnte ich nicht einmal Essen *riechen*. Wenn ich es nicht besser gewusst hätte, hätte ich gedacht, ich wäre schwanger.« Nicolette kicherte, und ich richtete verwundert meinen Blick auf sie.

»Was meinst du?« Sie legte den Kopf schief, als würde sie darüber debattieren, ob ich bei klarem Verstand war, strich sich aber ein paar verschwitzte Strähnen aus dem Gesicht und fuhr fort.

»Bei verwandelten Vampiren ist die Chance, schwanger zu werden, fast ... null. Schon gar nicht von einem Sterblichen. Unser magischer Körper wehrt sich gegen alles Menschliche. Nur Vampire, die als solche geboren werden, können mit ihresgleichen Nachkommen zeugen. Aber für uns ist das Kinderkriegen praktisch unmöglich, selbst mit geborenen Vampiren. Nicht, dass sie wirklich darauf erpicht wären. Wir werden von ihnen als minderwertig und schwach angesehen. Nichts, mit dem man sich vermehren möchte.«

Ich stieß einen erstickten Laut aus und drückte mich gegen die Wand. Der Raum drehte sich und ich konnte nicht mehr klar sehen, klar denken. Eine eigene Familie, Kinder ...

Alexanders Gift und Flavians tödliche Umarmung

hatten mir all das genommen. Ich würde nie in der Lage sein, meinem Baby Schlaflieder vorzusingen, ich konnte ihm nie das Fahrradfahren beibringen. Niemand würde mich jemals *Mama* nennen, und niemand würde Blumen auf mein Grab legen. Ich würde dieser Welt nichts Gutes hinterlassen und keiner würde um mich trauern.

Meine Finger zitterten, während sich bittere Tränen in meinen Augen sammelten. Nicht, dass ich viel darüber nachgedacht hatte, Kinder zu bekommen, aber die Möglichkeit stand mir immer offen. Ich hatte die Wahl, bis mir auch diese genommen worden war. Und das auf so brutale Weise.

Nicolette lehnte sich neben mir an die Wand und tätschelte mir die Schulter. Ich wich nicht zurück.

»Es tut mir leid, dass ich so unsensibel war. Aber es ist besser, wenn du dich damit abfindest. Deine Blutlinie endet mit dir.«

Genau in diesem Moment kam Leilah hereinspaziert, und ich wischte mir schnell die Tränen von den Wangen. Sie sollte sich nicht unnötig Sorgen um mich machen. Ich hatte ihr schon genug Kummer bereitet.

»Was ist passiert?« Sie schaute skeptisch zwischen mir und dem Mädchen mit dem gelben Haarband hin und her. Letztere hob abwehrend die Hände in die Höhe.

»Nichts. Lass uns gehen.« Ich hob meine Umhängetasche auf und ging neben Leilah Richtung Ausgang, die blasse Sonne im Rücken. Selbst die konnte mich nicht mehr wärmen. Auf halbem Weg blieb ich abrupt stehen und holte tief Luft, bevor ich mich umdrehte und in Nicolettes erwartungsvolles Gesicht blickte.

»Kommst du mit oder nicht?« Ein Million-Dollar-Lächeln breitete sich auf ihren Lippen aus. Meine Klassenkameradin brauchte nicht zweimal gefragt zu werden und war in weniger als zwei Sekunden bei uns.

»Danke«, flüsterte sie, und anstatt etwas zu erwidern, hakte ich mich bei ihr ein. Auch wenn es nicht so schien, war sie genauso einsam wie ich.

Egal wie viele Zaubersprüche ich lernte, ich würde nie einen finden, der mein gebrochenes Herz heilte.

Kapitel 11

Leilah und ich saßen auf dem Bett, während sie mir noch einmal alles über die verrückte Sache mit dem Schutzschild erklärte und Nicolette meinen Kleiderschrank durchstöberte. Alle paar Minuten suchte sie ein Kleidungsstück heraus und hielt es an ihren Körper. Ich versuchte, mich an Leilahs – teils mehr als ungeduldige – Worte und Anweisungen zu halten, aber meine Gedanken kreisten noch immer um das Gesprächsthema von vorhin mit Nicolette.

»Konzentrier dich«, ermahnte mich Leilah und im selben Moment klatschte eine unsichtbare Hand gegen meine Stirn. Ich rieb mir die Stelle und starrte sie wütend an, konnte meine aufbrausenden Gefühle nur mit Mühe zurückhalten. Das Monster in mir musste noch lernen, sich zu benehmen. Aber es war so verdammt schwierig, wenn deine Kehle in Flammen stand.

»Ich tue mein Bestes«, knurrte ich.

»Dein Bestes ist anscheinend nicht gut genug.« Ich rollte mit den Augen und versuchte es wieder und wieder, bis die Sonne im Zenit stand. Da ich nicht am normalen Unterricht teilnehmen konnte, hatte ich etwas freie Zeit. Zum Glück. Zu viele Leute machten mich nervöser als sonst. Ich fragte mich, ob diese ganzen Beschwerden nur bei mir so ausgeprägt waren oder ob jeder Verwandelte damit zu kämpfen hatte. Auf eine makabre Art und Weise wollte ich nicht allein in meinem Leiden sein.

»Kann ich mir die ausleihen?« Nicolette zeigte auf einen Stapel Klamotten, ihre Welpenaugen perfekt in Szene gesetzt.

»Klar.« Ich nickte und machte eine lockere Handbewegung. »Es ist ja nicht so, dass ich die Akademie in nächster Zeit verlassen werde.« Zumindest hatte ich mich noch nicht so recht entschieden.

Nicolette legte den Kopf schief. »Wieso nicht? Irgendwann musst du doch wieder Kontakte knüpfen, unter Leute gehen. Vielleicht ein bisschen Spaß haben.«

Leilah gab einen genervten Laut von sich. »Weil dieser Dickkopf sich weigert, zu trinken.« Ich funkelte sie wütend an.

Nicolettes dunkle Augen weiteten sich, bis sie fast aus ihren Höhlen fielen.

»Und du hast trotzdem dein Zimmer verlassen? Avery, das ist gefährlich. Stell dir vor, ein Mensch wäre dir über den Weg gelaufen«, entgegnete sie entsetzt, ihre Stimme eine Oktave höher.

Ich schüttelte den Kopf und rückte meine Uniform

zurecht, um meine nervösen Hände zu beschäftigen, wollte nicht nachgeben.

»Das ist meine Sache. Außerdem ist nichts passiert. Ich habe alles unter Kontrolle.« Die Worte wirkten hohl, emotionslos. Nicht mal ich glaubte sie und ich war verdammt gut darin, mir selbst etwas vorzuspielen. Die Mädchen warfen sich einen wissenden Blick zu, gingen aber nicht weiter auf das Thema ein.

Ich folgte ihnen durch den dämmrigen, kalten Flur zum Theoriekurs für Zaubersprüche. Das Fach war sicher so langweilig, wie es sich anhörte, aber ich beschwerte mich nicht. Es konnte viel schlimmer sein – Privatunterricht mit Mr. Preston zum Beispiel. Wenigstens hatte das Brennen in meiner Kehle ein kleines bisschen nachgelassen, aber es war nur eine Frage der Zeit, bis meine Selbstbeherrschung wieder auf die Probe gestellt werden würde. Ich schüttelte den Kopf und versuchte, die Bilder zu verdrängen, die sich vor meinem inneren Auge abspielten. Alexanders Blut auf meiner Zunge, meine Lippen auf seiner Haut ... *Stopp. Es reicht.*

»Mit wem muss ich denn schlafen, um auch so ein herrliches Zimmer für mich allein zu haben?«, scherzte Nicolette, und ich verschluckte mich an meiner eigenen Spucke, während ich fast über einen unebenen Perser-Teppich stolperte.

Leilah schnaubte amüsiert, und ich warf ihr einen bösen Blick zu. Kein guter Zeitpunkt, Nicolette in unser Geheimnis einzuweihen. Sie durfte nicht in diese ganze Scheiße mit hineingezogen werden. Eigentlich wäre es besser gewesen, wenn ich sie von uns ferngehalten hätte, aber hier waren wir nun mal.

»Mit niemandem«, antwortete ich schnell. Zu schnell. »Das Einzelzimmer ist zu Leilahs Schutz, damit ich ihr nicht den Kopf abbeiße, während sie schläft. Aber wenn ich so darüber nachdenke, wäre das gar keine schlechte Idee.«

Sie zwinkerte mir zu, während sie ihre Reißzähne entblößte. Nicolette schaute verdutzt zwischen uns hin und her.

»Es war nur ein Scherz«, gab sie verlegen zu, und ich winkte ab.

Wie aus dem Nichts wurde ich mit einer solchen Brutalität nach vorne geschleudert, dass mein Gesicht den steinigen Boden küsste und eine rote Blutspur als Souvenir hinterließ. Fuck. Meine Wange brannte vom Aufprall. Ich würde die Person, die sich diesen geschmacklosen Witz erlaubt hatte, in Stücke reißen, Gliedmaße für Gliedmaße. Seine ganze Linie auslöschen. Ich zitterte vor Wut, während ich mich aufrichtete und meine Hände so fest zu Fäusten ballte, dass sich meine Fingernägel in meine Haut bohrten.

Aus dem Augenwinkel sah ich einen Jungen, der mich süffisant anlächelte. Ich dachte nicht nach und in der nächsten Sekunde war ich bereits bei ihm, doch da hatte er sich schon in Luft aufgelöst. *Was zur Hölle?* Ein Feigling. Aber sein Gesicht hatte ich mir eingeprägt. Es war nur eine Frage der Zeit, bis wir uns erneut über den Weg laufen würden und dann gnade ihm Gott …

»Verdammte Arden«, schnaubte Leilah und unterbrach meine wutgetränkten Gedanken, während sie an meine Seite trat und ihre Finger über meine Schläfe und meine Wange gleiten ließ. Wohlige Wärme breitete sich auf meiner Haut aus, und ich spürte, wie die Wunde in Sekundenschnelle heilte. »Es wird immer wieder zu solchen Zwischenfällen kommen, bis alle ihre Schüler lernen, ihren Schutzschild immer aufrecht zu halten. Wenn es nach ihr geht, ist die Angst vor Bloßstellung die beste Motivation.« Da hatte sie nicht ganz so Unrecht.

Trotzdem spürte ich, dass die Wut nicht aufhörte, in mir zu brodeln und jede Faser meines Körpers zu verzehren. Meine verstärkten Gefühle drängten mich, ihn sofort durch die ganze Akademie zu jagen, ihm eine Falle zu stellen, ihn zu *töten*. Ein pochender Schmerz breitete sich in meinem Kiefer aus, und ich leckte mir über meine ausgefahrenen Reißzähne. In Leilahs Augen sah ich mein Spiegelbild, die schwarzen Venen im starken Kontrast zu meiner bleichen Haut. Ich erschauderte, unterdrückte die mörderischen Gedanken. Fürs Erste zumindest.

»Nicht jetzt«, mahnte meine Freundin. »Investiere dieses Gefühl stattdessen in die Stärkung deines Schildes.«

Nur mit Mühe gelang es mir, mich von der Stelle zu bewegen und das Geschehene hinter mir zu lassen. Es war fast so, als würde sich mein ganzer Körper gegen die Niederlage wehren. Diese Art des Unterrichts war grausam und genial zugleich.

»Beeilen wir uns. Der Unterricht fängt gleich an, und der Professor ist ein Arschloch.« Mein Kopf schoss in ihre Richtung. Das konnte nur Alexander sein. Im selben Moment verfluchte ich mich für den Funken Vorfreude, der in mir aufgestiegen ist. Nein, ich freute mich *nicht* darauf, ihn zu sehen, ihn noch zwei Stunden lang ertragen zu müssen. Mein Herz machte da einfach nicht mit. Er war wie Gift für mein Selbstwertgefühl, und ich musste diesen Kreislauf durchbrechen.

Wir legten einen Zahn zu und kamen gerade noch rechtzeitig an.

Nicolette und ich setzten uns auf die letzten beiden freien Plätze in der letzten Reihe und holten unsere Stifte und Notizbücher heraus, bevor ich mich zurücklehnte und das Klassenzimmer in Augenschein nahm.

Es war ein königlicher Raum, geschmückt mit Malereien an den Decken und Gobelins, die von den hohen Wänden hingen. Die Fenster waren winzig, sodass der Raum fast nur von flackernden Kerzen erhellt wurde. Ich beobachtete, wie sie ihren sanften Schein auf die Gesichter der Schüler warfen. Würden einige nicht mit ihren Tablets spielen, hätte man meinen können, dass wir aus einem alten, royalen Film entsprungen waren.

In der Ferne erklangen schnelle, hektische Schritte, und ich atmete erleichtert aus. Es war nicht Mr. Preston. Seine klangen einfach … nach ihm. Ich konnte es nicht beschreiben. Genervt über mich selbst, schüttelte ich den Kopf.

Die Tür ging schwungvoll auf und ein Mann mit einer Handvoll tiefer Falten im Gesicht trat herein.

Die tiefblauen Augen des Vampirs musterten den Raum, bis sein Blick an mir hängen blieb. Ich spürte, wie mir ein Schauer über den Rücken lief, als er sprach, seine Stimme wie Samt, sanft und einlullend.

»Willkommen, meine Lieben«, begann er, »im Kurs für Theorie der Zaubersprüche. Wir werden heute einiges für unseren Neuankömmling wiederholen. Euch wird es mit Sicherheit auch guttun, ein paar Sachen aufzufrischen.« Na super, wieder würde meine Präsenz den Unterricht aufhalten. Ich hörte, wie eine Schülerin am anderen Ende des Raumes genervt ausatmete, und konnte es ihr nicht mal verübeln.

Der Professor warf ihr einen warnenden Blick zu und trat mit anmutiger Eleganz an sein Pult. Sein langes, weißes Haar fiel wie ein Wasserfall aus Seide über seinen Rücken und er trug einen schwarzen Anzug. Der Stoff schmiegte sich so perfekt an seine schlanke Gestalt, dass man sofort bemerkte, dass sein Outfit maßgeschneidert war. Er hatte Geld, das stand fest.

»Wie ihr wisst, ist Magie nicht nur das Aufsagen einiger banaler Wörter«, fuhr er fort. »Sie ist eine Kunst, eine Wissenschaft, eine ganz eigene Sprache. Um sie wirklich zu verstehen, müssen wir uns in die Struktur des Universums selbst vertiefen.«

Seine Worte zogen mich umgehend in den Bann. Ich war fast wie … verzaubert!

Ich konnte spüren, wie mir die Magie durch meine

Adern floss, wie sich die Luft um mich elektrisch auflud.

Der Vampir ging zu einer großen Tafel und ließ seine langen Finger über die Oberfläche gleiten. Von Kreide keine Spur. Er begann, verschlungene Symbole und Glyphen zu zeichnen, von denen jede mit ihrer eigenen, einzigartigen Energie pulsierte. Während er zeichnete, sprach er von der Geschichte der Magie, von den großen Hexen, die vor uns gekommen waren, von den Zaubersprüchen, die die Welt, wie wir sie kennen, geformt hatten.

Ich sah ehrfürchtig zu, wie die Symbole vor mir Gestalt annahmen, eines schöner als das andere. Ich hatte das Gefühl, dass wir einem großen Künstler bei der Arbeit zusahen, der ein Bild mit seiner Seele malte.

Der Unterricht ging weiter, und der Professor stockte nicht ein einziges Mal in seinen Erklärungen. Ich hing an jedem seiner Worte, während mein Geist von den Möglichkeiten, die ich mit meiner Kraft erreichen konnte, in Flammen stand.

Er erzählte von verschiedenen Arten von Zaubern. Für einige brauchte man Blut, für andere nur ein paar Worte in der *alten Sprache*, wie er sie nannte. Er zeigte uns eine solche Schrift, aber ich erkannte die Zeichen nicht. Auch Nicolette schüttelte resigniert den Kopf. *Welche Kraft in diesen Sätzen doch verborgen war*, dachte ich mir mit großen Augen. Egal ob dieser Professor mich mit einem komischen Zauber belegt hatte, um besser aufzupassen und mich zu konzentrieren, er hatte mich so oder so am Haken. Diese Welt ...

er erklärte sie auf solch eine faszinierende Weise, dass ich widerwillig selbst Teil davon sein wollte.

Wir würden den praktischen Umgang mit den Zaubersprüchen von einem anderen Professor lernen, erklärte er schließlich, und ich ertappte mich dabei, wie ich mich auf die kommenden Lektionen freute. *Hattest du nicht vor, zu verschwinden, Avery?* Ich zeigte meinem inneren Ich den Mittelfinger. Die ganze Sache war erstaunlich und erschreckend zugleich – eine neue, gefährliche Welt, die mich aus meinem tristen Dasein herausgerissen hatte. Aber zu einem hohen Preis, denn dafür hatte ich mein Leben verloren.

Als sich die Stunde dem Ende zuneigte, wandte sich der Professor persönlich an mich. »Denk daran«, begann er, seine Stimme wie ein Flüstern im Wind, »Magie ist keine Macht, die man auf die leichte Schulter nehmen sollte. Sie ist eine Gabe, die weise und mit großer Sorgfalt eingesetzt werden muss.«

Ich nickte, wohl wissend, dass ich nicht in der Lage sein würde, auch nur einen Bruchteil der Dinge umzusetzen, die er uns noch vor wenigen Minuten erklärt hatte.

Ich verließ den prunkvollen Raum und sobald der Professor nicht mehr in meiner Nähe war, wurde mein Herz wieder von der kalten, vertrauten Dunkelheit umwoben, die Leichtigkeit und Faszination in meiner Brust wie auf Knopfdruck verschwunden.

Eines wurde mir schmerzlich klar: Egal, wie viele Zaubersprüche ich lernte, ich würde nie einen finden, der mein gebrochenes Herz heilte.

»Warum hast du mir das angetan, Alexander?«

KAPITEL 12

Ich lag in meinem Bett und starrte an die Decke, während die Minuten auf der Standuhr auf der anderen Seite des Zimmers viel zu langsam verstrichen. Es war bereits nach Mitternacht und die Welt außerhalb meines Zimmers war, bis auf den gelegentlichen Ruf einer Eule oder das Rascheln von Blättern, die vom Herbstwind weggetragen wurden, totenstill. Das einzige Licht im Raum kam von ein paar flackernden Kerzen, die unheimliche Schatten an die Wände warfen.

Die Einsamkeit hatte sich wie ein Dieb in der Nacht hereingeschlichen und mir den Seelenfrieden geraubt. Ich konnte das Gefühl der Leere in meiner Brust nicht abschütteln, obwohl ich von luxuriösen Seiden- und Samtstoffen umgeben war, die jeden anderen neidisch gemacht hätten. Aber in diesem Moment schienen sie bedeutungslos zu sein, unfähig, mir den Trost zu geben, nach dem ich mich heimlich sehnte.

Mit schwerem Herzen griff ich nach meinem Tablet, verzweifelt auf der Suche nach irgendeiner Art von Unterhaltung. Ich brauchte dringend Ablenkung, bevor ich mich nur noch mehr in Selbstmitleid suhlte wie ein bemitleidenswerter Loser.

Mein Daumen schwebte verräterisch über dem Nachrichtensymbol, bereit, Alexander mein Herz auszuschütten, so zu tun, als hätte ich vergessen, was passiert war, nur um endlich wieder seine zärtliche Berührung spüren zu können. Er würde mitspielen, würde mir vorgaukeln, dass er es wirklich so meinte, und ich würde so tun, als ob ich ihm glauben würde. Nur für eine Nacht. Dann wäre Schluss. Ich würde ihn hinter mir lassen, würde alleine mit der Bürde meiner Fehler klarkommen. So war es schon immer gewesen.

Ich tippte eine Nachricht, zögerte aber im letzten Moment. Würde er überhaupt das Ausmaß meiner Verzweiflung verstehen? Oder würde er sie einfach als das bloße Gerede eines ruhelosen Geistes abtun?

Ich löschte die Nachricht und fühlte mich noch einsamer als sonst. Das Mondlicht schien durch das Fenster und warf einen silbernen Schimmer in den Raum. Ich zog die Decke bis zum Kinn hoch und wünschte mir, dass mich jemand in den Arm nehmen und die Dunkelheit vertreiben würde. *Wenigstens für heute*, bat ich.

Aber es kam niemand, und mir blieb nur die Stille meines Gemachs. Ich schloss die Augen und versuchte, mich zum Schlaf zu zwingen, aber der Herzschmerz blieb wie ein Gespenst, verfolgte mich mit seiner kalten Umarmung.

In diesem Moment wurde mir eines klar: Die einzige Gesellschaft, die uns nie verlassen wird, sind nur unsere eigenen, trostlosen Gedanken. Und es liegt an uns, die Kraft zu finden, uns ihnen zu stellen, selbst in den dunkelsten Stunden.

Ich atmete tief durch und ließ meine Gedanken schweifen, in der Hoffnung, dass der Schlaf mich bald finden und mir den Trost spenden würde, nach dem ich mich so verzweifelt sehnte.

Minuten verstrichen und wurden zu Stunden. Die Einsamkeit war erdrückend, und ich musste der Enge meines Zimmers entkommen. Ich schlüpfte leise aus dem Bett und ging zum Kleiderschrank, wo ich einen weichen Pullover und meine flauschigen Hausschuhe hervorholte. Ich zog mich schnell um und spürte, wie angenehm der lockere Stoff auf meiner Haut lag im Vergleich zur Uniform. Vielleicht gewöhnte sich meine Haut aber auch allmählich an die neue Sensibilität.

Ich schlich mich aus meinem Zimmer und in die dunklen Gänge der Akademie. Die einzige Lichtquelle waren die Kerzen an den bronzenen Haltern. Sie waren an den Wänden befestigt und warfen gespenstische Schatten auf die nahegelegenen Wandteppiche und alten Bücherregale, die die Flure säumten.

Geheimnisse und Intrigen zierten jede Ecke, als ob ich in eine andere, längst vergessene Welt eingetreten war, die Luft geschwängert vom Geruch nach altem Pergament und Wachs.

Ich wanderte ziellos umher und meine Schritte hallten durch die leeren Flure, kein einziges Flüstern weit und breit. Ich fuhr mit den Fingern über die Buchrücken der alten Werke und fühlte die rauen Kanten der Seiten. Die Titel waren fremd, in Sprachen geschrieben, die ich nicht einmal ansatzweise entziffern konnte. Vielleicht die *alte Sprache*, wie sie unser Professor genannt hatte?

Je weiter ich in die Tiefen der Akademie vordrang, desto dichter schien die Dunkelheit zu werden. Aber ich hatte keine Angst – im Gegenteil. Die Stille war tröstlich, als ob die Welt nur für mich angehalten worden war.

Das Kerzenlicht flackerte unnatürlich in der Ferne, und ich folgte dem Ruf wie eine Motte der Flamme, meinem Messias. Es war, als ob ich durch eine fremde, aber sanfte Hand in diese Richtung gezogen wurde.

Als ich um eine Ecke bog, stieß ich auf ein Gemälde, das ich schon einmal in dieser Akademie gesehen hatte. All meine Erinnerungen, betrachtet durch menschliche Augen, waren durch die mindere Sehkraft verschwommen, aber nun sprangen mir all die Details entgegen, die ich mit meinem menschlichen Blick nicht wahrgenommen hatte.

Mit großen Augen folgte ich den feinen Pinselstrichen, die das Bild zum Leben erweckt hatten. Es zeigte eine Frau von überwältigender Schönheit, deren lange, schwarze Locken wie ein Fluss aus Tinte über ihre Schultern floss.

Ihr Kleid war ein Meisterwerk für sich, aus satter, blauer Seide und Chiffon, das ihre Kurven perfekt in

Szene setzte. Die komplizierten Perlenverzierungen und Stickereien, die das Korsett und die Ärmel schmückten, fingen das Licht im perfekten Winkel und strotzten vor außergewöhnlicher Handwerkskunst.

Die Frau auf dem Gemälde lächelte nicht, nein, ihr Ausdruck war von königlicher Anmut und Eleganz. Ihre Augen, tief und geheimnisvoll, schienen von der Leinwand auf mich herabzublicken, als ob sie ein Geheimnis wussten.

Der Hintergrund war nicht einfach eine schlichte Landschaft, sondern ein wunderschön gepflegter Garten. Farbenprächtige Blumen in allen Tönen blühten im Überfluss, und in der Ferne war ein kleiner Teich zu sehen.

Eine sanfte Brise schien die Blätter der Bäume zum Rascheln zu bringen, als würde sie allein die Szene zum Leben erwecken. Die wilde Schönheit stand in der Mitte von all dem, brutal und unnachgiebig. Es war fast so, als würde sie den Blumen mit einem Blick befehlen, zu blühen, und dem Wasser des Teiches, stillzustehen.

Ich konnte nicht anders, als Ehrfurcht vor dieser Frau zu empfinden, deren Kraft und Anmut über die Leinwand hinauszureichen schienen.

Ich ging einen Schritt näher heran, und in der rechten unteren Ecke der Leinwand formten sich plötzlich Worte. Wäre ich nicht besorgt gewesen, dass jemand auf meinen nächtlichen Ausflug aufmerksam werden könnte, hätte ich aufgeschrien.

Ich habe dich getötet. Hast du Angst?

Was zur Hölle? Hatte mir das Bild gerade eine Nachricht geschickt? Ich stolperte ein paar Schritte zurück, weil ich befürchtete, dass die Frau gleich aus dem Bild springen und mich foltern würde, bis mein übernatürlicher Körper nachgab.

Im Augenwinkel flackerten ein paar Kerzen auf, und ich merkte schnell, dass ich nicht allein war. Ein allzu bekannter Geruch stieg mir in die Nase, Schritte, die ich überall erkennen würde.

Als mein Gehirn realisierte, was mein Herz schon längst wusste, drehte ich mich um, wollte überall sein, nur nicht hier. Auf diese Konfrontation war ich nicht vorbereitet, würde es wahrscheinlich niemals sein.

Der imaginäre blaugrüne Faden, der um mein Herz pulsierte, sandte Wellen der Wärme durch meinen Körper, aber ich konnte nicht innehalten, konnte mich diesem Gefühl nicht hingeben.

Bevor ich meine übernatürliche Schnelligkeit einsetzen konnte, tauchte eine Gestalt vor mir auf, groß und von herzzerreißender Schönheit.

Alexander. Sein Haar war wild, seine Augen funkelten mit etwas, das ich nicht verstand. Es war gefühlt eine halbe Ewigkeit her, seitdem wir so nahe beieinander gestanden waren, und seine bloße Präsenz verunsicherte mich. Jetzt, da ich ihn in der Vertrautheit der Nacht mit meinen überreizten Vampirsinnen wahrnahm, wirkte er noch verführerischer, noch einnehmender als sonst. Und es machte mir verdammt noch mal Angst.

»*Avery*«, sagte er, seine Stimme kaum mehr als ein Flüstern. Ein Schauer lief mir über den Rücken.

Ich spürte den vertrauten Schmerz in meiner Brust, den Schmerz, den ich seit meinem Tod, seit meinem Verlust, zu ignorieren versucht hatte. Wider besseres Wissen legte ich den Kopf in den Nacken, um ihm in die Augen zu blicken, und sah das Blau, das ich unter tausend Schattierungen wiedererkennen würde.

Alexander wirkte erschöpft. Müdigkeit strahlte aus jeder einzelnen Pore seines Körpers. Und er sah dünner aus, schwächer. Hatte er nicht genug gegessen, nicht genug geschlafen? Ich versuchte, diese dummen Fragen aus meinem Gehirn zu verbannen. Als ob diese Sorgen auf Gegenseitigkeit beruhten.

Die Stille war so erdrückend und ich spürte, wie die Last noch schwerer auf meiner Brust ruhte. Das einzige Geräusch war der langsame, gleichmäßige Rhythmus seines Herzens, ein Schlag, der mit meinem eigenen zu verschmelzen schien. Es war, als ob der Rest der Welt verschwunden war und nur wir beide in diesem surrealen Moment existierten.

Trotz der Totenstille, die uns umgab, war die Spannung zwischen uns greifbar, war so stark, dass ich das Gefühl hatte, sie berühren zu können. Natürlich hatten wir uns schon früher allein in der Nacht getroffen, aber dieses Mal fühlte es sich nicht so an, als stünde alles auf dem Spiel. *Nichts* stand auf dem Spiel, wenn schon alles verloren war.

Alexander trat einen Schritt näher und ich einen zurück. Am liebsten wäre ich gerannt, aus der Preston Academy geflohen, doch er hielt mich mit seinem Blick bei sich. Ich biss mir auf die Lippe und seine Hand fuhr aus, um meine Wange zu streicheln, aber ich wich der Berührung aus.

Alexander sah mich an, als ob ich ihn geschlagen hätte. Was hatte er sich auch erwartet? Dass ich mich ihm hingebe, sobald er mir wieder ein bisschen Aufmerksamkeit zeigte? Nachdem er all die schmerzhaften Sachen über mich gesagt hatte?

»Bitte nicht ...«, flüsterte er. »Hab keine Angst vor mir. Nie vor mir –« Ein verächtliches Schnauben entwich meinen Lippen.

»Warum?«, zischte ich. »Warum hast du mir das angetan, Alexander? Wieso hast du mich nicht gerettet?« Ich konnte die Worte nicht aufhalten.

Ich wusste, dass es weder der richtige Zeitpunkt noch der richtige Ort war, dieses Gespräch zu beginnen. Aber die Last all der unausgesprochenen Dinge, die mir auf der Zunge brannten, war zu schwer zu ertragen. Ich konnte sie nicht länger für mich behalten.

Das Zittern in meiner Stimme verriet die Tiefe meiner Gefühle, und ich konnte das Bedauern in seinen Augen aufflackern sehen, als er meinen vorwurfsvollen Worten zuhörte.

Ich wartete auf ein weiteres Wort, eine weitere Regung, aber es kam nichts. Er stand wie erstarrt vor mir, als hätte ihn der Blitz getroffen.

Ich wollte schreien, wüten, ihn durch die Hölle jagen für die Dinge, die er über mich gesagt hatte, aber meine Brust zog sich fast schmerzhaft zusammen.

»Ich habe es versucht ...«

Diese vier Worte schossen direkt durch mein Herz,

zerfetzten meine Seele in Stücke und ließen mich sterbend zurück.

Meine Lippen öffneten sich, ich wollte ihn anschreien, wollte ihm Dinge an den Kopf werfen, die ihn zerschmettern würden. Ich wollte ihm sagen, dass ich ihn *nicht wollte*, dass er nur für einen *schnellen Fick* gut gewesen war. Aber es kam nichts. Denn die niederschmetternde Wahrheit war, dass ich ihn gewollt hatte, mehr als alles andere; dass es mehr als nur ein schneller Fick gewesen war. Nein, es war fast so, als hätten sich unsere Seelen schon seit Jahren geliebt.

»Und doch war es nicht genug.«

Alexander

Nein, es würde nie genug sein. Ich hatte ihr die Zukunft genommen, sie zerstört.

Avery hätte mich hassen sollen. Bei meiner Seele, ich verabscheute mich selbst. Ich war schwach gewesen, hatte mich in die Knie zwingen lassen. Und am meisten verabscheute ich mich dafür, dass ich wie ein Idiot vor ihr stand und den Mund nicht aufmachte. Sie musste so vieles hören und ich konnte ihr nur so weniges sagen.

Ich liebe dich, du bist gestorben, und ich konnte es dir nicht sagen.

Und jetzt war sie wieder da, aber ich schwieg immer noch wie ein Feigling aus Angst vor Ablehnung.

»Bitte«, sprach ich schließlich, meine Stimme heiser. »Sag mir, was ich tun soll. Willst du, dass ich ihn töte? Erledigt. Ich werde dir sein Herz bringen.« Meine Worte klangen vielmehr wie ein Flehen.

Etwas regte sich in ihrem schönen Gesicht, und dieses Mal hatte es nichts mit Abscheu zu tun. Für den Bruchteil einer Sekunde nahmen ihre Züge die vertraute Sanftheit an, und es brach mir das Herz.

»Denkst du, das ist es, was diese Nacht ungeschehen machen würde? Rache?« Sie machte einen Schritt auf mich zu, bis sich ihre Wärme mit der meinen vermischte und ihr Duft meine Kleidung durchdrang. »Dein Verrat schmerzt mehr als mein Tod.«

Ich schluckte, wollte erneut die Hand ausstrecken, ihre Haut berühren, sie noch ein Mal spüren. Doch stattdessen ballte ich meine Hände zu Fäusten. »Ich habe dir vertraut, und du hast mich ausgenutzt.« Schwarze Adern bildeten sich um ihre Augen, was bedeutete, dass sie entweder verdammt hungrig oder verdammt wütend war.

Avery wollte an mir vorbeigehen und mir den Rücken kehren, doch ich packte sie am Arm, wirbelte sie herum und drückte sie gegen die nächste Wand.

Meine Brust presste sich gegen ihre.

»Denk alles über mich, aber niemals *das*.«

Ihr Atem stockte, und ich spürte, wie ihr Herzschlag raste; fühlte ihn wie ein Erdbeben in meinem eigenen Körper. Ich wusste, dass ich nichts in ihren Augen war, und die Schuldgefühle, die ich empfand, waren fast unerträglich. Dennoch konnte ich dem

Drang nicht widerstehen, mich an sie zu pressen, ihre Wärme auf meiner Haut zu spüren. *Egoistisch, ich weiß*.

Ich ließ meine Hand über ihre Kurven gleiten, zeichnete die Konturen ihres Körpers nach, als wäre es das erste Mal. Glut loderte unter meinen Fingerspitzen.

Ich wollte sie, *brauchte* sie, auch wenn ich wusste, dass es falsch war. Ich hasste mich dafür, aber ich konnte nicht aufhören.

Ich strich mit meinen Fingern entlang ihres Halses, spürte die Wärme ihrer Haut und die Weichheit ihres Haares. Es war, als ob ich einen Engel berührte. Ich konnte nicht glauben, dass sie real war. Dass sie bei mir war. Trotz ihres Todes.

In diesem Moment waren mir die Vergangenheit und die Zukunft egal. In diesem Moment interessierte mich nur ihr Körper auf meinem. Ich wurde von dem überwältigenden Wunsch verzehrt, sie zu spüren, sie festzuhalten und nie wieder loszulassen.

Ich spürte, wie sich Averys anfänglicher Widerstand löste, als ich meinen Oberschenkel zwischen ihre Beine presste.

Ich senkte den Kopf, meine Lippen nah zu ihrem Ohr.

»Diese hässlichen Worte, sie waren eine Lüge.« Sie versteifte sich beim Klang meiner Stimme. »Das …«, ich fuhr mit dem Daumen über ihre Unterlippe, »war realer als mein eigener Herzschlag.«

Ich drückte ihre Hand an meine Brust, damit sie das schnelle Klopfen darunter spüren konnte.

»Siehst du? Real.« Ich ließ ihre Hand los, aber sie

zog sie nicht weg, sondern ließ sie über meinem schmerzenden Herzen ruhen. Ein Funken Hoffnung durchzuckte meinen Körper. Vielleicht war ich zu ihr durchgedrungen, vielleicht hatten meine Worte etwas bewirkt. Vielleicht, mit der Zeit, würde alles gut werden. Wir würden eine Chance haben. Nach so vielen Leben, in denen wir uns nicht lieben durften, in denen ich ihr beim Sterben zusehen musste, konnten wir endlich ankommen. Ich würde sie eine Ewigkeit lang *Mein* nennen können.

Averys Augen schlossen sich und sie atmete tief durch, bevor ich mit der Wucht eines ausgefahrenen Schildes getroffen wurde. Ich stolperte drei Schritte zurück, verwirrt von der Kraft, die sie gerade auf mich losgelassen hatte.

Ich starrte auf die Stelle, wo ihr Körper noch vor einer Sekunde gewesen war. Sie war fort, hatte nur den unverwechselbaren Geruch ihrer Magie zurückgelassen.

Meine Lippen formten sich zu einem schiefen Lächeln.

Da war sie, mein Mädchen. Ihr Feuer war noch nicht erloschen.

Alexander

Ich stand unter der Dusche und ließ das heiße Wasser über meinen Körper laufen. Der frische Duft des

Duschgels stieg mir in die Nase und ich atmete tiefer ein, während ich meinen Körper einseifte und daran dachte, dass es ihre Hände wären, die mich überall berührten.

Ich war heute zu ihr durchgedrungen, das spürte ich, und vielleicht, nur vielleicht, würde sie mich mit der Zeit wieder in ihr Herz, in ihre Seele lassen, meine helfende Hand annehmen.

Bei dem Gedanken an unsere Begegnung vor einer halben Stunde, bei der Vorstellung, wie ihr Körper an die kalte Steinwand gepresst war, mein Schenkel zwischen ihren Beinen, wurde ich hart. Ich packte meinen Schwanz, und er pulsierte bei meiner Berührung. Bei meiner Seele, wie sehr wünschte ich mir, es wären ihre zierlichen Finger um meine Länge.

Quälend langsam ließ ich meine Hand auf und ab gleiten und sah ihre Augen vor mir, die Farbe von Moos. Ich flüsterte ihr süße Nichtigkeiten ins Ohr, und sie ging auf die Knie und schlang ihre Lippen um mich. Wie damals in dieser verdammten Abstellkammer, als ich sie durch die Akademie gejagt hatte.

Meine Bewegungen wurden schneller, fordernder, und mein Daumen massierte den Ansatz meiner Spitze, bis ich es kaum noch aushalten konnte.

Ich stellte mir vor, wie sie im Halbschlaf meinen Namen murmelte, immer und immer wieder. Wie sie gegen meine Lippen stöhnte. Wie sich ihre Muskeln um meinen Schwanz zusammenzogen, mich auf die beste Weise erdrückten.

Unsere erste Nacht – ihr erstes Mal. Ich hatte es nicht bemerkt, bis ich das Blut an mir gesehen hatte.

Und ich wäre beinahe auf die Knie gefallen und hätte ihr alles gestanden, meine Liebe, meine Treue, ein Versprechen für die Ewigkeit.

Ihr Lächeln, das ich so lange nicht mehr gesehen hatte, kam mir in den Sinn, und meine Bewegungen wurden immer schneller, das Klopfen in meiner Brust immer stärker.

Ich keuchte und stöhnte, meine Knie zittrig, als ich mir einen runterholte und dabei an sie dachte, wie sie sich angefühlt hatte, so feucht und bereit für mich.

Ich seufzte, eine Hand an der Glaswand der Dusche und der Beschlag verschwand unter meinen Fingern. Avery flüsterte *ich liebe dich* und ich kam so heftig wie schon lange nicht mehr. Sperma rann meinen Schwanz hinunter und bedeckte meine Hand.

Fuck, das war intensiv gewesen.

Alexander

Es war mittlerweile vier Uhr morgens, und ich lehnte an einer Wand, nicht weit von Averys Gemach entfernt. Mittlerweile war es für mich zur Gewohnheit geworden, Wache zu halten, während sie schlief. Ich war weit genug entfernt, um ihr Privatsphäre zu gewähren, und doch nahe genug, um ihre Tür im Auge behalten zu können.

Ich würde es einigen Leuten zutrauen, sie im Schlaf angreifen zu wollen, nur weil ihre Existenz ihnen ein Dorn im Auge war. Nur über meine Leiche würde sie meiner Familie erneut zum Opfer fallen.

Mit meiner Feuermagie zündete ich mir eine Zigarette an und genoss den Geschmack des Rauchs auf meiner Zunge. Vampire konnten nicht süchtig werden, zumindest nicht so wie Menschen, aber Avery hatte mich dazu gebracht, Tabak zu schätzen.

In unserem letzten Leben war es eines ihrer Laster gewesen, und ich hatte mir angewöhnt, meine Zigaretten mit ihr zu teilen, nur um fünf Minuten länger bei ihr sein zu können; nur um sie fünf Minuten länger betrachten zu können. Seitdem rauchte ich, weil es mich an unsere Zeit und an unsere Spaziergänge erinnerte. Ich quälte mich selbst, die Erinnerung an meine Frau, die süßeste Art des Masochismus. Ich genoss jede Sekunde, weil der Schmerz Beweis dafür war, dass ich noch lebte. Dass ich in einer Welt existierte, in der sie auch existierte.

Langsam blies ich den Rauch aus, starrte auf die hellgraue Wolke vor meinem Gesicht und schüttelte den Kopf.

Meine Gedanken wanderten zu ihrer ersten Unterrichtsstunde seit dem Halloween-Desaster, als sie den Jungen zu Brei geschlagen hatte. Der Anblick hatte mich fast in den Wahnsinn getrieben, nicht nur, weil sie unglaublich heiß dabei ausgesehen hatte, sondern vor allem, weil sie fast außer sich vor Wut gewesen war. Und das bedeutete, dass sie zumindest *etwas* fühlte. Auch wenn es nur Zorn war. Ihre Seele war nicht völlig ausgebrannt.

Es vergingen ein paar Stunden, in denen ich gegen die erdrückende Erschöpfung ankämpfte.

Doch dann, dank meiner geschärften Sinne, hörte ich ein Wimmern und dann meinen Namen. Ich schluckte, meine Kehle staubtrocken.

Hatte Avery einen Albtraum? Ich wollte gerade zu ihr sprinten, um mich zu vergewissern, dass es ihr gut ging, hielt aber in letzter Sekunde inne. Ich war wahrscheinlich die letzte Person, die sie sehen wollte, und außerdem würde ich wie ein Perverser aussehen, wenn ich so aus dem Nichts in ihr Schlafzimmer platzte.

Also zwang ich mich zu verharren, gequält von ihrem schneller werdenden Atem. Mein Name kam ein weiteres Mal über ihre Lippen, bis sie sich beruhigte und ihr hämmernder Herzschlag sich verlangsamte.

Ihr Albtraum war vorbei. Oder hatte sie ...? Nein, sicher nicht.

Trotzdem wurde mein Schwanz bei dem Gedanken, dass sie sich selbst berührte, dabei an *mich* dachte, sich *mich* vorstellte, hart.

KAPITEL 13

Ich schreckte aus meinem viel zu kurzen Schlaf hoch, noch benommen von der letzten Nacht und dem Gespräch mit Alexander. Nein – *Mr. Preston.*

Es hatte mich mehr aufgewühlt, als mir lieb war, und ein Feuer in meiner Brust entfacht, das lieber erstickt werden sollte. Es würde mich nur mehr verbrennen, als es schon der Fall gewesen war. Das Resultat meines gebrochenen Vertrauens sah ich nun jeden Tag im Spiegel – dunkle Adern um meine schwarzen Augen, eine Narbe, die nicht mehr da war.

Aber egal, wie sehr ich es leugnen wollte, ich hatte einen Funken Wahrheit in seinen Worten gehört. Vielleicht spielte mein Gehirn nur verrückt, vielleicht sehnte sich mein Körper nur nach ein wenig Zuneigung, nach Trost. Oder vielleicht war ich nur zu verblendet von meiner Wut. Er hatte mich mit seinem typischen Blick angesehen, als er seinen Oberschenkel zwischen meine Beine geschoben hatte, und ich war fast eingeknickt.

Sein Geruch, seine Berührung, es war so vertraut, so richtig und doch falsch, so falsch.

Ein Klopfen an der Tür holte mich aus meinen Gedanken, und ich wusste schon, wer es war.

Mit übernatürlicher Geschwindigkeit rannte ich zur Tür und ließ Leilah herein.

»Du bist noch nicht angezogen? Wir kommen zu spät«, rief sie verzweifelt, während sie mir einen Bagel und einen Becher Kaffee in die Hand drückte.

Der Kaffee roch wundervoll, aber der Geschmack des Bagels war eher das, was mich beunruhigte. Ich war mir zu hundert Prozent sicher, dass mir danach schlecht werden würde.

»Nur weil wir nicht so schnell verhungern, heißt das nicht, dass wir keine Nahrung brauchen. Vor allem in deinem Fall, weil du dich wie eine Idiotin weigerst, Blut zu trinken. Heute steht Elementarmagie auf dem Programm, und dafür wirst du jedes bisschen Energie brauchen, das du kriegen kannst. Also Augen zu und runter damit.« Sie blickte mich wütend an, und ich rollte mit den Augen, widersprach aber nicht.

Stattdessen hob ich den Becher an meine Lippen und nahm einen großen Schluck. Der Kaffee schmeckte anders, als ich ihn in Erinnerung hatte. Intensiver und doch fade, paradox. Meine Vampir-Geschmacksknospen hüpften vor Freude, weil sie endlich wieder etwas anderes als Wasser schmecken konnten, und doch war mein Körper nicht zufrieden, brauchte *mehr*.

Das Getränk war zu menschlich, nicht rot genug,

nicht metallisch genug. Ich hasste mich für diesen Gedanken.

Mit einem genervten Stöhnen trank ich den letzten Tropfen aus und biss schließlich in den Bagel. Grauenhaft. Ich würgte.

Es war fast so, als hätte ich Dreck im Mund und spuckte die zerkauten Reste in den leeren Kaffeebecher.

»Ekelhaft. Womit wurde das gebacken? Sand?« Ich rümpfte die Nase, und Leilah nahm mir den Müll ab, hob die zerknitterte Uniform vom Boden und drückte sie mir in die Hand.

»Du wirst dich an deinen neuen Geschmackssinn gewöhnen. Nach einer Weile wird alles fast so schmecken wie vorher.« Mit dieser Information schob sie mich ins Bad und zeigte auf die Uhr. »Du hast 20 Sekunden.«

Nachdem ich halbwegs präsentabel aussah, sprinteten wir – vorerst in Menschentempo – hinaus, liefen an Ölgemälden und Kronleuchtern vorbei und ich hätte beinahe vor Verzweiflung geseufzt. Wie schnell mein Körper sich doch an die übernatürliche Geschwindigkeit gewöhnt hatte ... An einer Kurve hielt Leilah inne und strich sich eine Haarsträhne aus dem Gesicht.

»Ich muss in diese Richtung«, verkündete sie und deutete auf einen schmaleren Gang.

»Du musst da entlang. Geh geradeaus und bieg dann links ab. Die Tür zum Saal ist mit demselben Eisen verziert. Du kannst sie nicht verfehlen.« Ich nickte und sie verabschiedete sich mit einem Luftkuss.

Ich wollte meinen Weg wieder aufnehmen, als ich es roch ... süß, *so* süß, dass mir fast die Zähne schmerzten, und o Gott, so verführerisch. Speichel sammelte sich in meinem Mund, als der Herzschlag, so himmlisch, so *menschlich*, näher kam. Ich konnte mich nicht von der Stelle rühren, war wie erstarrt.

Der Geruch von Blut tanzte in der Luft, eine betörende Melodie, die mich mit einer hypnotisierenden Anziehungskraft anlockte. Meine Reißzähne pochten vor Hunger, der in mir brannte, ein unerbittliches Verlangen, das nur durch den warmen, metallischen Geschmack von frischem Blut gestillt werden konnte.

Ich versuchte zu widerstehen, versuchte, mich mit einer aus Verzweiflung geborenen Hartnäckigkeit an meine Menschlichkeit zu klammern. Aber der Hunger war zu stark, zu mächtig, um ignoriert zu werden. Er drohte, mich zu verschlingen, mir alles zu nehmen, was ich einmal war, bis nur noch eine leere Hülle übrig blieb.

Die leichten, tapsigen Schritte kamen näher, ihr gleichmäßiger Rhythmus ein quälender Takt, der meinen Hunger nur noch verstärkte. Ich konnte das Blut in seinen Adern pulsieren hören, der Klang eine Symphonie, die mir mit einer eindringlichen Schönheit zurief.

Und doch zögerte ich für einen Moment. Selbst als das Raubtier in mir wütete und verlangte, dass ich der Versuchung nachgab, klammerte ich mich an meine dämliche Menschlichkeit. *Närrin*, zischte der dunkle Teil in mir.

Einen Moment lang hatte ich das Gefühl, zwischen

zwei Welten zu schweben. Hunger gegen Menschlichkeit, jede Seite zog mich in die entgegengesetzte Richtung, bis ich das Gefühl hatte, dass ich in der Mitte zerriss.

Mein Körper schrie nach der Jagd, bettelte um Erlösung, um nur einen Tropfen, aber mein Herz drängte mich, zu fliehen, nicht zurückzuschauen.

Sein Herzschlag beschleunigte sich, und ich war mir sicher, dass er die Gefahr spürte, die ich gerade darstellte.

Ich holte tief Luft, ließ mich von dem Geruch seines Blutes umhüllen und ... *jagte.*

»Zähl mit mir, Avery.«

KAPITEL 14

»Du bist besser als das.« Eine starke Hand packte mich am Oberarm und hielt mich zurück. *Alexander*.

Meine Wirbelsäule wurde gegen seinen Oberkörper gepresst, und ich spürte seinen Herzschlag, als wäre es mein eigener. Alles in mir wehrte sich gegen seinen festen Griff. Ich wollte zerstören, wollte töten. Aber er ließ nicht locker, selbst als ich ihn mit voller Kraft abschütteln wollte. Mein Schutzschild fuhr aus und löste sich in Kontakt mit seinem Körper in Luft auf. Scheiß Mistkerl.

»Hier gibt es nichts zu sehen«, schrie er den Jungen an, der mit angstverzerrtem Gesichtsausdruck gerade in unser Blickfeld trat. Dieser rannte darauf in die entgegengesetzte Richtung, als ob sein Leben davon abhinge – denn das tat es.

Ich wollte mich von Alexander losreißen, wollte meiner Beute hinterherjagen, wollte ihm die Kehle aufreißen, ihn leer trinken. Egal wie jung er war. Mein Speichel brannte in meinem Mund und meine Reißzähne schnitten in meine Lippen.

Ich durfte den Jungen nicht entkommen lassen, mein ganzer Körper schrie danach.

»Ich weiß«, flüsterte Alexander so nah an mein Ohr, dass ich bei dem Klang seiner tiefen Stimme erschauderte. »Blende den Hunger aus. Befehle deinen Reißzähnen, sich zurückzuziehen.« Das war verdammt einfach zu sagen. In mir tobte ein Krieg, den ich nicht gewinnen konnte, nicht gewinnen *wollte*. Scheiß auf Prinzipien. Ich war schon ein Monster, wieso nicht wie eines benehmen?

»Ich kann nicht«, presste ich atemlos heraus und achtete darauf, nicht einzuatmen. Hätte ich das getan, hätte selbst Alexander mich nicht zurückhalten können. Ich hätte mich meinen Instinkten hingegeben.

»Du hast keine *Wahl*«, antwortete er bedrohlich und ich fühlte die Konturen seines Körpers nur allzu deutlich an meinem. Sein Herz hämmerte und seine Finger bebten auf meiner Haut. Ich schluckte, wollte das aufsteigende, vertraute Gefühl ausblenden. »Zähl mit mir, Avery.« Ohne auf meine Reaktion zu warten, begann Alexander von tausend herunterzuzählen, und ich stimmte schließlich zähneknirschend mit ein. Nur unser Flüstern hallte durch den leeren, dämmrigen Flur, unsere Körper eng aneinandergepresst. Wenn jemand vorbeikommen würde, wenn jemand uns *so* sehen würde, würde diese Person genau die richtigen Schlüsse ziehen. Meine Haut prickelte überall da, wo er mich berührte, als ob sie sich an all die verbotenen

Momente erinnerte und mehr wollte. Ich schüttelte den Kopf. Das musste aufhören.

991, 990, 989 … Alexanders Kinn ruhte an meiner Wange und er sog tief den Duft meines Haares ein, verweilte so, als ob er es zum ersten Mal riechen würde. Ich erschauderte, als seine Lippen meine Schläfe entlangfuhren. Mein Atem, nun da der Junge verschwunden war, ging stoßweise und ich schloss für einen Moment die Augen. *Dummes Mädchen.* Aber ich konnte nicht anders. Ich wollte nur für eine Weile wenigstens *etwas* spüren, außer Trauer und Hass.

»Alexander«, murmelte ich, selbst für meine geschärften Sinne kaum hörbar. Doch wir hörten nicht auf. Es war falsch, ich wusste es. Er lehnte seine Stirn gegen meinen Hinterkopf und ich spürte seinen heißen Atem in meinem Nacken. Alexander schüttelte seinen Kopf, entfernte sich jedoch nicht.

Irgendwann um fünfhundert herum hatte Alexander seinen stahlharten Griff von meinem Oberarm gelöst. Seine Finger wanderten quälend langsam hinunter, bis er sie mit meinen verschränkte. Ich ließ ihn wie eine Närrin gewähren. Ein loderndes Feuer brannte dort, wo er mich berührte, und ich genoss diese Qual, lehnte mich zurück, um etwas von seiner Wärme zu stehlen.

Ich war so, so dumm, weil ich genau wusste, wie sehr mich meine Schwäche für seine Nähe später schmerzen würde. Aber wenn er nicht hier gewesen wäre … Ich hätte den Jungen ohne mit der Wimper zu zucken getötet, hätte sogar Spaß daran gehabt. Galle stieg mir die Kehle hoch. Ich ekelte mich vor mir selbst.

Eine bittere, erbärmliche Träne rann mir die Wange herunter.

Alexander hatte mir gerade die Seele gerettet, denn wenn er mir keine Kontrolle geschenkt hätte, hätte ich mich neben dem Jungen umgebracht. Wenn ich sein Leben genommen hätte, dann verdiente ich meines nicht. Irgendwann um hundert und etwas quälte mich mein Kiefer nicht mehr allzu sehr, und meine messerscharfen Reißzähne waren verschwunden, also drehte ich mich um, aber er war immer noch so nah, *zu* nah.

Alexanders Blick fand meinen, und ich sah die Besorgnis in seinen strahlend blauen Augen. Was er in meinen sah, wusste ich nicht. Vielleicht war es auch besser so.

»Danke«, war das Einzige, was ich herausbrachte, und senkte den Blick, beschämt von mir selbst, von meinen dunklen Gedanken. Er nahm mein Kinn zwischen Daumen und Zeigefinger und zwang mich, ihn anzuschauen. »Niemals dafür.«

Alexanders Finger fuhr über meine Unterlippe, ein müdes Lächeln auf seinem Gesicht. Beinahe hätte ich es erwidert, aber das Entsetzen der letzten Minuten lastete noch immer schwer auf meiner Brust und drohte, mich jeden Moment zu ersticken.

Ich musste gehen, denn wenn ich blieb, würde ich einen Fehler machen, für den ich mich später hassen würde. Wenn ich blieb, würde ich ihn vielleicht küssen.

Alexander spürte die plötzliche Anspannung in meinem Körper und trat einen Schritt zurück. »Geh in den Unterricht, Avery.« Seine Worte klangen bitter, resigniert. Ich nickte trocken und wandte mich ab, die

Luft plötzlich viel zu kalt auf meiner erhitzten Haut, die erneut nach seiner Berührung flehte.

Ich war eine Masochistin, weil ich es zuließ, dass er mich immer und immer wieder quälte. Und es gefiel mir. Würde ich dieser Hölle jemals entkommen können?

Ich kam viel zu spät in den Unterricht, aber zum Glück hatte Nicolette mir einen Platz freigehalten. Der Professor des Faches Theorie der Zaubersprüche, Mr. Cahagan Odell, wie mir meine Sitznachbarin erzählt hatte, unterrichtete uns auch in Kunst der Elementarmagie.

Egal wie spannend es klang, der Schock überschattete die Freude, mehr über meinen neuen Körper zu erfahren.

Monster, Monster, Monster ...

Ich erinnerte mich an das Gesicht des Jungen, blass vor Schreck, vor *Todesangst*. Er war vor mir wie versteinert gewesen und ich hatte seine Furcht genossen.

Wurden so Bösewichte geschaffen? Allein und verzehrt von einem Gift, das langsam ihre Seele zerfraß, bis nichts mehr übrig blieb, außer eine hässliche Hülle, die sie wie eine Rüstung trugen, das Gewicht ihrer Taten schwer auf ihrem Gewissen.

Die Einsamkeit und Isolation werden zu ihren einzigen Begleitern, während sie darum kämpfen, einen Weg aus der Dunkelheit zu finden. Doch es scheint keinen Ausweg aus der selbstgeschaffenen Gefangenschaft zu geben, und sie sind dazu verdammt, im Stillen zu leiden.

»Fühlen Sie sich nicht wohl, Ms. James?«, fragte der Professor mit aufrichtiger Sorge. Ich schüttelte matt den Kopf.

»Es geht mir gut«, versicherte ich ihm und verbarg meine zitternden Finger.

»Nun gut.« Mit einem leichten Nicken begrüßte er jeden seiner Schüler einzeln und sein durchdringender Blick vermittelte ein Gefühl von Weisheit und Erfahrung. Ich fragte mich, wie alt er wohl war, wenn Vampire langsamer alterten. Jahrhunderte? Jahrtausende? Vielleicht hatte er sogar den Anfang unserer Zeit miterlebt und verbarg es hinter einem mitfühlenden Lächeln und einer eleganten Haltung.

»Guten Tag, junge Gelehrte«, begann er, seine Stimme eine melodische Mischung aus Autorität und Wärme. »Ich heiße Sie zu diesem Kurs über Elementarmagie, in dem wir das faszinierende Zusammenspiel der grundlegenden Elemente unserer Welt erforschen werden, herzlich willkommen.«

Mit fließenden, mühelosen Bewegungen ging er nach vorne und begann, wahrscheinlich wieder für mich, den Neuankömmling, die Gliederung des Kurses zu skizzieren.

»Während unserer gemeinsamen Reise werden wir uns mit den Feinheiten der einzelnen Elemente – Feuer, Wasser, Erde und Luft – befassen und untersuchen, wie sie miteinander interagieren. Wir werden die tiefe Symbolik erforschen, die der Elementarmagie zugrunde liegt, und entdecken, wie diese uralte Kunst uns helfen kann, uns selbst und die Welt um uns herum besser zu verstehen.« Mein Mund klappte auf. Dieser Kurs klang ... intensiv. Gelinde ausgedrückt. Ich fühlte mich wie ein Fisch ohne Wasser, komplett fehl am Platz. Als könnte ich nie im Leben aufholen.

Professor Odell hielt inne und seine weisen Augen suchten den Raum ab, als ob er jeden seiner Schüler begutachten wollte, als ob er durch uns hindurchblicken konnte, alle unsere Geheimnisse kannte.

»Ich bitte Sie inständig, diesen Kurs mit einem offenen Geist und der Bereitschaft, das Unbekannte zu erforschen, anzugehen«, sagte er, wobei seine Stimme an Intensität zunahm. »Denn nur durch solch eine Erforschung können wir die wahre Kraft der Elemente freisetzen und die Magie entdecken, die in uns allen liegt.« Die Gesichtszüge des Professors wurden ernster und er verschränkte die Arme.

»In diesem Kurs werden Sie herausfinden, welches Element Sie beherrschen«, verkündete er stolz, und seine Worte hatten ein Gewicht, das man nicht ignorieren konnte. »Einige von Ihnen haben es vielleicht schon herausgefunden, aber für andere wird dies eine Reise der Selbstentdeckung sein, wie keine andere.« Ich leckte nervös über meine trockenen Lippen.

Er richtete sich auf und seine Augen leuchteten mit leidenschaftlichem Eifer.

»Aber täuschen Sie sich nicht«, fuhr er fort. »Die Macht der Elemente ist nichts, was man auf die leichte Schulter nehmen sollte. Sie ist eine Kraft, mit der man sich intensiv befassen muss. Sie verlangt den größten

Respekt und die größte Ehrfurcht.« Das Gähnen der Schüler in der letzten Reihe ließ vermuten, dass sie das ganz und gar anders sahen.

Nicolette rückte zu mir herüber, ihr Mund nahe an meinem Ohr, als sie flüsterte: »In dieser Klasse gibt es nur verwandelte Vampire, also ist alles ziemlich entspannt. Keine Arschlöcher.«

Ich war dankbar für diese Information, denn ich hatte nicht die Nerven, mich mit noch mehr Idioten herumzuschlagen, die dachten, sie stünden über allem und jedem.

»Meine Strategie ist einfach«, erklärte der Professor schließlich. »Wir werden damit beginnen, Ihre individuellen Affinitäten zu jedem der vier Elemente zu untersuchen.« Er hielt inne und ließ seine Worte sacken. »Zu diesem Zweck werde ich jedem von Ihnen eine Reihe von Fragen stellen«, fuhr er fort, »Fragen, die uns helfen werden, die subtilen Nuancen Ihres Selbst aufzudecken und die elementare Kraft zu enthüllen, die im Kern Ihres Wesens liegt.« Ich stöhnte beinahe verzweifelt auf. Das alles klang so verdammt verwirrend. Keine halbe Stunde in diesem Kurs und ich fühlte mich, also ob ich schon komplett hinterherhinkte. Nicolette schenkte mir ein aufmunterndes Lächeln und ich hätte es so gern erwidert, fühlte mich aber einfach nur ausgelaugt und erdrosselt von den ganzen Erwartungen, die mit diesem neuen Körper einhergingen.

Unser Professor bewegte sich auf den ersten Schüler zu, der erwartungsvoll zu ihm hinaufblickte.

»Sagen Sie mir«, forderte er mit tiefer und gemessener Stimme, »welches Gefühl empfinden Sie, wenn

Sie in die flackernden Flammen eines Lagerfeuers blicken?«

Als der Schüler, ein paar Jahre jünger als ich, antwortete, nickte Mr. Odell, während ihm die Erkenntnisse aus der Antwort durch den Kopf gingen.

»Sehr gut. Nun lassen Sie uns zur nächsten Frage übergehen.«

Und so ging es weiter: Der Professor stellte nacheinander jedem Studenten eine Reihe sorgfältig ausgearbeiteter Fragen, die noch tiefer in die feinen Nuancen ihrer Persönlichkeiten und innersten Gedanken eindrangen. Manche gut, manche böse.

Nicolettes Antworten nach zu urteilen, müsste sie dem Element Erde angehören und ich dem Element Feuer. Aber natürlich konnten wir uns nicht sicher sein, bis sich uns das Element offenbarte. Bei manchen war es schon der Fall gewesen. Die weniger Glücklichen mussten noch grübeln. Da kam mir eine Frage in den Sinn.

»Kann man mehr als ein Element besitzen?« Zahlreiche Gesichter schossen in meine Richtung. Hatte ich etwa etwas Dummes gesagt?

»Eine sehr gute Frage. Nichts ist unmöglich, aber mir ist kein Fall bekannt, in dem ein gewöhnlicher Verwandelter mehr als ein Element besäße. Selbst für geborene Vampire sind zwei Elemente ausgezeichnet.« Seine Antwort war analytisch, keine Spur von Wertung oder Klassizismus in seinen Worten. Wenigstens etwas.

Ich erinnerte mich an den Kampf zwischen Alexander und Flavian, wie sie beide ihre Elemente eingesetzt hatten. Von außen betrachtet ein wunderschöner, makabrer Tanz. Ich hätte die Finesse bewundert, wäre ich nicht um mein Leben gerannt wie eine Irre. Nicht, dass es schlussendlich etwas gebracht hatte.

Der Professor klatschte in die Hände und holte mich damit aus meinen Tagträumen. Er zeigte uns verschiedene Formen der Meditation, um tief in uns selbst einzutauchen und den Samen des Elements, wie er es nannte, in uns zu finden. Meiner Meinung nach half das alles nicht, aber hey, ich war ja nicht der Profi.

Wir saßen endlose Minuten lang in fast völliger Stille, und ich wäre fast eingedöst, wenn mir Nicolette nicht den Ellbogen in die Rippen gestoßen hätte.

»Kommst du voran?«, flüsterte ich, wohl wissend, dass uns sowieso jeder hören konnte. Sie zuckte nur mit den Schultern.

»Ich spüre, dass sich *etwas* in mir regt, aber es will einfach nicht an die Oberfläche kommen.« Sie klang niedergeschlagen. Ich seufzte.

»Ich fühle überhaupt *nichts*«, erwiderte ich niedergeschlagen, und Mr. Odell erschien an unserer Seite. Er betrachtete uns eindringlich und tippte sich mit dem Zeigefinger gegen das Kinn.

»Ungeduldig?«, fragte der Professor, mehr zu sich selbst. »So jung und so rastlos. Lehnen Sie sich zurück und genießen Sie die Meditation. Sie könnte dabei mehr bewirken, als Sie denken.« Er schaute in meine Richtung. »Das Enthüllen von *Gedächtnislücken*, zum Beispiel.«

Sein unergründlicher Blick verriet mir, dass hinter seinen Worten mehr steckte, also nickte ich verlegen und schloss erneut die Augen. Vielleicht würden die anderen nicht bemerken, dass ich ein kurzes Nickerchen machte – meine eigene Form der Meditation.

Ich ging mit Nicolette zu unserem neuen Klassenzimmer, wo wir mehr über die Kunst der Persuasion erlernen würden, eine weitere Gabe, die nur Vampiren zuteilgeworden war. Anscheinend konnten wir Menschen unserem Willen unterwerfen, wenn sie in einem schwachen Moment nicht willensstark und unsere Magie stark genug war.

Die Klasse, etwas kleiner und spärlicher als die vorherigen prunkvollen Unterrichtsräume, wirkte wie ein kleines Gemach in einer Burg, isoliert von der Zivilisation; rau, rustikal, überhaupt nicht charmant und doch fesselnd.

Ich ließ mich auf einem wackeligen Stuhl nieder und ließ meinen Blick durch den Raum schweifen, in Gedanken immer noch bei dem Mord, den ich fast begangen hatte. Obwohl ich es mir im Unterricht nicht anmerken ließ, nagten die Schuldgefühle an meinem Herzen und drohten, mich endgültig in die Klauen der Hölle zu ziehen.

Die Dunkelheit meiner geheimsten Gedanken und Gefühle erstickte mich, und ich konnte keinen Ausweg finden.

Nicolette rüttelte mich aus meinen Gedanken. »Ich will ja nichts sagen, aber du solltest deine Augen in den Griff bekommen, bevor Ms. Arden hier ist.« Sie kramte einen kleinen Taschenspiegel hervor und reichte ihn mir. Mein Mund klappte auf, als mich schwarze, von dunklen Adern umrandete Augen anstarrten. Sie sahen ekelerregend mordlustig aus.

Ich schloss die Augen und zählte von fünfhundert herunter, flüsterte jede Zahl, als ob mein Leben davon abhinge. Bei 362 gab meine Sitznachbarin Entwarnung.

»Du solltest nicht nur deinen Hunger im Zaum halten, sondern auch deine Gefühle. Beides könnte dich in etwas verwandeln, das du nicht sein willst.« Ihr Tonfall hatte eine Ernsthaftigkeit angenommen, die ich so nicht von ihr gewohnt war. Vielleicht sprach sie ja aus Erfahrung. Vielleicht hatte dieses schüchterne, süße Mädchen Schlimmeres durchgemacht, als ich gedacht hatte. Ich hätte mich für meine Ignoranz selbst ohrfeigen können. Mein scheiß Verhalten zog auch sie runter. Ich seufzte.

»Du hast recht.« Es blieb keine Zeit für weitere Worte, denn ich spürte bereits, wie die Professorin mit großen, selbstbewussten Schritten näherkam, begleitet von einem anderen, schnelleren Herzschlag und Schritten, die viel kürzer waren als ihre.

Alles in mir erstarrte, als mir der vertraute Geruch in die Nase stieg – ein Mensch, ein *Kind*.

KAPITEL 15

»Ich kann das nicht«, knurrte ich, und Nicolette warf mir einen entschuldigenden Blick zu.

»Wenn du willst, kann ich so tun, als würde ich ohnmächtig werden, und du bringst mich zur Krankenschwester.« Ihr aufmunterndes Lächeln erwärmte mein Herz, aber das Feuer in meiner Kehle überschattete nur allzu schnell alles um mich herum. Alexander war nicht da, um mich zu beruhigen. Ich war auf mich allein gestellt. Fuck.

»Wir sind Vampire, schon vergessen?« Ich hob eine Augenbraue, und sie ließ den Kopf hängen.

»Oh, ich vergaß.« Gut, dass wenigstens eine von uns das konnte.

Mein Herz klopfte wie wild. Die Tür öffnete sich und ich hielt den Atem an.

Wenn ich nicht schon tot gewesen wäre, würde mich ein Herzinfarkt ins Grab befördern, denn neben der kaltblütigen Ms. Arden stand der Junge, den ich heute fast getötet hatte.

Ich zählte im Geiste rückwärts und konzentrierte mich auf die Risse in der Steinwand über der Tafel, zählte das Flackern der Lichter über uns und fuhr im Geiste die Holzmaserung des Mobiliars nach, aber es half nichts. Der ganze Raum roch nach *ihm*.

Der Junge hatte eine starre Miene aufgesetzt, fast seelenlos. Er bewegte sich nicht, selbst als ein Dutzend Vampire ihn anstarrten, einer hungriger als der andere. Einige hatten sich nicht unter Kontrolle und präsentierten ihre Reißzähne mit Stolz.

412, 411, 410 …

Ms. Arden lächelte uns freundlich an und ihre Augen suchten den Raum mit einem Gefühl der Zufriedenheit ab. Sie genoss diese Show und ich hasste sie dafür umso mehr.

»Meine lieben Schüler«, sagte die Professorin, ihre Stimme lebhaft. »Ich habe heute einen ganz besonderen Gast mitgebracht. Das ist Jacob, ein Menschenjunge, der sich freiwillig gemeldet hat, um an unserem Unterricht teilzunehmen.« Freiwillig, ja, natürlich …

Ich spürte, wie mein Herz raste, als Jacobs Duft noch stärker in meine Richtung strömte – das warme, berauschende Aroma von gefangenem Blut, das meine Instinkte auf Hochtouren laufen ließ. Meine Kehle brannte vor Heißhunger, und ich konnte mein Verlangen kaum unterdrücken, während ich darum kämpfte, meine Reißzähne nicht ausfahren zu lassen.

Ms. Arden sprach weiter, aber ihre Worte verschwammen in meinem Kopf, und ich hatte Mühe, mich auf etwas anderes zu konzentrieren als auf den verlockenden Duft, der mich umhüllte. Meine Augen huschten durch den Raum, nahmen den sanften Sonnenschein wahr, das schwache Rascheln der Kleidung, Penelopes Stimme, die wie ein fernes Echo erklang.

Ich versuchte, mich zu beruhigen, als ich spürte, wie mein Körper bei der Anstrengung, meinen Instinkten zu widerstehen, zu zittern begann. Der Kampf war real, und ich spürte, wie jede Faser meines Wesens danach schrie, zu jagen, zu nähren, den brennenden Durst zu stillen, der mich verzehrte.

Während Ms. Arden weiter sprach und den Lehrplan für unseren Kurs in der Kunst der Persuasion vorstellte, hatte ich Mühe, ihre Worte wenigstens ansatzweise zu registrieren, den verlockenden Geruch von Jacobs Blut zu verdrängen und mich auf die bevorstehende Aufgabe zu konzentrieren.

384, 383, 382 ...

Ich rechnete aus, wie lange ich brauchen würde, um zum Lehrerpult zu gelangen; wie lange ich brauchen würde, um meine Reißzähne in Jacobs blasser Haut zu versenken und sein Blut bis zum letzten Tropfen zu genießen. Viel zu lange. Penelope würde mich sicher zur Direktorin bringen, die mich wiederum wahrscheinlich umbringen würde. *Auch nur für einen kleinen Schluck?*

Nein, ein Schluck würde niemandem schaden, flüsterte die verführerische Stimme in meinem Kopf, der Teufel auf meiner Schulter. Bevor ich mit meiner neu gewonnenen Schnelligkeit nach vorn rennen konnte, packte mich Nicolette am Ärmel, sodass ich nicht aufstehen konnte, ohne dass Blicke auf mich fielen.

»Ich bin zwar eine Pazifistin, aber wenn du irgendeine Dummheit machst, bin ich gezwungen, dich an den Haaren zu ziehen. Fest.« Ihre Stimme war so leise, dass ich sie mir auch hätte einbilden können. Das war genau die Ablenkung, die ich gebraucht hatte, denn jetzt stellte ich mir meine Sitznachbarin vor, wie sie mich mit der Überzeugung eines Steins an den Locken zog und sich dabei tausendmal entschuldigte.

Ms. Ardens Stimme ließ mich wieder aufhorchen, und ich bemühte mich, trotz des Pochens in meinem Kopf zu verstehen, was sie sagte.

»Wie ihr wisst«, sagte sie mit leiser und bedächtiger Stimme, »ist eines der mächtigsten Werkzeuge, die uns als Vampiren zur Verfügung stehen, die Persuasion.«

Sie ging nach vorn und musterte den Raum mit einem Hauch von Autorität.

»Durch subtile Manipulation können wir den Willen der Menschen nach unseren eigenen Wünschen beugen und sie dazu bringen, unsere Befehle zu befolgen, ohne es überhaupt zu merken.«

Ich spürte, wie sich das Gewicht ihrer Worte auf mich legte. Die Erkenntnis, dass wir solch eine Kraft besaßen, war aufregend und erschreckend zugleich.

»Aber Persuasion ist nicht einfach nur eine Frage roher Gewalt oder eines überwältigenden Willens«, fuhr Ms. Arden fort, und ihre Stimme nahm einen ehrfürchtigen Ton an. »Es ist eine Kunstform, die Geschicklichkeit, Subtilität und Finesse erfordert. Und es ist eine Fähigkeit, die verfeinert werden kann und die es uns ermöglicht, mehr und mehr Kontrolle über die Menschen um uns herum auszuüben.«

Ich spürte, wie sich eine morbide Vorfreude in mir ausbreitete, während sie sprach; ein Gefühl der Macht, das sowohl beflügelnd als auch abstoßend war.

»Aber lasst mich eines klarstellen«, fuhr sie warnend fort, »Persuasion ist kein Mittel, das man leichtfertig einsetzen sollte. Es ist eine Macht, die, wenn man sie missbraucht, gefährlich sein kann und mit Vorsicht und Respekt eingesetzt werden muss.«

Meine Augen trafen die des Jungen, ein stummer Hilfeschrei, aber ich konnte nichts tun, konnte ihn nicht retten. Nichts an all dem hier war *respektvoll*.

Ms. Arden erklärte die Feinheiten dieser Kunst, wobei sie sich besonders darauf konzentrierte, wie wir als Vampire unsere Magie einsetzen konnten, um Menschen in ihrem Willen zu beeinflussen und zu kontrollieren.

»Der Schlüssel zum Erfolg liegt in der Begabung, eure Macht korrekt anzuzapfen«, sagte sie, wobei ihre Stimme einen hypnotischen Ton annahm. »Ihr müsst lernen, eure Worte in Magie zu hüllen, sodass die Menschen sich des Einflusses, den ihr auf sie ausübt, gar nicht bewusst sind.«

Ich beobachtete, wie sie sich im Raum bewegte und mit ihren langen Fingern gestikulierte, während sie sprach. Sie hatte etwas Faszinierendes an sich, etwas, das mich in den Bann zog und mich dazu brachte, mehr erfahren zu wollen. Selbst, wenn ich es nicht wollte.

»Und ihr müsst subtil vorgehen. Ihr wollt ihnen

nicht euren Willen aufzwingen – ihr wollt sie glauben lassen, dass es die ganze Zeit ihr eigener gewesen war.«

Sie hielt einen Moment inne und ließ ihre Worte sacken, während Jacob wie erstarrt vor der Klasse stand, sein Gesicht kreidebleich.

»Mit einem bloßen Stupser unserer Macht können wir die Menschen unserem Willen unterwerfen«, fuhr die Professorin fort und ein schwaches Lächeln umspielte ihre Lippen. »Wir können ihnen Anregungen in den Kopf setzen und sie auf raffinierte Weise in die Richtung lenken, in der wir sie haben wollen.«

Penelope blickte hinter sich zu Jacob, dem Jungen, der sein Gewicht nervös von einem Bein auf das andere verlagerte. »Jetzt wollen wir das, was wir gelernt haben, in die Praxis umsetzen«, sprach sie voller falscher Motivation und deutete auf ihn. *Nein ...*

Mein Herz blieb bei dem Gedanken an das, was gleich geschehen würde, stehen. Ich konnte die Angst in Jacobs Augen sehen, die Art, wie seine Hände leicht zitterten. Ich wusste, wie es sich anfühlte, der Magie eines Vampirs ausgeliefert zu sein, und mein Herz brach, bis nur noch Scherben aus meiner Brust ragten.

Ms. Arden trat näher an ihn heran, und ihre Stimme nahm etwas Hypnotisches an. »Jacob, ich möchte, dass du etwas für mich tust, ja?«, säuselte sie, ihre Worte getränkt in Macht. »Ich möchte, dass du dir in den Finger beißt, bis du Blut schmeckst.«

Mir fiel die Kinnlade runter, und ich hätte mich fast übergeben. Grausam, so grausam. Ein Dämon, der die Gestalt eines Engels angenommen hatte. In ihren

Augen lag nicht ein Funken Mitgefühl. Kein bisschen Menschlichkeit.

Jacob zögerte einen Moment und seine Augen huschten zwischen Ms. Arden und dem Rest von uns hin und her. Doch dann, fast gegen seinen Willen, biss er sich in den Zeigefinger, bis er blutete.

O Gott, o Gott, o Gott.

Ich war drauf und dran, meine eigene Menschlichkeit hinter mir zu lassen und genau wie sie zu werden. Mein ganzer Körper kämpfte gegen die Dunkelheit in mir an. Der metallische Geruch verbreitete sich im ganzen Raum, drang in jede Nase ein, und ich sah die dunklen Adern um die Augen der anderen Schüler, die ebenfalls kurz davor zu sein schienen, Jacob zu zerfleischen. Ich betete, dass sie sich in den Griff bekämen und mich jemand töten würde, wenn ich die Fassung verlieren würde.

Ms. Arden lächelte schwach. »Gut. Den anderen auch, aber jetzt beißt du fester zu.«

Wieder zögerte Jacob einen Moment, bevor er genau das tat, was sie befahl. Eine Träne rann über seine gerötete Wange, während das Blut an seinem Finger herunterlief und sein Hemd besudelte.

Ich krallte mich so fest in die Kante des alten Holztisches, dass er an der Stelle, an der meine Finger ihn berührten, zerbrach. Scharfe Splitter bohrten sich in meine Fingerspitzen, aber ich spürte den Schmerz kaum. Meine Sinne waren überschattet von Trauer und Hass und Wut und Hunger, ach so großem Hunger. Es fühlte sich an, als würde ich sterben. Als würde ich bei lebendigem Leibe verbrennen.

Penelope trat zurück und wies auf den Rest von uns. »Jetzt seid ihr an der Reihe. Jeder von euch wird versuchen, Jacob zu einer Handlung zu überreden. Denkt daran, seid subtil. Verschleiert eure Worte mit Magie.«

Ich sah, wie die Schüler in der ersten Reihe nach vorn traten, ihre Augen funkelnd vor Begeisterung. Mein Herz sprang mir fast aus der Brust, als ich mir ausmalte, was gleich passieren würde. Diese ganzen Abscheulichkeiten würden ihn foltern.

Einer nach dem anderen kam an die Reihe. Und jedes Mal gehorchte Jacob, seine Bewegungen von der Macht ihrer Magie kontrolliert.

»Mach einen Rückwärtssalto«, forderte ein Mädchen, aber der Kleine konnte es nicht und brach sich fast das Genick. Er schrie auf, und ich wollte aufstehen und jeden Einzelnen von ihnen umbringen.

Ich konnte sehen, wie die Angst in seinen Augen wuchs, so grausam waren die Versuche der Persuasion. Einige hatten keinen Erfolg, und ich stieß einen Seufzer der Erleichterung aus. Wie konnten sie so gefühllos sein, so bereit, ihre Macht einzusetzen, um ein Kind zu quälen?

»Bleib cool. Je eher wir fertig sind, desto eher kann er zur Krankenschwester gehen und die Sache vergessen. Sie hat einen speziellen Trank dafür.« Ich nickte und stand auf, denn wir waren an der Reihe. Am liebsten wäre ich weggelaufen, weit weg, aber ich konnte nicht den Zorn der Direktorin auf mich ziehen. Außerdem bezweifelte ich, dass ich weit fliehen konnte, schon gar nicht mit einem blutenden Jungen im Schlepptau.

Je näher ich Jacob kam, desto stärker wurde der Einfluss seines Blutes auf mich. Meine Beine drohten jede Minute unter mir nachzugeben, bis ich schließlich vor ihm stand.

Er musste über meine schwarzen Augen und die dunklen Adern entsetzt gewesen sein, würde wahrscheinlich jede Faser seiner Willenskraft aufbringen müssen, um nicht zu schreien. Oder vielleicht war es ihm auch verboten worden ...

Nicolette beugte sich hinunter und strich ihm mit einer Hand durch das verschwitzte Haar.

»Erzähl mir einen Witz.« Ihre Stimme war so lieblich, so sanft, dass sie mich fast selbst um den Finger gewickelt hätte.

Die Gesichtszüge des Jungen entspannten sich für kurze Zeit. Er war wahrscheinlich dankbar für die Pause, aber in seinen Augen lag immer noch Abneigung. Nein, nicht Abneigung, sondern abgrundtiefer Hass. Auch ich hasste mich in diesem Moment dafür, zu dieser Klasse, zu dieser Welt zu gehören. Dass ich einer von *ihnen* war.

Jacob erzählte einen schlechten Witz und niemand außer Nicolette lachte. Es klang so ehrlich, so frei, dass ich es fast glaubte. »Das war ein guter Witz. Danke, Jacob.« Sie wischte ihm die Tränen weg und setzte sich wieder auf ihren Platz. Die anderen Vampire starrten ihr hinterher, einer mit einem giftigeren Blick als der andere. Nun stand ich vor dem Jungen. Seine Hände zitterten, und er hatte seine Lippen zu einer schmalen Linie zusammengepresst.

Wegen meiner ständigen Angst, mich zu verlieren, hatte ich nicht daran gedacht, mir etwas einfallen zu lassen, was ich von ihm verlangen konnte, also stand ich wie angewurzelt da.

»Ms. James?« Penelopes Stimme war fordernd, obwohl sie nie diesen Anflug von Süße verlor.

»Ich kann nicht«, brachte ich zwischen zusammengebissenen Zähnen hervor. Sie schenkte mir ein Lächeln.

»Willst du, dass ich es dir noch einmal zeige?« Jacob holte scharf Luft und ich schüttelte verzweifelt den Kopf.

»Nein.« Sie gab mir ein Zeichen, weiterzumachen, und ich trat einen Schritt auf ihn zu, meine Hände zu Fäusten geballt.

Wenn sie mich bat, ihn dazu zu bringen, sich selbst zu verletzen, tat es mir leid, sie zu enttäuschen.

Ich senkte den Blick und versuchte, mit einem unsichtbaren Finger über das silberne Licht um mein Herz zu streichen. Es regte sich wie eine faule Katze.

Aber ich hatte keine Ahnung, wie ich weiter vorgehen sollte, Penelope hatte es nicht wirklich erklärt. Wie sollte ich Magie in meine Worte einweben, wenn ich nicht einmal wusste, wo ich anfangen sollte?

Die Professorin wurde ungeduldig, und ich hielt den Atem an, um den Geruch von Blut wenigstens ein bisschen zu verdrängen. Vergeblich.

Ich dachte an das Licht, die Quelle meiner Magie. Dann stellte ich mir vor, wie sich dieses Licht um meine Zunge legte und sie wie ein durchsichtiger Schleier umhüllte. Es *musste* funktionieren. Denn wenn es nicht funktionierte, würde Penelope es mir zuliebe noch einmal demonstrieren. Eine ungewohnte Wärme breitete sich in meinem Mund aus und meine Zunge kribbelte. Magie?

»Verrate mir dein schlimmstes Geheimnis«, brachte ich hervor, und Jacobs Augen weiteten sich, sein Blick flehend.

Er dachte einen Moment lang nach, und ich begann zu befürchten, dass es nicht funktioniert hatte, aber dann öffnete er endlich den Mund.

»Ich habe meinem Vater Geld gestohlen und es meinem großen Bruder in die Schuhe geschoben.« Ich versuchte, ihm während seines Geständnisses nicht in die Augen zu sehen, und war erleichtert, dass es nichts Schlimmes war, was er zu sagen hatte. Aber Jacob war nicht fertig, nein. »Mein Vater war so wütend, dass er meinen Bruder geschlagen hat. Er musste ins Krankenhaus, und später ist er an inneren Verletzungen gestorben.«

Ich biss mir auf die Wange, um nicht entsetzt aufzuschreien. Gänsehaut breitete sich auf meinem ganzen Körper aus. Der Junge hatte genug Dämonen, er brauchte nicht auch noch meinen entgeisterten Blick zu sehen, also zog ich mich wortlos zurück und versuchte, die Tränen zu verbergen, mit denen sich meine Augen füllten.

Mein Herz war schwer wie Blei, denn ich wusste, dass ich ihn, von allen Leuten, heute am meisten verletzt hatte.

Erst als der Junge längst verschwunden war, konnte ich wieder tief durchatmen und machte mir eine Notiz, die Krankenschwester nach ihm zu fragen.

Der Schmerz seiner Tortur hing noch immer in der Luft, und es würde sicher noch ein paar Albträume dauern, bis ich ihn in eine Kiste packen und sie im kleinsten Winkel meines Gehirns verstauen konnte. Der einzige Trost war, dass er den heutigen Tag vergessen würde.

Nicolette folgte mir in den Flur, beide von uns in ihren eigenen Gedanken vertieft. Als Nächstes hatten wir unseren Unterricht wieder in der großen Halle, die wahrscheinlich eher für royale Bälle und Feste gedacht war. Die Kunst der Defensive und Offensive – so nannten sie es. Mir wurde schwindelig, wenn ich nur daran dachte, dass ich gleich durch die Luft geschleudert werden würde oder ich das scheußliche Eisen in meiner Nähe spüren musste.

Aber all das wurde von meinem Hass auf Penelope Arden überschattet, und ich hätte mir das Eisen mit Freuden in den Rachen geschoben, wenn ich sie dafür nie wieder sehen müsste.

KAPITEL 16

Als ich aus der Klasse für Defensive und Offensive trat, erblickte ich Caleb, der auf mich zueilte. Ich hatte ihn nicht mehr gesehen, seit ich verwandelt worden war, und mit meinen neuen Augen sah er noch attraktiver aus als zuvor. Sein markantes Gesicht, die breiten Schultern, die große Statur und die tiefbraunen Augen hatten schon immer alle Blicke auf sich gezogen, aber jetzt konnte ich jedes Detail klar erkennen. Leilah und er passten perfekt zusammen.

Ich begrüßte ihn mit einem unbehaglichen Lächeln, und er erwiderte es mit einem kurzen Nicken. Wir hatten nie viel miteinander geredet, aber trotzdem sah ich ihn als Freund an, und ich wusste, dass es ihm genauso ging. Wir verstanden uns im Stillen, unsere Freundschaft brauchte keine großen Worte. Das war das Schöne daran.

Sein Gesicht war immer so ernst, was ihn älter

erscheinen ließ als seine 22 Jahre, und ich fragte mich, was das Leben ihm angetan hatte, was es ihm gestohlen hatte. Vielleicht steckte hinter seiner Stille viel mehr, als ich dachte.

Als er neben mir ging, nahm ich den schwachen Duft seines Parfüms, vermischt mit Leilahs, wahr. Es war eine seltsame Kombination, aber irgendwie passte sie.

»Ich wollte mit dir reden«, meinte Caleb und brach das Schweigen. »Sehen, wie es dir geht.« Das war ... nett. Ich hätte ihn nie für einen großen Motivationsredner gehalten, aber trotz meiner Misere war ich dankbar für sein Bemühen. Immerhin hatten wir das Gleiche durchgemacht. Ich verschränkte meine Arme, als wir in Richtung meines Flügels abbogen.

»Ich fühle mich großartig«, antwortete ich trocken und vermied den Augenkontakt.

»Hör auf mit dem Bullshit, Avery.« Ich schluckte und wusste nicht, wo ich anfangen und wo ich aufhören sollte. Diese ganze Situation war mehr als unangenehm, für ihn vielleicht sogar mehr.

»Es ist ... die Hölle«, gab ich schließlich zu, und sah ihn aus dem Augenwinkel nicken. »Ich habe keine Kontrolle mehr über meinen Körper, meine Sinne, meine Gedanken. Manchmal erkenne ich mich selbst kaum wieder. Meine Gefühle sind so stark, dass ich manchmal denke, ich werde verrückt.« Das war mehr, als ich preisgeben wollte, und ich wollte mich gerade dafür entschuldigen, dass ich meine Probleme bei ihm abgeladen hatte, als er das Wort ergriff.

»Sieh es doch mal so: Du, dein altes Ich, ist gestorben. Es existiert nicht mehr. Die Person, die du jetzt bist, muss noch geformt werden, du musst dich selbst finden. Ein neuer Anfang. Wenigstens ein positiver Aspekt.« Ich ließ mir Calebs Worte durch den Kopf gehen. Sie erschreckten mich mehr, als sie mich beruhigten. Eine neue Person, ein neues Leben. Die alte Avery war tot – ich trug nur noch ihre Haut.

»Und was ist, wenn ich das nicht schaffe?« Meine Frage klang mehr nach einem Flehen und ich biss mir nervös in die Wange. Ich sah zu ihm hinüber, durchbohrte ihn mit meinem drängenden Blick. Er zuckte nur locker mit den Schultern.

»Du hast keine andere Wahl.« Ich presste meine Lippen zusammen, während wir einen breiten Flur entlanggingen, dessen Wände mit dunkelblauer Tapete und einem eleganten Muster bedeckt waren. Ein paar Büsten waren sporadisch aufgestellt, aber mir war gerade nicht danach, die Kunst zu bewundern. »Komm, ich will dir etwas zeigen.« Er machte eine Kopfbewegung in eine andere Richtung, und ich folgte ihm ohne Protest. Ein bisschen Ablenkung von meinen vier Wänden würde sicher guttun.

Caleb führte mich durch endlose Gänge und ich seufzte genervt auf, weil wir ja nicht unsere Vampirgeschwindigkeit benutzen durften. Jemand konnte uns aus der Ferne beobachten. Ein zu großes Risiko.

Schließlich blieben wir vor einer massiven Holztür stehen. »Nur noch ein paar Stockwerke hoch und wir sind da«, erklärte er, bevor er die Tür aus den Angeln riss. Ich zuckte zusammen und sah nervös hin und her. Wenn uns die Direktorin bei diesem Vandalismus erwischen würde, wären wir definitiv am Arsch.

Eine schmale Wendeltreppe, die kaum breit genug für eine Person war, breitete sich vor uns aus. Caleb schaute sich kurz um und rannte dann mit seiner übernatürlichen Geschwindigkeit voraus, seine Silhouette nur noch ein verschwommener Fleck, der sich mit der mausgrauen Steinwand verblendete. Es war so dunkel hier, dass ein Mensch kaum etwas hätte erkennen können, aber mit meinen neuen Augen war es mir möglich, jede steile Stufe genau auszumachen. Wir rannten weiter hinauf und ich war erstaunlicherweise gar nicht aus der Puste. Das war verdammt verrückt, wenn man bedachte, dass ich die unsportlichste Person aller Zeiten war. Eine kleine Tür kam in mein Sichtfeld und wir blieben schließlich davor stehen.

Caleb schloss sie gekonnt auf, und ich folgte ihm hinaus. Ein atemberaubender Anblick bot sich uns und ich konnte nicht anders, als wie eine Idiotin mit offenem Mund dazustehen. Verdammt, war das schön.

Oben auf den Mauern der Akademie entfaltete sich die Welt vor mir wie ein Gemälde, das in den Farben des Herbstes gemalt war, vor mir. Die Bäume leuchteten in Gold-, Bordeaux- und Kupfertönen, und ihre Blätter raschelten sanft in der kühlen Brise, die unsere Haut umspielte.

Die Wälder und Gärten schienen uns Geheimnisse zuzuflüstern, als ob sie Mysterien bargen, die nur die Blumen kennen konnten.

Unter mir lag ein weitläufiger, privater Garten,

üppig und grün, ein Zusammenspiel aus Grün- und Blau- und Violetttönen. Die Blumen waren noch in voller Blüte, jede einzelne ein zartes Kunstwerk, jedes Blütenblatt ein Pinselstrich in einem meisterhaften Kunstwerk. Es war ein Wunder, dass sie überhaupt noch blühten, und langsam dämmerte es mir – Elementarmagie. Erde. Das musste es sein. Das Sonnenlicht fiel auf sie herab und tauchte sie in warmes Licht. Es war fast so, als würden sie von innen heraus leuchten.

Die Ruhe in der Landschaft wurde nur durch das gelegentliche Zwitschern der Vögel unterbrochen, und es war, als ob die Welt stehen geblieben wäre, um mir die Möglichkeit zu geben, ihr Wunder wirklich zu genießen. Es war wunderschön und ließ mein Herz leichter wirken, die Last auf meinen Schultern für einige Momente verschwunden.

Die Luft duftete nach Erde und Blüten, ein berauschendes Parfüm, das einem das Gefühl gab, in eine weiche, warme Umarmung gehüllt zu sein. Man konnte die Sonnenstrahlen auf dem Gesicht spüren, als ob ein lang vermisster Freund zu Besuch kam.

In der Ferne schlängelte sich ein Fluss durch die Landschaft und schimmerte im Sonnenlicht wie ein silbernes Band.

Man fühlte sich wie in einem Traum, und einen Augenblick lang war man zufrieden, einfach nur dazustehen und alles auf sich wirken zu lassen.

Caleb wies auf eine Stelle auf dem Dach, wo wir sicher sitzen konnten, und ich folgte seiner stummen Einladung.

»Leilah, Noah und ich waren oft hier, besonders in

der Anfangszeit. Wenn es uns unten zu viel wurde, kamen wir hierher, um zusammen allein zu sein. Verstehst du?« Ich sah ihm in die Augen und nickte, immer noch fasziniert von der Aussicht. Er hatte mir hier was Großartiges geschenkt.

»Es ist fantastisch, einfach unglaublich, aber wie soll mir diese Aussicht bei meinen Problemen helfen?« Ich hob eine Augenbraue.

»Gar nicht. Ich habe nur versucht, dich zum Lächeln zu bringen. Dafür sind Freunde doch da.« Ich hatte eine starke Vermutung, dass Leilah ihn geschickt hatte, weil auch er im Gegensatz zu den beiden verwandelt worden war. Ich wusste nicht viel über seine Vergangenheit. Caleb war ziemlich verschlossen, und ich wollte nie eine Grenze überschreiten. Aber jetzt kam ich mir dumm vor, weil ich fast nichts über ihn wusste.

»Wie war das für dich damals? Wie bist du zum Vampir geworden?«, fragte ich schließlich, den Blick auf meine Nägel gerichtet. Er räusperte sich.

»Ich und Leilah haben eine ... komplizierte Vergangenheit. Ihr großer Bruder war mein bester Freund. Irgendwann habe ich sie durch ihn kennengelernt und konnte seitdem an nichts anderes mehr denken. Ich wusste, dass wir keine Zukunft haben würden, aber ich habe mich trotzdem verliebt.«

Er blickte in die Ferne, seine Gedanken ganz woanders. »Ihr Bruder hat mich windelweich geprügelt, als er von uns erfahren hat. Seine kleine Schwester und ein Sterblicher? Das war eine Schande für seine Familie«, höhnte Caleb mit falschem Amüsement. »Wir haben uns heimlich getroffen, und irgendwann habe ich dann von der ganzen Vampirsache erfahren. Du kannst dir vorstellen, wie ich reagiert habe.« Ich nickte und ein Schauer durchlief mich bei der Erinnerung, wie *ich* es herausgefunden hatte. »Danach ist eine Menge Scheiße vorgefallen, und ein paar Monate später ist es dann passiert.« Er tippte auf seine ausgefahrenen Reißzähne, zuckte mit den Schultern und lehnte sich zurück, aber ich blickte hinter seine Maske. Es war fast so, als wäre Caleb nicht freiwillig zu dem geworden, was er jetzt war. Aber ein Funken Taktgefühl hielt mich davon ab, danach zu fragen. »Als ihre Eltern herausfanden, was sie getan hatte, wurde sie enterbt und von ihrer Familie fast vollkommen verstoßen. Sie reden nur noch das Nötigste miteinander, aber diese ganze Geschichte sollte Leilah dir lieber erzählen.« Ich wusste, dass sie kein gutes Verhältnis zu ihrer Familie hatte, auch wenn sie immer gut von ihrem Bruder gesprochen hatte. Trotz allem liebte sie ihn noch immer. »Es ist eine Schande, einen Menschen zu lieben. Aber es ist eine noch größere Schande, mit einem Verwandelten zusammen zu sein. In ihren Augen sind wir schwach, und es gibt nichts, was sie mehr verachten als Schwäche.«

»Ja, hab gehört, dass die nicht viel von uns halten«, witzelte ich verbittert. Caleb nickte.

»Stell dir vor, wie es gewesen sein muss – frisch verwandelt, deine Liebe wurde von ihrer Familie verstoßen und muss sich nun auch noch um dich sorgen. Du kannst dich nicht beherrschen, alles ist zu viel. Du hast nicht einmal ein Zuhause, keine Freunde, nichts.«

Mein Blick war auf Caleb gerichtet und ich sah die Düsternis in seinen Augen, die Traurigkeit über das, was er verloren hatte. »Aber ich hatte Leilah, und das war alles, was ich brauchte. Sie wird immer mein Zuhause sein, meine beste Freundin, meine Familie.« Ich kämpfte gegen die Tränen an, schockiert über die Tiefe ihrer Beziehung. Er hatte sein Leben für sie aufgegeben, für eine Ewigkeit mit ihr.

»Am Anfang war ich lange Zeit nicht mehr derselbe, war in ein tiefes Loch gefallen, aus dem mir Leilah nicht heraushelfen konnte. Ich hatte rebelliert, ihr all die abscheulichen Dinge an den Kopf geworfen, die ich eigentlich gegenüber mir selbst empfand. Ich hatte ihr die Schuld an meiner Misere gegeben, und sie hatte alles hingenommen, hatte alles über sich ergehen lassen. Nicht einmal meinem Feind wünsche ich, diese Version von mir zu sehen.« Ein kalter Schauer lief mir den Rücken hinunter, als ich über seine Worte nachdachte. »Ich habe *getötet*, Avery.«

Mir fiel die Kinnlade herunter, und ich rang nach den richtigen Worten. Gab es die überhaupt? Nein, wahrscheinlich nicht, also blieb ich stumm.

»Was ich mit meiner Geschichte sagen will, ist, dass niemand von dir verlangt, dass du schnell darüber hinwegkommst, aber ich weiß, dass du es irgendwann tun wirst, weil ich es auch konnte. Bis dahin hast du Leilah, und weil sie so ist, wie sie ist, und viel zu intensiv liebt, wird sie immer an deiner Seite sein. Noah und ich natürlich auch.« Eine Träne rann mir über die Wange, doch ich wischte sie nicht weg. »Akzeptiere deine Dämonen, sie sind schließlich ein Teil von dir.«

»Aber was ist, wenn ich es nicht packe? Was, wenn ich die Menschen um mich herum nur verletze? Was ist, wenn die Wut in meinem Herzen überhandnimmt?« Er schlug mir spielerisch gegen die Schulter.

»Dann werden wir dich daran erinnern, wer du wirklich bist.« Trotz meiner düsteren Gedanken konnte ich klarer sehen, konnte erkennen, dass ich nicht allein sein musste, dass ich Schwäche zeigen durfte. Es machte mich nicht schlechter.

Dafür war ich dankbar.

Gerade als ich noch etwas hinzufügen wollte, vibrierte mein Tablet. Verdutzt schaute ich auf das Display und mein Herz setzte einen Schlag aus. Mein Vater. Er hatte schon ein paarmal versucht, mit mir zu sprechen, aber ich hatte seine Anrufe immer ignoriert.

Ich starrte auf das grüne Telefon-Icon, konnte mich aber nicht dazu durchringen, abzunehmen, egal wie sehr ich mich danach sehnte, seine Stimme zu hören. Gott, ich vermisste Dad so sehr …

»Ich kann gehen, wenn du willst«, bot Caleb an, aber ich schüttelte den Kopf.

»Nein, das ist es nicht. Ich kann nicht –« Ich seufzte resigniert und meine Brust fühlte sich wieder viel zu schwer an. »Dad weiß immer, wenn etwas nicht stimmt, wenn es mir nicht gut geht. Er würde mich sofort durchschauen. Verdammt, sogar meine Stimme klingt anders. Wie könnte ich ihn also dazu bringen, zu glauben, dass alles in Ordnung sei?« Caleb streckte seine Beine aus und überkreuzte sie an den Knöcheln.

»Das ist ein Problem.« Ich nickte niedergeschlagen.

»Ein Großes. Er darf von all dem nichts wissen. Nicht, bevor ich mir einen Plan ausgedacht habe.« Nicht, dass das je möglich sein würde. Wie könnte ich meinem Vater auch die ganzen abgefuckten Sachen erklären, die selbst ich nicht verstand? Das ging nicht.

»Das ist deine Sache, aber überlege schnell. Nicht, dass er auf die Idee kommt, dich hier zu besuchen.« Ich rollte mit den Augen. Natürlich wies er auf das Offensichtliche hin, und ich wollte meinen Vater auf keinen Fall in diese Hölle hineinziehen. Eine tote James reichte schon aus. Gänsehaut breitete sich auf meinen Oberarmen aus.

Mein Tablet vibrierte erneut, und ich zuckte zusammen. Nein, ich musste mir etwas einfallen lassen. Mein Vater würde meinetwegen sicher nicht in Gefahr geraten. Niemals.

Hin- und hergerissen betrat ich mein Zimmer, immer noch erschüttert von dem Gespräch, das ich gerade mit Caleb geführt hatte. Jetzt sah ich den weißblonden Mitschüler in einem ganz anderen Licht, fühlte mit ihm mit und könnte trotzdem nie das Ausmaß seines Schmerzes verstehen. Als ich meinen Blick hob, fiel ich fast aus allen Wolken und blieb abrupt stehen. In der Ecke meines Zimmers stand ein exquisites Klavier im

Vintage-Stil, das diesen Morgen definitiv noch nicht dagewesen war.

Ich konnte es nicht glauben, und für eine Sekunde blieb mir der Mund offen stehen. O mein Gott ... Mein Herz raste und Gänsehaut breitete sich auf meinen Armen aus.

Ich hatte so ein außergewöhnliches Klavier noch nie von Nahem gesehen. Es war ein wahres Kunstwerk, wirkte in seiner Eleganz majestätisch, so wie die polierte Ebenholzoberfläche das sanfte Licht im Raum reflektierte.

Ich fragte mich, wer es dort wohl hingestellt hatte und warum. War es ein Geschenk, oder war es einfach ein Versehen? Vielleicht war es für jemand anderen bestimmt. Mein Herz hämmerte in meiner Brust, drohte herauszuspringen, als ich an die einzige Person dachte, die mir ein Stück von mir selbst, von meinem alten Leben, zurückgeben wollte. Aber ich schüttelte den Kopf. Meine Fantasie musste mit mir durchgegangen sein.

Seit meinem Unfall hatte ich nicht mehr spielen können, meine Finger zu zertrümmert, und ich zu stolz, zu gebrochen, um noch einmal von vorne anzufangen. Dann hatte ich Alexander getroffen, und er hatte mir gezeigt, dass die Musik noch in mir steckte, tief vergraben unter meinen unsichtbaren Narben.

Meine Finger hatten seit meiner Verwandlung nicht mehr gezuckt, und doch jagte mir der Gedanke, wieder zu spielen, eine Heidenangst ein.

Als ich mich dem Klavier näherte, reagierte mein Körper sofort auf die Erinnerungen, die ich mit diesem Instrument verband. Konzerte, Beifall, pure Ekstase ...

Ich ließ meine Finger über die glatten Tasten gleiten und spürte ihre Kühle auf meiner Haut. Sie waren ein Wunderwerk der Handwerkskunst, jede Taste perfekt ausbalanciert, um einen bestimmten Klang zu erzeugen.

Wie gerne hätte ich mich einfach hingesetzt und mein Herz ausgeschüttet. Aber ich war ein Feigling, zu ängstlich, zu erbärmlich. Was, wenn es nicht klappte? Was, wenn meine Muskeln die Abläufe vergessen hatten?

Eine Nachricht riss mich aus meinen Gedanken, und ich öffnete sie, ohne darüber nachzudenken. Mein Herz machte Luftsprünge, die ich im Keim ersticken wollte.

UNBEKANNT:

Gefällt dir mein Geschenk?

Ich habe es speziell für dich anfertigen lassen.

Ich schluckte, aber der Kloß in meinem Hals wollte einfach nicht verschwinden. Alexander hatte mir nicht nur ein Klavier geschenkt. Nein, er hatte es nach Maß für mich anfertigen lassen. Die Herstellung musste *Wochen* gedauert haben, also wann hatte er es in Auftrag gegeben? Gleich, nachdem wir uns kennengelernt hatten? Unmöglich ...

Ich strich mir über das Gesicht und meine Augen

füllten sich mit Tränen. Warum gab er mir solche Signale? Warum hatte er mir das Herz gebrochen, nur um es wieder schneller schlagen zu lassen? Ja, er hatte mir zu verstehen gegeben, dass er mich nicht ausgenutzt hatte, und doch weigerte sich mein sturer Kopf, ihm zu glauben, obwohl mein Herz von Anfang an an ihn verloren gewesen war.

AVERY JAMES:

Es ist mehr als wunderbar, vielen Dank.

Ich drückte auf eine Taste und ein tiefer Ton hallte durch den Raum. Ein strahlendes Grinsen kam zum Vorschein, doch dann las ich seine nächste Nachricht.

UNBEKANNT:

Hast du es schon gespielt?

Ich presste die Lippen zusammen, unsicher, ob ich ihm die Wahrheit sagen sollte. Trotz allem wollte ich ihn nicht beleidigen. Das Ding musste ein Vermögen gekostet haben.

AVERY JAMES:

Das werde ich.

Das war keine Lüge. Eines Tages würde ich wieder spielen.

UNBEKANNT:

Ich werde in der ersten Reihe sitzen und als Erster applaudieren.

Mein Herz machte einen Sprung. In diesen Worten lag etwas Vertrautes. Es war fast so, als könnte ich ihn praktisch vor meinen Augen sehen, wie er in der vordersten Reihe saß, seine Augen nur auf mich gerichtet, aufsprang, klatschte und pfiff.

Ein Schauer lief mir über den Rücken.

AVERY JAMES:

Ich nehme dich beim Wort.

Hör auf, ermahnte ich mich, *du wirst es bereuen.* Aber ich ignorierte die innere Stimme, die mich zur Vernunft bringen wollte.

Nein, stattdessen *lächelte* ich.

Mit nassen Haaren und eingecremtem Körper legte ich mich ins Bett, das von Tag zu Tag weicher wurde. Um mich herum roch es nach frischer Bettwäsche und dem Erdbeershampoo, das ich so sehr liebte. Mein Körper war so verdammt erschöpft, und mein Kopf wollte nur noch abschalten, doch ich konnte nicht einschlafen.

Meine Gedanken kreisten um Alexander und sein

Geschenk, was es für uns bedeutete, was es für *mich* bedeutete. Ich wusste, dass es dumm, egoistisch und riskant war, und doch zog ich mein Tablet heraus, das Display viel zu hell.

Bevor ich es mir anders überlegen konnte, schickte ich eine Nachricht ab, für die ich mich morgen hassen würde.

AVERY JAMES:

Ich denke an dich.

Mehrere quälend lange Minuten kam nichts, und ich bereitete mich darauf vor, morgen den größten Walk of Shame der Geschichte zu erleben, doch dann vibrierte mein Tablet und ich atmete erleichtert aus.

UNBEKANNT:

Ach ja? Etwas Bestimmtes?

Ich biss mir auf die Unterlippe und verfluchte das Ziehen in meiner Brust, als ich darüber nachdachte, wie er beim Schreiben dieser Nachricht ausgesehen haben musste. Hatte er gelächelt?

Ich beschloss, mutig zu sein.

AVERY JAMES:

Vielleicht an das, was du gerade trägst.

O Gott, das war die dümmste Antwort aller Zeiten gewesen. *Bist du auf den Kopf gefallen, Avery? Oder hat dir das ganze Vampirdasein den gesunden Verstand geraubt?*

UNBEKANNT:

Nichts.

Und du?

Bilder tanzten vor meinem geistigen Auge, Erinnerungen, die lieber verdrängt geblieben wären. Alexander, der sich in mir bewegte und meinen Namen flüsterte wie ein Gebet. Ich wollte gerade antworten, *komm und sieh selbst*, aber das wäre viel zu riskant gewesen. Es hätte mich verwundbar gemacht.

AVERY JAMES:

Nur ein T-Shirt.

Es dauerte ein paar Augenblicke, bis eine Antwort kam, und ich fragte mich, was er die ganze Zeit gemacht hatte.

UNBEKANNT:

Ich wette, du siehst umwerfend aus.

Die vertraute, ach so süße Wärme durchfuhr meine Mitte, und ich hasste es, dass seine Worte immer noch so viel Macht über meinen Körper hatten. Wäre in der Vergangenheit nicht so viel passiert, hätte ich ihn zu mir eingeladen, ihn ausgezogen, und wir hätten die ganze Nacht miteinander geschlafen. Aber jetzt blieben mir nur zwei Worte.

AVERY JAMES:

Gute Nacht.

Ich atmete leise aus und rieb mir die Augen. Es war bereits nach Mitternacht. Morgen hatte ich zwar keinen Unterricht, aber das hieß nicht, dass ich den ganzen Tag verschlafen konnte. Ich hatte mir vorgenommen, an meinem Schutzschild zu üben und tiefer in meine Magie einzutauchen, um mein Element zu finden.

UNBEKANNT:

Schlaf gut, Avery.

Ich flüsterte Alexanders Namen, der Klang wie ein Versprechen, gegeben zwischen Sternen und Göttern.

KAPITEL 17

Ich wusste, dass ich träumte, und doch fühlte sich dieser Moment realer an als die Wirklichkeit selbst.

Das warme Licht der Kronleuchter über mir verwandelte die Fresko-Decke in eine königliche Sternenlandschaft. Ich saß auf einer Klavierbank, deren Polsterung mit rotem Samt bezogen war. Die Luft war stickig. Mein langes, dunkelgrünes Kleid klebte an mir wie eine zweite Haut, und mein Haar fiel in wilden Kaskaden meinen nackten Rücken hinunter.

Ich schloss die Augen und holte tief Luft, um die Nervosität zu verbannen. 482, 481, 480 ...

Mit fester Entschlossenheit öffnete ich sie wieder und blickte zum großen Publikum, das teilweise weit angereist war, nur um mein Konzert besuchen zu können. Sie hatten sich alle in ihre schönsten Kleider geworfen, und der Duft ihrer teuren Parfüms wehte zur Bühne hinauf. Ich konnte die Vorfreude in ihren Augen sehen und wusste, dass sie etwas Großes von mir erwarteten.

Plötzlich stach mir ein junger Mann ins Auge. Er saß in der ersten Reihe, sein Gesichtsausdruck so intensiv, als ob die Welt um ihn herum gerade zusammengebrochen war. Ich neigte meinen Kopf zur Seite.

Trotz seines fassungslosen Blicks war seine Schönheit atemberaubend. Seine tiefschwarzen Locken waren elegant zurückgekämmt, und seine Augen waren so blau wie das Meer an einem klaren Sommertag. Sein Gesicht war markant, hatte einen aristokratischen Touch, aber trotzdem lag ein Hauch von Wildheit in seinen Zügen. Er sah wie ein Engel und die Verführung höchstpersönlich aus.

Wir starrten uns an, und ich hätte schwören können, dass wir uns schon einmal gesehen hatten. In seinem schmerzverzerrten Blick lag etwas Vertrautes, das meine Seele berührte, und ich sehnte mich danach, von der Bühne zu laufen und ihn in die Arme zu schließen.

Ich war kein naives Mädchen, das schnell von einem hübschen Gesicht beeindruckt war, sondern eine Frau, die den gleichen Schmerz in einem anderen Menschen erkannte. Und in diesem Moment schenkte er mir ein Lächeln, das mich in die Knie hätte zwingen können. Mein Herz setzte einen Schlag aus und ich schaute weg, als ich spürte, wie sich ein Grinsen auf meinen Lippen formte. Dann spielte ich, wie ich noch nie in meinem Leben gespielt hatte. Jeder Ton war wie ein Geständnis, das die Abgründe meiner Seele enthüllte. Die Musik durchströmte mich wie ein Fluss, der durch den Konzertsaal rauschte und den Schmerz und die Sehnsucht des jungen Mannes in der ersten Reihe mit sich trug.

Und während ich spielte, wusste ich, dass auch er es spürte. Unsere Verbindung war unbestreitbar, als wären unsere Seelen miteinander verflochten. Jeder Klang war ein Echo unserer gemeinsamen Qualen, aber auch unserer Hoffnung auf eine bessere Zukunft.

Ich spielte mit einer Leidenschaft, die mich verzehrte, die Töne wie Pinselstriche auf einer Leinwand der Gefühle.

Die Schönheit der Musik wurde nur noch von der Schönheit des Mannes übertroffen. Und in diesem Augenblick wusste ich, dass sich unsere Wege wieder kreuzen würden. In diesem Leben oder dem nächsten.

Ich schreckte schweißgebadet und mit erhitztem Gesicht aus dem Schlaf auf. Der Traum spielte sich immer noch vor meinem geistigen Auge ab, nur wusste ich jetzt, wer der atemberaubende Mann gewesen war – Alexander. Ich hatte von ihm geträumt. Es war, als hätte ich durch ein Portal in eine andere Dimension geschaut, in der die Regeln dieser Realität nichts weiter als Fantasien waren.

Ich strich mir über das Gesicht, massierte meine Schläfen und war plötzlich so wach wie schon lange nicht mehr. Mein Unterbewusstsein verriet mir, dass dieser Traum wichtig war, dass er zu träumen *nötig* gewesen war. Aber warum? Verdammt, was war mit diesen ganzen Rätseln los?

Ich schüttelte den Kopf und schaute auf die Uhr. Es war vier Uhr morgens und der Mond schien noch am Horizont. Keine Spur von frühen Sonnenstrahlen.

Mein Blick fiel auf das elegante Klavier, das einen großen Teil meines Schlafzimmers einnahm. Es schien mich mit seinem Sirenengesang zu locken, und ich konnte dem bezaubernden Ruf nicht widerstehen. Ich *musste* spielen, ob es mir gefiel oder nicht.

In meinen fließenden schwarzen Satinmantel gehüllt, setzte ich mich auf die Bank und gab mich der Verlockung des Instruments hin. Keiner würde mich hören, wenn ich versagte, versicherte ich mir. Nur ein Lied.

Meine zitternden Finger schwebten über die Elfenbeintasten, unsicher und zögernd. Das Gewicht der Stille im Raum fühlte sich schwer an, erdrückend, als wäre sie ein alles verschlingendes Biest, das darauf wartete, sich auf jeden meiner Fehler zu stürzen. Angst schnürte mir die Kehle zu, bevor ich überhaupt anfangen konnte, zu spielen.

Doch dann änderte sich etwas. Mein Traum spielte sich vor meinem geistigen Auge ab, und ein gewaltiger Adrenalinstoß schoss durch meine Adern. Meine Finger, nun ruhig und sicher, fanden ihren Platz auf den Tasten, und ich begann, dieselbe Melodie wie in meinem Traum zu spielen. Ich kannte sie auswendig, denn es war eines meiner Lieblingslieder. Zuerst waren die Töne zaghaft, fast schüchtern, aber als die Melodie anschwoll, wuchs auch mein Selbstvertrauen.

Der Klang des Klaviers erfüllte den Raum wie ein Wasserfall von Emotionen; jede Note ein verzweifeltes Schnappen nach Luft. Mein Körper bewegte sich im Rhythmus, als hätte ich keine Kontrolle mehr, als hätte die Musik von mir Besitz ergriffen und würde mich so formen, wie sie wollte.

Die Welt um mich herum verschwand im Nichts und ließ nur die Musik und mich zurück, gefangen in einem Tanz, der sowohl bezaubernd als auch beängstigend war.

Und als das Lied zu Ende ging, war die Stille, die darauf folgte, nicht mehr ganz so erdrückend. Vielmehr war es friedlich, als ob die Welt selbst stehen geblieben wäre, um die atemberaubende Darbietung zu genießen.

Ich flüsterte Alexanders Namen, der Klang wie ein Versprechen, gegeben zwischen Sternen und Göttern.

Alexander

Wie fast jede Nacht stand ich im Flur neben ihrem Gemach und hielt Wache. Normalerweise passierte nichts, aber diesmal hörte ich frühmorgens Schritte und dann eine Melodie, die mich bis ins Mark erschütterte.

Der Klang ihres Spiels drang zu mir durch wie der Ruf einer Sirene, wie Balsam für meine unsterbliche Seele, und ich fühlte mich in ein anderes Leben zurückversetzt.

Die Erinnerung an ihr Lächeln, den Schwung ihrer

Lippen, die Sanftheit ihrer Berührung und die Wärme ihrer Umarmung erfüllten meinen Geist. Es war eine Liebe, die mich, meinen Körper, meine Seele verzehrt hatte.

Während ich so lauschte, kamen alte Bilder in mir hoch. Ich erinnerte mich an den Abend im Theater, als sie dieselbe Melodie auf dem Klavier gespielt hatte, nur für mich. Es war schon ein ganzes Leben her, aber alles war so frisch in meinem Kopf, als wäre es gestern geschehen.

Die Töne flossen durch mich hindurch wie ein Fluss der Sehnsucht. Jeder Einzelne war wie ein Lichtfunke, der die Dunkelheit in mir erhellte. Es war eine Erinnerung an unsere Liebe, eine Liebe, die Jahrhunderte überdauert hatte. Unsere Seelen waren miteinander verwoben, dazu bestimmt, sich immer wiederzufinden.

Ich schloss die Augen und ließ mich von der Musik berieseln, spürte, wie die Gefühle einen verborgenen Teil meines Selbst erschütterten. Die Liebe, die ich für Avery empfand, war unendlich, ewig. Es war eine Liebe, die den Zahn der Zeit überlebt hatte, eine Liebe, die seit Jahrhunderten wie eine unlöschbare Flamme brannte.

Und als die Melodie ihren Höhepunkt erreichte, spürte ich, wie mir die Tränen in die Augen stiegen. Es war eine kathartische Befreiung, eine Anerkennung all des Schmerzes und der Sehnsucht, die mich seit unserer Trennung geplagt hatten.

Die Erinnerung daran, wie sie diese Melodie zum ersten Mal gespielt hatte, verfolgte mich jeden Tag aufs

Neue, hatte sich für immer in mein Gehirn gebrannt. Es war ein Symbol unserer Liebe, ein Beweis für die Tiefe der Gefühle, die wir teilten.

Bei meiner Seele, sie zu vermissen war für mich wie eine offene, eiternde Wunde, die nie verheilte, ein ständiger Schmerz in meinem Herzen, der mich daran erinnerte, was wir verloren hatten. Sie war noch da, aber es fühlte sich an, als wäre sie Welten entfernt, und ich war dazu verdammt, alleine durch die Leere, die ihre Abwesenheit hinterlassen hatte, zu irren.

»Es gibt keine Realität, kein Leben, keine Zeit, in der ich dich nicht will.«

KAPITEL 18

»Ist das normal, dass Typen so etwas fragen?« Nicolette rümpfte angewidert die Nase, während sie Leilah Nachrichten von einem Typen aus der Parallelklasse zeigte. Ihre Augen scannten den Chat und blieben an einer bestimmten Stelle hängen. Mein Herz blieb stehen, als sie mit einer Hysterie in Gelächter ausbrach, die sie in anderen Zeiten ins Irrenhaus befördert hätte. Die Ältere, die eigentlich die Erwachsene sein sollte, kickte belustigt ihre Füße in die Luft und brachte mein Bett zum Wackeln.

»O mein Gott, das musst du lesen.« Leilah reichte mir Nicolettes Tablet und meine Augen weiteten sich auf ein ungesundes Maß, als ich mir die ziemlich expliziten Nachrichten durchlas. Ein gewisser Matthew fragte sie, ob sie ihm Fotos von ihren Achseln schicken könne. *Was zur Hölle?*

Ich schüttelte den Kopf und unterdrückte ein Grinsen, als ich Nicolettes nervösen Ausdruck sah.

»Wenn er darauf steht«, murmelte ich schließlich mit einem Schulterzucken. Ihre Naivität in Bezug auf Jungs war süß, und sie hatte einiges nachzuholen.

»Das nennt man *Fetisch*«, mischte sich Leilah ein und zog das letzte Wort in die Länge, worauf die andere unruhig mit dem Saum ihres Rocks spielte. »Er hätte sich auf dieses Bild einen runtergeholt. Weißt du, was das ist?« Nicolettes Blick schoss in ihre Richtung und sie schnappte sich schnell das Tablet zurück, ihr Kopf so rot wie eine Tomate.

»O mein Gott, so einen Schweinkram würde er nie machen.« Meine Freundin rollte mit den Augen. Ich warf ihr einen warnenden Blick zu. Sie liebte es, Nicolette zu necken, und die Arme checkte oftmals nicht, dass Leilah sie nur ein bisschen aufzog.

»Oh doch, das würde er, und er würde an deine sexy Achseln denken«, witzelte Leilah und hob demonstrativ Nicolettes Arm.

»Sag so was nicht.« Sie hielt sich trotzig die Ohren zu, wohl wissend, dass sie uns nicht ausblenden konnte. »Er ist ein Gentleman.«

»Das sind sie alle, bis sie dir an die Achseln wollen«, warf ich ein, und Leilah prustete so laut los, dass sie sich an ihrer eigenen Spucke verschluckte.

»Ihr seid so grausam«, rief Nicolette und rollte mit den Augen. Sie hatte uns erzählt, dass sie sehr behütet in einer kleinen Stadt unweit von Namhae in Südkorea aufgewachsen war und ihre Familie schrecklich vermisste, obwohl diese sie nach ihrer Verwandlung verstoßen hatte. Über viele Umwege war sie schließlich an der Preston Academy gelandet und lernte gerade selbst, mit ihrem neuen Körper und ihrer neuen Freiheit umzugehen. Zwar hatte ich es ihr noch nie gesagt, aber ich hielt sie für mutiger, als ich es je sein konnte.

Ich bewunderte auch ihre Selbstbeherrschung und kam nicht umhin, ein wenig neidisch auf ihre Lässigkeit zu sein. Sie steckte alles so locker weg, dass ich fast glaubte, sie hatte irgendeinen neuen Zauber entdeckt, der uns Kontrolle verlieh.

Nicolette hatte diese gewisse Aura, mit der sie einen sofort um den Finger wickeln konnte. Sie wusste nur nicht, wie mächtig sie das machte.

Ich drehte mich auf die Seite, um den Mädels ins Gesicht zu schauen, doch dann überkam mich der Schwindel. Mir war plötzlich so übel, dass ich mich übergeben hätte, hätte ich nur etwas im Magen gehabt. Irgendetwas stimmte nicht mit mir. Ich sah verschwommen und meine Haut fühlte sich wie wundgescheuert an, mein Mund staubtrocken. Panik ergriff mich.

Unsichtbare Hände drückten auf meine Kehle, und ich konnte kaum atmen, kaum denken. Nein, das hier war keine Panikattacke, es war etwas viel Schlimmeres, das spürte ich. Mein Herz raste, als ich mich aufrichtete und an meine Brust fasste. Ich musste sicher verrückt geworden sein, aber es fühlte sich so an, als ob sich die Magie aus meinem Körper *rauskämpfen* wollte, als ob sie sich fehl am Platz fühlte. Sie presste sich gegen meine Haut, konnte aber nicht entkommen. Dann kreischte und wandte sie sich in mir, kratzte an meinen

Nerven, meinem Gehirn, ließ mich fast vor Schmerzen schreien.

»Ich muss auf die Toilette«, presste ich zwischen zusammengebissenen Zähnen hervor und die Mädchen sahen sich verwirrt an.

»Geht es dir gut?«, fragte Leilah besorgt, aber ich winkte ab und bemühte mich, eine neutrale Miene zu bewahren. Ihrem Gesichtsausdruck nach zu urteilen, war es mir nicht gelungen. Ohne ein weiteres Wort abzuwarten, rannte ich über den dunklen Parkettboden, mein Ziel das dunkle, kühle Badezimmer. Das Licht war plötzlich viel zu grell für meine neuen Augen geworden, dabei hatte ich gedacht, ich hatte mich an meine neuen Sinne gewöhnt.

Meine Sicht verschwamm wie Tinte in Wasser und jeder Schritt fühlte sich an, als würde ich durch Melasse waten. Ich bewegte mich wie in Zeitlupe, und die Welt um mich herum entglitt mir. Was zum Teufel war los mit mir?

Das Brennen in meiner Kehle verstärkte sich, ein Feuer, das mich ganz zu verzehren drohte. Ich hatte das Gefühl, zu ersticken, und mein Atem kam in flachen Zügen.

Ich stolperte ins Bad, hielt mich aber in letzter Sekunde an der Türklinke fest. Die kalten Fliesen unter meinen Füßen waren eine willkommene Erleichterung. Mit größter Mühe spritzte ich mir kaltes Wasser ins Gesicht, aber es half nicht gegen den schwindelerregenden Nebel, der mich erfasste. Ich ertrank.

Ich stolperte vom Waschbecken zurück und

umklammerte meinen Hals, während ich verzweifelt nach Luft schnappte.

Ich fühlte mich, als würde ich kollabieren; als wäre mein Körper ein zerbrechliches Kartenhaus, das einzustürzen drohte.

Dumpfe Schritte waren im Hintergrund zu hören und bevor ich etwas sagen konnte, sackte ich zu Boden und fiel in die giftigen Fänge der Dunkelheit.

Alexander

Fuck, irgendetwas Schlimmes war mit Avery passiert. Ich hatte die Nachricht überbracht bekommen, dass ich umgehend zur Krankenstation kommen musste, hatte alles stehen und liegen gelassen und mich beinahe wegen meiner Schnelligkeit vor Sterblichen als Vampir geoutet. Mein Herz hämmerte in meiner Brust und die Angst hatte mich fest im Griff, als ich die schwach dämmrigen Gänge entlang sprintete. Das einzige Licht kam von den flackernden Kerzen an den Wänden, deren lange Schatten mich wie Gespenster zu verfolgen schienen.

Der Geruch von Wachs und nassem Stein hing schwer in der Luft, wie ein Nebel, der an jeder Oberfläche haftete. In der Ferne hörte ich Schritte durch die Flure hallen und das leise Gewirr von Stimmen, das wie ein Windhauch durch die Luft wehte.

Ich fühlte mich wie in einem Albtraum gefangen,

musste mitansehen, wie meine schlimmsten Befürchtungen Realität wurden. Vielleicht war Flavian hier aufgetaucht, vielleicht wollte er die Sache mit Avery zu Ende bringen. So viele grausame Szenarien gingen mir durch den Kopf, eines schlimmer als das andere.

Avery musste es einfach gut gehen, etwas anderes würde ich weder akzeptieren noch verkraften. *Sie ist nicht tot, sie ist nicht tot, sie ist nicht tot*, versicherte ich mir immer wieder. Sie war ein Vampir, stark, *magisch*. Ihr könnte man so schnell nichts anhaben. Mein Mädchen würde es so schnell nicht mehr zulassen.

Ich bog um eine Ecke, glitt praktisch über den polierten Boden. Mein Blick schweifte zum Eingang der Krankenstation und da ... Fuck. *Ja*. Ich dankte allen möglichen Göttern für Averys Herzschlag, den ich aus dem Zimmer nebenan hören konnte.

Von drinnen war aufgeregtes Gemurmel zu hören und ich machte keine Anstalten, zu klopfen, sondern platzte direkt hinein. Die Krankenschwester stand vor Avery und unterhielt sich mit Aziz und Vernon.

Der erste Schock war verflogen und meine Hände ballten sich zu Fäusten, als ich sie intensiver musterte. Sie sah ziemlich mitgenommen aus, ihre Haut blass vor Angst, die Lippen ausgetrocknet und das Haar zerzaust.

Ihre Augen trafen meine, und ich sah, wie sie erleichtert ausatmete, wusste aber nicht, wie ich das deuten sollte. Ich dachte eine Sekunde lang über ihre gestrigen Nachrichten nach und badete in dem Gefühl, das sie mir mit einer einfachen Frage bereitet hatte.

Ich trat näher heran, Avery auf Armeslänge und

doch nicht nah genug. Ich wollte sie in den Arm nehmen, wollte sie halten, erdrücken mit meiner Liebe. Aber es ging nicht und sie würde mich mit Sicherheit auch nicht gewähren lassen.

»Was ist passiert?«, knurrte ich, mein Blick auf die Krankenschwester gerichtet.

»Nichts. Mir geht es gut«, mischte sich Avery ebenso schnippisch ein, aber ich beachtete sie nicht weiter. Sie würde nicht mal zugeben, dass sie Schmerzen hatte, wenn ihr die Eingeweide heraushängen würden. Also keine Chance, dass ich auf ihre beschwichtigenden Worte hörte. Nein, ich brauchte Antworten. Auch wenn ich sie vielleicht nicht hören wollte.

»Ms. James ist ohnmächtig geworden, jetzt geht es ihr besser. Aber es gibt etwas anderes, das mir mehr Sorgen bereitet ...« Die Frau blickte zwischen Aziz und Vernon hin und her und überlegte, was sie vor den beiden preisgeben durfte.

»Ihr zwei, verpisst euch«, raunte ich und deutete mit dem Kopf in Richtung Ausgang.

Der Typ gab Avery einen Kuss auf die Wange, und sie warf ihm ein schüchternes Lächeln zu. Bei meiner Seele, wie gerne hätte ich an ihm ein Exempel statuiert, seinen Schädel genommen und ihn wieder und wieder gegen die Wand geknallt, bis er nur noch Matsch war und selbst seine Eltern ihn nicht wiedererkennen konnten. Aber dafür war jetzt nicht der richtige Zeitpunkt.

»Schick mir eine Nachricht, wenn du mich brauchst«, meinte ihre Freundin, bevor sie beide aus dem Zimmer verschwanden und mich mit den beiden Frauen zurückließen.

Avery sah angespannt und gleichzeitig ein bisschen genervt aus. Es war fast so, als würde es sie quälen, hier sitzen zu müssen, als würde ihr Körper rebellieren.

»Ich bin für Ms. James verantwortlich, also spucken Sie es schon aus. Worüber machen Sie sich Sorgen?«

Die Krankenschwester nickte knapp.

»Nun, ich mache mir Sorgen, dass Avery mit ihrem neuen Körper nicht so zurechtkommt, wie sie sollte.« Ich sah sie missbilligend an. Avery brauchte einfach Zeit, das war alles. Zeit, die ihr keiner verdammt noch mal gab. Ich hasste diese gottverdammte Akademie. Aber die Krankenschwester war nicht fertig.

»Der Vampir, der sie verwandelt hat, muss sehr stark gewesen sein. Die Kraft, die sie jetzt innehat, ist … zu viel für ihren Körper.« Ich krallte mich an der Tischkante fest und spürte, wie sich Holzsplitter in mein Fleisch bohrten. *Nein, nein, nein,* das konnte nicht sein … niemals. Unmöglich.

»Es geht ihr gut. Sie wird sich erholen«, knurrte ich. Die Krankenschwester schüttelte den Kopf.

»Diese Kraft, die sie nicht einmal anzapfen kann, wird ihr Ende bedeuten. Es tut mir leid, aber das ist meine professionelle Einschätzung.« Sie schenkte mir einen Blick, den ich vor lauter Rage nicht deuten konnte.

»W- was soll das heißen?«, hörte ich Avery nervös fragen, konnte mich aber nicht auf das Szenario vor mir konzentrieren. Alles war zu viel, die Gerüche, die Geräusche, mein Herzschlag.

Vampirgift verwandelt sich im Körper des Toten in buchstäbliche Magie; das ist es, was das Herz wieder zum Schlagen bringt, und all den Scheiß. Der verwandelte Vampir erhält einen Teil der Kraft seines Erschaffers – manchmal zu viel, wenn eine emotionale Verbindung besteht. Aber ich fühlte mich nicht weniger stark, ganz im Gegenteil.

Hass strömte wie Lava durch meine Adern. In diesem Moment hätte ich die Akademie dem Erdboden gleichmachen und jeden abschlachten können, der sich mir in den Weg stellte.

Wenn die Magie nicht zum Körper *passte*, wenn sie zu stark war ...

»Du wirst verrückt werden«, antwortete die Krankenschwester, ohne mit der Wimper zu zucken. »Das ist dein Schicksal. Man kann es nicht ändern.«

Die Worte zerschmetterten mein Herz in eine Million Teile. Eine eiskalte Welle der Verzweiflung überrollte mich und ließ mich nach Luft schnappen. Avery war der einzige Mensch, der jemals die Dunkelheit meiner Seele durchdrungen hatte; der mir jemals das Gefühl gegeben hatte, ganz zu sein, lebendig zu sein.

Der Gedanke, dass sie in einem nahezu unsterblichen Körper verrückt werden könnte, war ein Schicksal schlimmer als der Tod. Sie würde langsam vergessen, wer ich war, wer sie war, und wer wir zusammen waren. Der einzige Unterschied war, dass es dieses Mal keine Wiedergeburt, kein Wiedersehen geben würde. Eine brodelnde Wut stieg in mir auf, geschürt durch die bittere Ungerechtigkeit des Ganzen.

Avery und ich waren immer gezwungen gewesen, im Schatten unserer Liebe zu leben. Wir hatten von einer gemeinsamen Zukunft geträumt, aber jetzt, nach dem fünften Versuch, schien uns diese Zukunft wie Sand durch die Finger zu gleiten.

Meine Hände zitterten vor roher Verzweiflung. Ich wollte schreien, meine Wut an der Welt auslassen, die es wagte, mir das Einzige zu nehmen, was jemals Licht in mein Leben gebracht hatte. Der Schmerz war unerträglich, wie tausend Messer, die sich in meine Eingeweide bohrten, und ich wusste, dass ich ohne sie niemals überleben würde, ohne die Aussicht auf eine gemeinsame Zukunft.

Ich öffnete die Augen und sah Averys gequälten Ausdruck, ihre Augen vor Schreck geweitet. Doch dann erregte etwas anderes meine Aufmerksamkeit.

Überall um uns herum hatten sich Möbelstücke verschoben, Papier flog durch die Luft, Glasflaschen waren zersprungen.

Die Krankenschwester sah ungläubig auf den Schaden. Avery hatte die Kontrolle über ihre Magie verloren. Das passierte, wenn man nicht viel Training hatte und die Emotionen überkochten. Die Magie platzte förmlich aus einem heraus.

»Ich werde dich hier rausholen«, flüsterte ich und nahm sie sanft in meine Arme. Ihr Körper war noch geschwächt von ihrem Zusammenbruch und ich bezweifelte, dass die Krankenstation der Ort war, an dem sie im Moment sein wollte.

Avery ließ ihre Schläfe an meine Brust sinken und ich atmete ihren herzzerreißenden Duft ein, der jetzt noch viel intensiver war als zu ihrer Zeit als Mensch.

»Was habe ich getan, um das zu verdienen?«, murmelte sie, mehr zu sich selbst.

Du hast *nichts* getan …

Du wirst verrückt werden, du wirst verrückt werden, du wirst verrückt werden …

Selbst als Alexander mich auf das Bett legte und mir sanft eine Strähne aus dem Gesicht strich, hallten diese Worte noch in meinem Geist nach. Seine Berührung, so zärtlich, so liebevoll, besänftigte etwas tief in mir und ich lehnte mich in seine Handfläche.

Gott, was machte er nur mit mir?

Sein Gesicht schlich sich in meine Träume, in meine Gedanken, in jeden Zentimeter meines Lebens, und ich konnte nicht dagegen ankämpfen, *wollte* nicht dagegen ankämpfen. Denn was hatte es für einen Sinn, zu kämpfen, wenn ich gegen seine Berührung machtlos war?

Er machte eine knappe Handbewegung und ein paar Kerzen in meinem Zimmer erwachten zum Leben, vertrieben die Dunkelheit und tauchten den Raum in Gold. Erst jetzt wurde mir bewusst, wie spät es war. Ich muss schon eine ganze Weile lang ohnmächtig gewesen sein.

»Ich gehe jetzt besser«, flüsterte Alexander, rührte sich aber nicht vom Fleck.

»Nein. Bleib ... *bitte.*« Etwas an seinem Blick veränderte sich. Seine Züge wurden sanfter, seine Haltung nicht mehr ganz so steif.

Ich beobachtete, wie er seine Jacke auszog, seine Schuhe abstreifte und sein weißes Hemd aufknöpfte, sodass die durchtrainierte Brust darunter zum Vorschein kam.

Meine Augen genossen jeden Zentimeter seiner Haut.

Alexanders Hemd landete neben seiner Jacke auf dem Boden. Doch dann zögerte er.

»Mach schon«, sagte ich, kaum hörbar. Es war mehr als unschicklich, ihm so penetrant beim Ausziehen zuzusehen, aber das war mir in diesem Moment egal. Ich wollte seinen Körper in mein Gedächtnis prägen, damit ich mich auch in den Tiefen des Wahnsinns noch daran erinnern konnte.

»Und jetzt leg dich zu mir.« In seinen blauen Augen tanzten lodernde Flammen, und ich war mir sicher, dass er sie auch in meinen sehen musste. Was wir taten, war gefährlich, leichtsinnig, und es würde mich ins Verderben stürzen.

Alexander gehorchte, aber sein Körper war immer noch zu weit weg. Meine Haut schrie nach seiner Berührung, nach seiner Wärme, und ich wusste, dass ich es bereuen würde, aber trotzdem rückte ich ein wenig näher an ihn heran.

Wir lagen auf der Seite und sahen uns an. Niemand durchbrach die Stille. Es gab nur ihn und seinen minzigen Atem, den Geruch seines Duschgels und seinen gleichmäßigen Herzschlag.

»Wir werden eine Lösung finden«, flüsterte Alexander schließlich und strich mir über die Wange. Ich schloss meine Augen und genoss seine Liebkosung, konnte es aber nicht übers Herz bringen, ihm zu glauben. Wie sollte ich diese Magie loswerden, wenn sie das Einzige war, was mich noch am Leben hielt? »Ich werde kein anderes Schicksal akzeptieren.«

Ich nickte nur. Alexander schlang einen Arm um meine Mitte und zog mich an seine Brust. Meine Finger suchten automatisch Halt in seinem dichten, schwarzen Haar.

Warum war das so falsch, wenn es sich doch so gut anfühlte?

»Alles zwischen uns war echt«, murmelte er und drückte seine Stirn an meine. »Es gibt keine Realität, kein Leben, keine Zeit, in der ich dich nicht will.«

Mein Herz blieb stehen und fing wieder an zu schlagen. Die Risse in meiner Brust schlossen sich mit jedem Wort, das er sagte, und ich hasste mich dafür, wie leicht es ihm fiel, mir unter die Haut zu gehen.

Er war mir so nah, dass ich seine Worte auf meinen Lippen schmecken konnte, umhüllt von seiner Körperwärme.

»Bitte, sag mir, dass du mir glaubst.« Alexanders Worte klangen fast flehend, als hinge seine ganze Existenz von meiner Antwort ab.

Tief in meinem Inneren kannte ich die Antwort schon lange, wusste sie seit der Nacht, in der wir uns im Flur getroffen hatten. Ich hatte es in seinen Augen gesehen.

»Ja, das tue ich. Ich glaube dir«, flüsterte ich und presste meine Lippen auf seine.

KAPITEL 19

Alexander

Meine Hand wanderte von ihrer Taille zu ihrer Brust. Bei meiner Seele, das hatte ich vermisst, sie zu fühlen, sie zu schmecken. Es war fast so, als wäre ein ganzes Leben vergangen, seitdem ich sie das letzte Mal so berührt hatte.

Mein Daumen umkreiste ihren Nippel und entlockte ihr ein kehliges Stöhnen. Ja, auch dieses Geräusch hatte ich vermisst.

Averys Zunge schob sich gierig in meinen Mund, und es war fast so, als würden wir uns zum ersten Mal küssen. In gewisser Weise stimmte das auch. Ihre Bewegungen waren unkontrollierter und schneller, ihr Griff fester. In solchen Momenten übernahmen die vampirischen Instinkte die Oberhand – jagen, fangen, erobern.

»Lass mich diesen Tag vergessen«, flüsterte sie zwischen unseren heißen Küssen. »Bitte.«

Ein Laut tief aus meiner Kehle drang an die Oberfläche und mein Schwanz drückte schmerzhaft gegen meine Boxer. Wie gerne hätte ich sie jetzt an das Bett gefesselt und ihr jeden dunklen Gedanken aus dem Hirn gefickt. Aber es war zu früh, und sie war zu verwundbar.

Trotzdem wollte ich ihr wenigstens einen kleinen Teil von dem bieten, wonach sie sich sehnte, also wirbelte ich herum und landete auf ihr. Averys Herz pochte gegen meinen Brustkorb, der schönste Takt, den ich je gespürt hatte.

Ich küsste sie entlang ihres Halses, spürte ihren Puls auf meinen Lippen. Meine Fangzähne kribbelten. Ihre Atmung war unregelmäßig, und sie vergrub ihre Finger in meinem Haar, wölbte ihren Rücken gegen meinen Körper, sodass ich praktisch jede ihrer Kurven spüren konnte.

Ich schob ihr T-Shirt hoch und mein Mund wanderte zu ihren perfekten Brüsten. Wie gerne hätte ich meine spitzen Zähne in ihnen versenkt, sie mit meinem Gift zum Schreien gebracht. Aber auch dafür war es noch zu früh. Diesen Orgasmus würde ich ihr allein schenken.

Meine Zunge strich über ihre harten Nippel, und der kleine Teufel unter mir stöhnte auf. Inzwischen wanderten meine Finger unter den Bund ihres Slips.

Fuck, sie war so feucht und so bereit für mich. Ich war verdammt nah dran, meine ganzen Prinzipien über Bord zu werfen und mich tief in ihr zu versenken, sie ihren eigenen Namen vergessen zu lassen und nur noch an meinen zu denken, während sie ihn Orgasmus für Orgasmus stöhnte.

Meine Finger glitten in sie hinein und wieder hinaus, während mein Daumen ihre empfindlichste Stelle massierte.

Ich küsste über ihren Bauch, biss in ihre Haut, und sie drängte nach mehr, mehr und mehr.

»Genau so«, hauchte sie.

Mit einer einzigen, schnellen Bewegung zerriss ich die schwarze Spitze, sodass sie nackt vor mir ausgebreitet war.

Ein kleiner Teil von mir drängte mich, aufzuhören und den Anblick zu genießen, aber das Vampir-Gen ließ mich keine Zeit verschwenden. Ich fühlte mich wie ein ausgehungerter Mann bei einem königlichen Festmahl und wollte den Geschmack ihrer Pussy in mein Gehirn einbrennen, um ihn nie wieder missen zu müssen.

Sie bohrte ihre Nägel in meine Schultern und ließ Blut fließen. Der Schmerz ließ meinen Schwanz pulsieren. »Krall dich so fest du willst in mein Fleisch, Liebes, es macht mir nichts aus.«

Meine Finger fanden einen viel zu langsamen Rhythmus, als dass sie kommen konnte, aber ich wollte diesen Moment so lange wie möglich auskosten. Ich saugte an ihrer Klit, erforschte jeden Zentimeter, verschlang sie so, wie sie es verdiente.

Mein Name kam wie ein Gebet über ihre Lippen, und ich lächelte.

Avery

Es fühlte sich an, als würde ich jeden Moment zerspringen. Alexanders Zunge war überall – erst auf meiner Klit und dann in mir. Ich spürte ihn, wie ich es noch nie zuvor getan hatte. Mein Körper erlebte seine Küsse, seine Berührungen, hundertmal intensiver, und ich war kurz davor, mich zu verlieren. Meine Reißzähne schmerzten auf verführerische Weise, und ich konnte sie kaum unter Kontrolle halten.

Alexanders Bewegungen wurden immer schneller, und meine Schenkel spannten sich an, zerquetschten wahrscheinlich dabei seinen Schädel. *Nicht mehr lange*, dachte ich und presste mich seiner Zunge entgegen. Sein heißer Atem ließ mich erschaudern und es kostete mich all meine Überwindung, uns nicht herumzuwirbeln und ihn zu reiten, bis mein Körper aufgab.

Er schob zwei Finger in mich hinein und massierte die Stelle, die mich in den Wahnsinn trieb. Fuck. Meine Reißzähne bohrten sich in meine Unterlippe und ich schmeckte Blut. Der Schmerz machte mir nichts aus, im Gegenteil.

Alexander saugte an meiner Klit und mit einem Schrei der Ekstase kam ich so heftig wie noch nie zuvor. Ich sah schwarz, dann Sterne, dann alle möglichen Farben.

Mein Herz pochte bis zum Hals, und meine Atmung war flach und unregelmäßig. *O Gott …*

»Das«, er leckte ein letztes Mal über meine empfindlichste Stelle, »ist real, für immer.« Alexander kam an meine Seite und seine durchdringenden Augen bohrten sich in meine.

»Das hier auch.« Er nahm mein Kinn zwischen seine Finger und küsste mich mit einer solchen Intensität, dass mir fast schwindelig wurde. Dieser Kuss war zahm, sanft und öffnete das Herz, offenbarte ... *Liebe*.

Flavian würde sterben.

KAPITEL 20

Alexander

Ich hatte mich vergewissert, dass Avery tief und fest schlief, bevor ich mich mitten in der Nacht davongestohlen hatte.

Sie hatte es nicht zugegeben, aber sie stand noch unter Schock und konnte die Schwere der Diagnose nicht einschätzen.

Aber ich wusste, was kommen würde – sie würde langsam, aber sicher alles um sich herum vergessen, keine Kontrolle mehr über ihren Körper haben, Stimmen hören, unberechenbar werden. Sie würde sich wünschen, sie wäre nie geboren worden.

Und ich würde mich heute Abend an der Person rächen, die ihr das angetan hatte.

Flavian war seit seinem Angriff nicht mehr zum Unterricht erschienen, wahrscheinlich weil er genau wusste, dass er die Akademie nicht wieder lebend verlassen würde. Seine Eltern waren verreist, also hoffte ich, dass ich ihn allein zu Hause antreffen würde.

Vielleicht war er auch verschwunden, um sich bedeckt zu halten, obwohl ich glaubte, dass er eine perverse Befriedigung darin fand, mir nahe genug zu sein und doch zu wissen, dass ich ihm kein Haar krümmen konnte.

Er hatte falsch gedacht. Ich würde mir schön Zeit nehmen, ihn in Stücke zu reißen – Arden hin oder her.

Glücklicherweise hatten mir meine Eltern in all den Jahren nie verboten, Flavian etwas anzutun, sonst wären mir durch uralte, dunkle Magie die Hände gebunden gewesen.

Ohne eine konkrete Anweisung konnte ich jedoch nach meinem Belieben handeln. Wenigstens ein bisschen Freiheit während all der Jahrhunderte der Sklaverei, die ich in dieser Familie erdulden musste. Das tat jetzt aber nichts zur Sache. Heute würde ich Spaß haben. Ich würde meinen Trieben nachgehen, würde Averys Ehre verteidigen.

Flavian würde sterben.

Wie ein Dieb schlich ich durch die totenstille Akademie, hielt mich in den Schatten auf und vermied das Kerzenlicht. Mein Ziel war der Parkplatz und ich musste dabei so subtil vorgehen wie nur möglich. Ich hätte keine passende Ausrede, falls mir Penelope oder meine Tante über den Weg laufen würden. Vorsicht war geboten, wenn ich meinen Plan in die Tat umsetzen musste.

Vorsichtig trat ich an antiken Büsten vorbei, nahm den rechten Gang, der nach draußen führte, und beschleunigte schließlich meinen Schritt. Die Morgenstunden würden bald anbrechen und ich wollte meine Mordlust auskosten, bis ich den ersten Unterricht anstoßen musste.

Ich trat raus in die kalte Herbstnacht, schaute mich unauffällig um und steuerte prompt mein Auto an. Glück gehabt. Vielleicht war das Schicksal ja dieses Mal auf meiner Seite.

Viel zu schnell für das menschliche Auge stieg ich in den schwarzen Sportwagen, startete den Motor und wartete gar nicht, dass er richtig warmgelaufen war, bevor ich das Pedal durchdrückte und die Akademie hinter mir ließ.

Ich ließ den Motor regelrecht hochdrehen, während ich durch die menschenleeren Straßen raste. Die Uhr auf dem Armaturenbrett schien in Zeitlupe zu ticken und mich mit jeder verstreichenden Sekunde zu verhöhnen. In meinem Kopf kreisten die Gedanken um Rache, und der Nervenkitzel der Jagd elektrisierte meine Sinne, ließ alles in mir pulsieren.

Mein Herz hämmerte in meiner Brust und meine Reißzähne brannten darauf, das Blut meiner Beute zu kosten. Ich stellte mir vor, wie ich sie in seinem Hals versenkte und den metallischen Geschmack seiner Lebensenergie genoss. Der Gedanke daran jagte mir einen Schauer über den Rücken und ließ mich auf eine Weise aufleben, wie es nichts anderes konnte. Vielleicht war ich doch mehr Monster als Mann.

Als ich aus dem Fenster schaute, zog die Stadt wie ein Wirrwarr aus Lichtern und Schatten vorbei. Der Mond war voll und hell und warf einen unheimlichen

Schein auf alles, was er berührte. Ich beobachtete die Gebäude, deren verdunkelte Fenster wie leere, seelenlose Augen wirkten.

Die Wut in mir brannte wie ein rasendes Inferno und drohte, mich ganz zu verschlingen. Dieser kleine Bastard hatte eine Grenze überschritten, etwas Unverzeihliches getan, und ich würde ihn für seinen Verrat teuer bezahlen lassen. Der Gedanke, ihn zur Strecke zu bringen, erfüllte mich mit einer wilden Befriedigung. Heute war die Nacht der Nächte.

Mein Herz machte Luftsprünge, als das Arden-Anwesen in Sichtweite kam. Ich legte einen Zahn zu und bog im Nullkommanichts rechts ab. Eine Privatstraße führte zum noblen Herrenhaus. Die Straße war von perfekt angeordneten Bäumen gesäumt, und ich folgte der stummen Aufforderung. Ich würde Flavians Blut auf dem Grundstück der Ardens vergießen. Er würde auf der Erde seiner Ahnen sterben. Eine gute Tat aus Respekt vor seiner Schwester. Aber mehr konnte er nicht erwarten.

Je näher ich dem Anwesen kam, desto größer wuchs die Spannung in mir.

Das Licht war aus, aber mein Instinkt sagte mir, dass jemand zu Hause war. Gut. Es wäre doch schade, wenn ich den ganzen weiten Weg für nichts zurückgelegt hätte, oder? Nein, meine Anreise würde nicht umsonst sein. Ich fuhr die Kreisauffahrt entlang und parkte das Auto auf dem Vorplatz.

Ich stieg aus dem Auto, holte tief Luft und nahm die Umgebung in Augenschein. Die Dunkelheit war alles verzehrend und das einzige Geräusch war das ferne Heulen eines einsamen Wolfes. Die Luft war erfüllt von der Vorahnung des Todes. Ich konzentrierte mich auf meinen Herzschlag, ging in mich, konnte Flavians Anwesenheit in der Nähe spüren.

Das war er also. Der Moment, auf den ich gewartet hatte. Ich war bereit, mich ihm zu stellen und meinem Zorn freien Lauf zu lassen. Meine Reißzähne zeigten sich. Die Jagd war eröffnet.

Ich suchte die Gegend nach Anzeichen für neugierige Ohren ab, meine scharfen Sinne in Alarmbereitschaft. Der Duft nach Rosen stieg mir in die Nase, und die kühle Nachtluft ließ mich erschaudern. Das weiche Gras unter meinen Füßen dämpfte das Geräusch meiner Schritte perfekt, aber es war nur eine Frage der Zeit, bis ich erkannt werden würde.

Ich lief durch den Garten, sah die Schatten um mich herum tanzen und unheimliche Formen auf den Boden werfen. Meine Augen wanderten hin und her, suchten nach Anzeichen von Gefahr. Ich wusste, dass ich vorsichtig sein musste, dass dieser kleine Dämon überall lauern konnte. Sollte er doch kommen. Ich würde ihn mit offenen Armen empfangen.

Plötzlich spürte ich eine Präsenz in der Nähe. Ein leises Lachen hallte durch die Luft. Mein Herz raste vor Vorfreude, als ich mich umdrehte. Und da trat er mir vor die Augen, wie ein Gespenst aus den Schatten. Flavian. Seine Züge waren markant, aristokratisch und seine Augen glitzerten im Mondlicht, die Lippen zu einem arroganten Lächeln verzogen. Ich würde ihn vernichten.

Der Junge trat näher, seine Bewegungen mühelos

und fließend. »Du bist spät dran«, sagte er und seine Stimme triefte vor Sarkasmus.

Ich erwiderte sein Lächeln. »Ich glaube, ich komme genau richtig«, erwiderte ich mit leiser, bedrohlicher Stimme, während ich einen unsichtbaren Fussel von meiner Jacke pflückte.

Flavian schmunzelte erneut und etwas in seinen Augen flackerte auf. »Oh, du hast dir aber ganz schön viel Zeit gelassen«, sagte er spöttisch. »Um ehrlich zu sein, habe ich erwartet, dass die andere für ein schnelles Eins-gegen-eins hierherkommt.«

Mein Blutrausch nahm überhand und ich verlor die Kontrolle über meinen Körper. Ich spürte, wie die Bestie in mir nach Luft schnappte und mich dazu drängte, meinen Gegner zu zerstören. Ich stürzte mich auf seine Kehle, aber er war verdammt schnell, verschwand im Nichts und tauchte weiter weg wieder auf. Ich ließ ihm keine Zeit, durchzuatmen, rannte auf ihn zu, bereit, ihm das Herz herauszureißen.

Meine Hand fuhr aus und ich versuchte, ihn an seinem Shirt zu schnappen, doch er wich rechtzeitig aus.

Wir bewegten uns mit Lichtgeschwindigkeit, jeder versuchte, dem anderen einen Schlag zu versetzen. Flavians Faust traf meine Schläfe, aber der Schmerz stachelte meinen Blutdurst nur an, machte mich wütender, schneller. Es war Zeit, die Elemente auszufahren.

Ich beschwor einen Flammenwirbel herauf, um ihm die Haut zu verbrennen, aber er reagierte sofort, nutzte seine Macht über die Erde, um eine Mauer aus

Stein zu errichten, die meinen Angriff abblockte. Bastard.

Ich knurrte und spürte, wie sich die Bestie in mir rührte. Mit all meiner Stärke sprang ich nach vorn und landete nicht weit von dem Feigling entfernt. Meine Sinne waren geschärft, und ich konnte den Geruch von Schweiß und Blut in der Luft riechen.

Endlich sah ich meine Chance. Ich nutzte meine übernatürliche Schnelligkeit, um Flavians nächstem Angriff auszuweichen, und versetzte ihm eine Reihe von Schlägen in Brust und Magen. Er schrie wie ein Weichei auf und stolperte rückwärts, aber ich ließ nicht locker. Das skrupellose Monster hatte jetzt die Kontrolle, und es drängte mich zu verstümmeln, zu töten. Ich beschwor einen Windstoß, der Flavian von den Füßen fegte. Obwohl er zitternd auf dem Rücken landete, konterte er mit einem Schwall Erdmagie. Der Boden unter mir bebte und drohte, mich aus dem Gleichgewicht zu bringen.

Aber ich war zu schnell. Ich nutzte meine Reflexe und sprang aus dem Weg, bevor mich das Erdbeben aus dem Gleichgewicht bringen konnte. Der Wichser war gut. Und verdammt stark. Aber nichts, womit ich nicht klarkommen würde. Dieser Tanz machte fast schon Spaß.

Ich erschuf einen riesigen Feuerball und schleuderte ihn auf Flavian. Er versuchte, auszuweichen, aber es war zu spät. Die Flammen verschlangen ihn und verbrannten seine Haut, denn er hatte sein Schutzschild nicht rechtzeitig errichtet. Eine Lektion, die selbst die jüngsten Verwandelten lernten.

Vielleicht war er einfach zu arrogant dafür gewesen. Selbst schuld.

Sein Brüllen durchdrang mein Trommelfell, aber ich konnte mir trotzdem ein Lächeln abringen. Gut, aber nicht gut genug. Ich wollte, dass er Höllenqualen litt.

Als ich endlich bei ihm war, war seine Haut bereits zum Teil geheilt, aber ich konnte sehen, dass seine Magie ihn langsam im Stich ließ. Ihm fehlte die Kondition, die ich im Laufe der Jahrhunderte aufgebaut hatte. So schnell versiegte meine Kraft nicht.

Flavian versuchte, mir gegen das Knie zu treten, aber ich wich aus, packte ihn an den Haaren und schmetterte ihm einen Steinbrocken gegen den Schädel. Blut spritzte mir ins Gesicht, und ich lachte fast hysterisch auf.

Seine Hand umklammerte mein Handgelenk und jagte höllische Schmerzen durch meine Arme und meine Brust – ein weiterer magischer Trick. Billig. Ich war gezwungen, ihn loszulassen, und er nutzte die Zeit, um so viel Abstand wie möglich zwischen uns zu bringen.

»Kämpfe mit mir wie ein Mann und renn nicht weg wie ein getretener Hund«, schrie ich, aber er beachtete mich nicht. Schön, du hast es so gewollt, Kleiner.

Ich legte noch einen Zahn zu, bis ich ihm dicht auf den Fersen war, und schaffte es schließlich, mich in sein T-Shirt zu krallen. »Hab dich.«

Zufrieden riss ich ihn zurück, sodass er direkt vor meinen Füßen landete, aber dieses Mal wartete ich nicht. Nein, ich stürzte mich auf ihn.

KAPITEL 21

Alexander

Ich legte eine Hand auf seinen Schädel, die andere auf das Kinn und drehte seinen Kopf, bis ich langsam spürte, wie Muskeln und Sehnen nachgaben. Déjà-vu, Bastard.

Knochen brachen in seinem übernatürlichen Körper und ich lächelte, als mir Blut vom Kinn auf seine Wangen tropfte.

Flavian wusste, dass der Kampf verloren war, wusste, dass er jetzt sterben würde. Er schrie auf, als der Schmerz unerträglich wurde. Aber da ging noch mehr.

Unser Körper konnte viel mehr aushalten als der einer gewöhnlichen Hexe. Es brauchte wesentlich mehr Kraft, um uns lebensgefährlich zu verletzen, also legte ich meine ganze Energie in die finale Brutalität.

»Das hast du dir selbst zuzuschreiben«, spottete ich.

Ich war so in meine Wut vertieft gewesen, dass ich den fremden Herzschlag erst spürte, als er schon vor uns pochte.

»*Lass ihn sofort los*«, schrie Penelope außer sich vor Zorn, während sie am ganzen Leib zitterte. Sie wollte gerade zu mir sprinten, aber mein tiefes Knurren ließ sie abrupt innehalten.

»Misch dich nicht ein.« Meine Worte waren eine leise, unmissverständliche Warnung. Wenn sie mir in die Quere kommen würde, wäre sie die nächste. Ich würde keine Gnade kennen.

Unsere Blicke trafen sich, und ich sah das pure Entsetzen in ihren Augen.

Sie schaute zwischen uns hin und her und fragte sich sicher, was uns an diesen Punkt gebracht hatte, überlegte, was sie als Nächstes tun sollte.

»Alexander, lass die Finger von meinem Bruder, oder die ganze Welt wird erfahren, dass du deine Schülerin fickst«, sagte sie mit tödlicher Kühle. Ich hielt inne. Woher wusste sie das?

Penelope war schon immer sehr scharfsinnig gewesen, aber dass sie aus unserem Streit sofort schließen konnte, dass ich eine Affäre mit Avery hatte? No fucking way.

»Bullshit. Alle werden dich als eifersüchtige Ex-Verlobte abstempeln, die ein Nein nicht akzeptiert.« Ich drehte seinen Kopf kräftiger und seine Schwester wollte sich gerade auf mich stürzen, um den Mistkerl unter mir zu retten, aber mein tödlicher Blick brachte sie zum Stocken.

Penelope bebte, die Luft durchtränkt von ihrem

Angstschweiß und dem schnellen Echo ihres Herzens. Ich hatte nicht geplant, dass sie Zeuge meines Gemetzels werden würde, aber letztlich kümmerte es mich nicht. Ich war ihr nichts schuldig.

»Werden sie das auch denken, wenn sie das Seelengefährten-Band zwischen euch spüren?« Ich erstarrte. Mein Herz hörte auf zu schlagen. Was hatte sie verdammt noch mal gesagt?

»Du hast es nicht gespürt, oder? Avery James ist deine Seelengefährtin.« Penelopes giftiger Tonfall ließ vermuten, dass sie es ernst meinte.

Mein Griff um den Kiefer ihres Bruders lockerte sich, aber ich ließ ihn nicht los.

Wenn das wahr war ...

Die Seele eines Gefährten ist das perfekte Puzzlestück zu deiner, und egal, wie oft ihr wiedergeboren werdet, ihr werdet euch stets wiederfinden. Das ist es, was das Schicksal will.

Ich hatte nie über diese Möglichkeit nachgedacht, weil Avery in jedem ihrer Leben ein Mensch gewesen war. Eigentlich hatte ich immer vermutet, dass wir auf irgendeine Weise verflucht waren, dass das Schicksal uns *bestrafen* wollte.

Vielleicht hatte unsere Liebe, unser Verlust, aber viel mehr zu bedeuten, als wir gedacht hatten. Aber wozu all das Leid, all der Tod?

Wir hatten uns geliebt, immer und immer wieder. Und ich musste ihr jedes Mal beim Sterben zusehen.

Der Faden in meiner Brust, grün und blau verflochten, regte sich. Ich hatte ihn nur als Symbol unserer

Vergangenheit angesehen, das Material bei jedem Wiedersehen robuster.

Aber vielleicht war genau dies die Bestätigung, der Beweis, den ich gesucht hatte. Ich fuhr im Geiste mit dem Finger darüber und erschauderte bei dem süchtig machenden Blitzschlag, der meinen Körper durchzuckte. Avery, meine Seelengefährtin ...

Aber das Band zwischen uns hatte sich noch nicht verankert, noch keine Wurzel geschlagen; wir hatten noch keine Seelenoffenbarung gehabt – einen sakralen Moment der Erkenntnis, bei dem man sich für oder gegen das Band entscheiden konnte.

Vielleicht war es auch besser so, dachte ich. Scheiße, jeder würde unsere uralte, unsterbliche Verbindung riechen können – wortwörtlich. Jeder Zauber, jede Ausübung von Macht, hinterließ einen individuellen Duft in der Luft. Und da ein gefestigtes Seelengefährten-Band ein übernatürliches Phänomen war, haftete ein spezieller Geruch an beiden Vampiren. Selten und wenn, dann sehr subtil, auch schon vorher. Eigentlich ein Warnzeichen für Außenstehende, die Finger von dem Gefährten zu lassen. Wenn Penelope es schon erahnt hatte, war es nur eine Frage der Zeit, bis meine Eltern folgen würden. Wenn sie Avery auf ihrem Radar hätten, wäre ein schneller Tod ein Geschenk. *Nein, nein, nein.* Sie würden sie nicht bekommen. Nicht noch einmal.

Mein Puls raste und mein Atem kam unregelmäßig. Das durfte nicht passieren. Das Band durfte sich nicht manifestieren. Jeder würde es erfahren. Es wäre Averys Todesurteil.

Sie musste gehen, musste dieser Akademie, diesem Leben, *mir* den Rücken kehren. Und ich musste sie ziehen lassen, meine personifizierte Unendlichkeit.

Ich löste mich von Flavian, erhob mich elegant und richtete meine steinerne Maske, die alle meine Gefühle vor der Außenwelt verbarg.

»Du verdankst mir dein Leben. Eines Tages werde ich diese Schuld einfordern«, sprach ich mit eisiger Kälte und mörderischem Unterton. In meinen Kreisen galt es als ein Akt der Ehre, jemanden zu verschonen. Wegen dieser Großzügigkeit stand der andere mit Leib und Seele in deiner Schuld.

Ohne zurückzublicken, drehte ich mich um, während Flavian mit einem Bein in der Hölle auf dem Boden um Luft rang.

Mein Entschluss stand fest: Avery musste fort, bevor sie von unserer wahren Verbindung erfuhr. Das war die einzige Möglichkeit, sie zu retten, denn ihre Sicherheit war mir wichtiger als mein gebrochenes Herz.

»Ja, schrei für mich. Ich liebe es.«

KAPITEL 22

Leilah

2 Wochen später

Avery und ich saßen an einem runden Kirschholztisch im alten, magischen Teil der Akademie, wo die Bibliothek nur für Vampire zugänglich war. Zauberbücher über Zauberbücher waren neben uns und zu unseren Füßen gestapelt, während das sanfte Geräusch von Bleistiften auf Papier unsere Gedanken begleitete.

Das schwache Licht der flackernden Kerzen warf einen warmen, bernsteinfarbenen Schein auf die uralten Regale, die bis zum Bersten mit in Leder gebundenen Büchern über Geschichte und Magie gefüllt waren. Der modrige Geruch alter Bücher und das Rascheln der Seiten unter zarten Fingern umhüllten mich wie ein Mantel der Ruhe.

Ich sah, wie meine Freundin die Stirn über einige uralte Worte runzelte, ihre Haltung steif, die Augen auf die Seite vor ihr gerichtet. Sie sah aus wie eine verwelkte Blume, mit ihrer aschigen Porzellanhaut und den dunklen Augenringen, die von abgrundtiefer Erschöpfung und Hunger rührten. Avery weigerte sich noch immer, zu trinken, und ich sah an ihrem Gang, an ihrer Art zu sprechen, dass sie langsam nicht mehr konnte, dass sie am Ende mit den Nerven war.

Ich konnte nicht anders, als ihre stille Stärke zu bewundern, ihre unerschütterliche Entschlossenheit, ein Heilmittel für sich selbst zu finden, trotz der Verzweiflung, die ihr ins Gesicht geschrieben war. Es stand nicht gut um sie, das war klar.

»Du solltest schlafen gehen«, meinte ich in einem sanften Ton. Sie blickte nicht von ihrem Buch auf, blätterte stattdessen stur weiter.

»Nur noch eine Stunde, versprochen.« Ich schüttelte den Kopf. Dieses Mädchen ...

»Das hast du schon vor zwei Stunden gesagt, Avery. Ich weiß, wir haben keine Fortschritte gemacht, aber du musst dich ausruhen.« Sie ignorierte mich wieder, vielleicht hatte sie mich auch gar nicht gehört, obwohl ich das bezweifelte.

Caleb, Noah, Avery und ich hatten tagelang in alten Werken nach Tränken oder seltenen Zaubersprüchen für ihre Genesung gesucht – ohne Erfolg. Wir drehten uns seit zwei Wochen im Kreis und bekamen alle langsam ein Schleudertrauma.

Avery versuchte, sich nichts anmerken zu lassen und gefasst zu wirken, aber ich konnte in ihrem Blick erkennen, dass die ganze Sache sie zu Tode erschreckte. Verständlich. Ich wäre schon längst zusammengebrochen, wenn ich wüsste, dass mir das Gleiche blühte. Eine Ewigkeit, in der ich mich nicht mehr an Caleb erinnern würde? Die Hölle auf Erden. Ich könnte nicht überleben, wollte es auch nicht.

Keiner wusste, wann sich dieser Wahnsinn manifestieren würde, wie viel Zeit wir hatten, also verbrachten wir alle unsere freien Stunden zwischen Bergen von Büchern und literweise Kaffee.

Nur Alexander war nie anwesend gewesen, hatte sich die letzten Tage rar gemacht. Es wäre für einen Professor zu verdächtig gewesen, so viel seiner Freizeit mit seinen Studentinnen zu verbringen. Wenn der Lehrkörper nur wüsste, was hinter verschlossenen Türen wirklich abging.

Aber irgendwie glaubte ich, dass da noch mehr hinter seiner Abwesenheit steckte. Er hatte sich distanziert, sogar von Avery; schien nicht mehr er selbst zu sein. Nicht, dass ich sein altes Ich mochte, ganz im Gegenteil. Ich wusste nur nicht, was zwischen den beiden vorgefallen war, wollte das Thema auch nicht unnötig forcieren, aber Alexanders Verhalten kam mir einfach seltsam vor. Die kalte Schulter passte nicht zu ihm.

Ich strich mir ein paar Strähnen hinters Ohr und widmete mich wieder meiner Lektüre über die drei Hüterinnen des Schicksals, unter den Menschen auch bekannt als die drei Moiren, obwohl diese mythologische Version von ihnen eher verwaschen war.

Klotho, Lachesis und Atropos erschufen jedes

Leben und nahmen es wieder, wenn es an der Zeit war. Sie waren überall und nirgends, kannten alle Gedanken, alle Geheimnisse, sogar die Zukunft. Zu einem gewissen Maß, zumindest.

Es hieß, sie hätten das Schicksal jedermanns in der Hand und nur Ebenbürtige könnten es ändern. Und wir waren ihnen gewiss *nicht* ebenbürtig. Nicht in einer Million Jahren. Es wäre auch zu leicht gewesen.

Ich blätterte um, aber es waren nur Texte in Elyannes alter Sprache zu finden, die ich weder sprechen noch lesen konnte. Wenn ich meinen Hauslehrern damals doch nur aufmerksamer zugehört hätte ...

Seufzend schob ich das Buch zur Seite und griff nach dem nächsten, als mein Tablet vibrierte. Ich schaute aufs Display und ein kleines Lächeln huschte über meine Lippen bei dem Namen, der aufleuchtete.

CALEB:

Immer noch in der Bibliothek?

Ich kaute auf meiner Unterlippe, während ich meine Nachricht eintippte.

LEILAH:

Ja, mir fallen fast die Augen zu.

Die Müdigkeit hatte sich in mein Mark geschlichen, krallte sich in jeden Muskel und lauerte hinter jeder Ecke meines Unterbewusstseins.

CALEB:

Komm vorbei und ich werde dafür sorgen, dass du dich richtig gut fühlst.

Schmetterlinge machten sich in meiner Mitte breit, wenn ich nur daran dachte, was er wohl mit mir vorhatte.

LEILAH:

Was schwebt dir denn vor?

Ich liebte es, ihn zu provozieren, und er liebte es, mir die Sprache zu verschlagen. Es war ein Spiel zwischen uns und ich genoss den Nervenkitzel.

CALEB:

Ich massiere dich von Kopf bis Fuß, du entspannst dich, bevor ich meinen Schwanz tief in deiner süßen Pussy versenke.

O Gott. Ich presste meine Schenkel zusammen, meine Unterwäsche bereits klitschnass. Caleb wusste wirklich, wie er sich ausdrücken musste.

LEILAH:

Ich werde in einer Stunde da sein.

Und es wird die längste Stunde meines Lebens sein, dachte ich mir zähneknirschend.

CALEB:

Braves Mädchen.

Unsere Suche nach einem Ausweg aus diesem Chaos war auch heute wieder einmal gescheitert, und uns gingen bereits die Ideen aus. Wir waren verzweifelt und die Stagnation in unserer Recherche ließ uns schneller aufeinander losgehen, als es normalerweise der Fall gewesen wäre. Aber was machte man nicht alles für Freunde, oder?

Mit steifen Beinen und einem schmerzenden Hintern verabschiedete ich mich von Avery und machte mich auf den Weg zu Calebs Zimmer. Sein Mitbewohner war nicht in der Stadt, und wir brauchten dringend etwas Zeit für uns allein. Es war schon zu lange her, dass wir einfach nur dagelegen und dem Herzschlag des anderen gehorcht hatten. Ich vermisste diese Ruhe.

In den letzten zwei Wochen waren wir immer von anderen Leuten umgeben gewesen, und nachts war ich so erschöpft, dass ich einschlief, sobald mein Kopf das Kissen berührte.

Ich lief die endlosen Gänge entlang in Richtung Calebs Flügel. Meine Schritte waren rasch und entschlossen, aber nicht zu schnell, denn es konnte immer jemand zusehen. Die Wahrung unserer Identität war oberstes Gebot.

An den Wänden prangten zahlreiche Ölgemälde alter Vampirfamilien, und ich war mir sicher, dass mindestens eines meiner Eltern irgendwo hier in der Akademie hängen musste. Ich schnaubte. Zum Glück hatte ich es noch nicht gefunden, sonst hätte ich weiß Gott was damit gemacht. Vielleicht angezündet? Das wäre passend gewesen. Diese Familie verdiente nichts anderes, nachdem sie mich so verraten hatten. Aber dass ich sie in meinen dunkelsten Tagen wie eine Närrin vermisste, wusste nicht mal Caleb.

Seine Zimmertür kam in Sichtweite, und ich beschleunigte meinen Gang, während ich meine kurzen Haare richtete. Bevor ich klopfen konnte, hatte er mir bereits geöffnet.

»Ich habe dich vermisst«, flüsterte er, ehe sich unsere Lippen berührten. Calebs Kuss hatte nichts Sanftes, nichts Zahmes an sich. Nein, er war ausgehungert, und ich war seine Mahlzeit.

Viel zu schnell zog er mich in sein Zimmer, das fast genauso aussah wie meines, und drückte mich gegen die Wand. Er hatte nur ein Paar Sportshorts an und durch den dünnen Stoff konnte ich spüren, wie hart er bereits für mich war. Es brachte mich immer wieder aufs Neue um den Verstand.

Meine Hand wanderte zu seiner Länge und ich ließ meine Fingernägel darüber gleiten.

»Ich muss duschen«, brachte ich zwischen unseren Küssen hervor. »Jetzt.«

Ich befreite mich gezwungenermaßen aus seinen

starken Armen und machte mich auf den Weg ins Bad. Zum Abschied gab mir Caleb einen Klaps auf den Arsch, der ein bisschen zu fest und doch nicht fest genug war. Im Bad zog ich mein Hemd mit dem Wappen der Akademie aus und ließ meinen Rock an mir heruntergleiten, bevor ich in die kleine Dusche stieg. Das Wasser verbrannte fast meine Haut, aber ich genoss die Hitze. Sie bereitete mich auf die Hölle vor. Nur ein Witz, nur ein Witz.

Nicht einmal ein paar Minuten später ging die Tür auf, und Caleb trat an meine Seite.

»Du hast es keine fünf Minuten ohne mich ausgehalten, hm?«, scherzte ich, während ich das Duschgel auf meiner Haut verteilte.

»Ich halte es keine fünf Minuten ohne dich aus, seitdem wir uns das erste Mal gesehen haben, Darling.«

Ein selbstgefälliges Grinsen umspielte meine Lippen. »Ich weiß«, säuselte ich in meinem süßesten Ton.

Ich drehte ihm den Rücken zu, und er schlang seinen Arm um meinen Bauch und zog mich an sich, mein Rücken an seine starke Brust gepresst.

»Seit wir uns das erste Mal getroffen haben, habe ich davon geträumt, wie du schmeckst, wie du klingst, wenn ich dich zum Kommen bringe«, flüsterte er in mein Ohr, und ich erschauderte.

Ich drückte meinen Hintern gegen seine Härte und ließ meine Hüften kreisen. Sein Griff wurde fester, als seine andere Hand zu meiner Brust wanderte. Caleb kniff mir in den Nippel, und ich zog scharf Luft ein.

»Wirklich? Und ich habe nicht ein einziges Mal an dich gedacht.«

Seine Hand umklammerte meinen Hals und er drückte so fest zu, dass ich kaum noch atmen konnte. Er wusste genau, was ich liebte.

»Ist das so?« Ich konnte praktisch sein schiefes Lächeln spüren, bevor er seine Reißzähne ohne Vorwarnung tief in mir versenkte. Das Gefühl war überwältigend, pure Ekstase. Er trank aus mir, und ich wäre fast auf der Stelle gekommen.

Calebs freie Hand wanderte zwischen meine Beine und seine Finger massierten meine empfindlichste Stelle, machten mich mit diesem verdammt langsamen Tempo verrückt.

Er ließ einen Tropfen seines Giftes in meinen Körper fließen, und ich stöhnte laut auf, kaum in der Lage, mich auf den Beinen zu halten. Verdammt ...

»Auf die Knie«, knurrte Caleb, nachdem er seine Zähne aus mir herausgezogen hatte.

Mit übernatürlicher Geschwindigkeit tat ich, was er verlangte, und nahm ihn in meinen Mund. Shit, ich würde mich nie an seine Große gewohnen können. Aber genau das war der Spaß daran.

Ich leckte über die Spitze und Caleb packte mich an den Haaren, sein Griff so fest, dass es fast wehtat.

Ich nahm ihn bis tief in den Rachen und massierte seine Länge mit einer Hand, während die andere zwischen meinen Beinen verschwand.

»Wage es nicht zu kommen«, warnte er, und ich ließ meine Finger langsamer kreisen, während mir Tränen über die Wangen liefen. »Ja, genau so.«

Gott, er fühlte sich so gut an, ich konnte nie genug von ihm bekommen.

Ich hatte keine Gelegenheit, etwas zu erwidern, als er mich plötzlich hochhob. Ich schlang meine zittrigen Beine um seine Hüften, und er drang mit einem schnellen, unbarmherzigen Stoß in mich ein. Alles geschah so schnell, dass mir fast schwindlig wurde.

Mein Rücken wurde gegen das Glas gepresst, während Caleb hart in mich stieß und sich quälend langsam wieder zurückzog.

»Fuck, du fühlst dich so gut an«, brachte er schwer atmend heraus. Ein Schrei entkam meinen Lippen.

»Ja, schrei für mich. Ich liebe es.« Seine Bewegungen wurden schneller, hektischer, und ich krallte mich in seine Schultern, bis seine Haut nachgab.

»Caleb«, keuchte ich. »Mehr.« Er musste sich nicht zweimal bitten lassen, bevor er mich fest am Kiefer packte und mich so heftig küsste, dass ich Sterne sah. Erbarmungslos versenkte er sich in mich, massierte genau die Stelle, die mich zum Höhepunkt bringen würde. Er war perfekt, sein Schwanz wie für mich gemacht. Fuck, ich liebte ihn so sehr.

Mit einem Freudenschrei spannten sich meine Muskeln um seine Härte und ich kam mit solch einer Intensität, wie ich es schon lange nicht mehr erlebt hatte. Weniger als zwei Minuten später kam er in mir und füllte mich komplett. Genauso wie ich es liebte.

Sie löste ihre Beine von meiner Taille und lächelte mich auf ihre typische Weise an. Verdammt, dieses Lächeln. Es hätte mich fast in die Knie gezwungen, als wir uns zum ersten Mal begegnet waren, und ich liebte es von Tag zu Tag mehr.

Unser schwerer Atem hallte durch den kleinen Raum, und sie wusch sich die letzten Reste des Shampoos aus dem Haar, bevor sie aus der Dusche trat.

Ich folgte ihr und trocknete meinen Körper ab.

Leilah wollte sich gerade ein Handtuch umwickeln, aber ich ergriff ihre Hand.

»Wer hat gesagt, dass wir fertig sind?« Ihre Augen weiteten sich. »Jetzt sei ein braves Mädchen und beug dich über das Waschbecken.«

Leilah tat, was ich verlangte, und präsentierte mir ihren hübschen Hintern. Verdammt, wie gerne hätte ich meinen Schwanz noch einmal tief in sie gestoßen, aber vorher musste ich noch etwas tun, worauf ich mich schon den ganzen Tag gefreut hatte.

»Spreize deine Beine«, forderte ich, bevor ich mich hinkniete und meine Zunge in sie hineingleiten ließ.

»Heilige Seelen«, murmelte sie, während sie sich fester an den Rand des Waschbeckens klammerte.

Leilah schmeckte nach Verführung, nach purer Sünde und Gefahr. Ihr Körper war mein Paradies, ihr Stöhnen die schönste Melodie der Welt.

Meine Zunge glitt über ihre Klit und sie ließ ihre Hüften schneller kreisen.

»So ungeduldig.« Ich schnalzte mit der Zunge,

während ich meinen Ring- und Mittelfinger im perfekten Winkel in sie hineinschob.

Ihre Wände drückten sich um sie, und ich wusste, dass sie fast so weit war. Aber nicht ohne mich.

Mit meiner Vampirgeschwindigkeit richtete ich mich auf und beanspruchte sie mit einem Stoß, der meine Seele erschütterte. Sie gehörte mir, und ich gehörte ihr. Es gab keine Alternative, niemals.

»Härter«, forderte sie, und ich gab ihr, was sie brauchte. Ich krallte mich in ihr Haar und zog sie zurück, damit sie uns im Spiegel sehen konnte, damit sie sehen konnte, wie gut ich sie fickte.

Leilah schenkte mir ein schiefes Lächeln, und ich packte ihr Haar fester.

»Genießt du die Aussicht, Darling?« Sie biss sich auf die Unterlippe, als meine Finger zu ihrer Mitte wanderten.

»Fuck, ja.« Unser Atem wurde hektischer, der Druck meiner Finger stärker.

Ehe ich mich versah, zersprang sie um meinen Schwanz. Ihr Schrei der Lust brachte mich selbst zum Höhepunkt, und ich kam tief in ihr.

»Ich liebe dich«, flüsterte ich ihr keuchend ins Ohr.

»Ich liebe dich mehr.«

Ich schreckte schweißgebadet aus dem Schlaf auf. Das blasse Mondlicht warf einen bläulichen Schimmer auf die Holzmöbel in Calebs Zimmer und erhellte einen Teil seines Gesichts.

Warum war mir das nicht früher aufgefallen? Ich verfluchte mich für das billige Sieb, das ich Gehirn nannte.

»Wach auf«, flüsterte ich und schüttelte Calebs Arm so kräftig, dass ich fast Angst hatte, sein Gelenk auszurenken.

Sofort öffnete er die Augen und schlang einen Arm um meine Mitte, aus Angst, dass jemand hier war. Als ob ein Eindringling so lange mit zwei Vampiren im Zimmer überleben würde ... »Ist was passiert?« Seine wachsamen Augen schweiften durch den Raum, und ich legte eine Hand auf die Stelle über seinem wild pochenden Herzen.

»Verdammt, ja, das ist es. Nenn dein Mädchen ein Superhirn, denn ich habe eine Idee, wie wir Avery retten können.«

Euphorisch sprang ich auf und schnappte mir mein Tablet. Die beste Freundin der Welt musste einen Gefallen einfordern.

»Die Hüterinnen des Schicksals?«

KAPITEL 23

»Die Hüterinnen des Schicksals?«, fragte ich verwirrt. Diese ganzen Magie-Begriffe raubten mir den letzten Nerv. Leilah nickte.

»Ja, Klotho, Lachesis und Atropos sind die ältesten Wesen überhaupt. Sie erschaffen jedes Leben, kontrollieren das Schicksal und bringen dir den Tod, wenn es nötig ist. Sie wachen über alles und sind praktisch unbesiegbar. Keiner kann sich ihrem Willen entziehen.« Ich gähnte. Das machte meine Situation nicht gerade besser.

Es war fast fünf Uhr morgens, als Leilah, Caleb und Noah in mein Zimmer geplatzt waren. Aber irgendwie kamen mir diese Namen bekannt vor …

»Und was hat das mit mir zu tun?« Ich rieb mir das Gesicht und zog die Decke höher. Es war so verdammt kalt hier.

Meine Freundin verdrehte die Augen, als hätte ich

gerade die dümmste aller Fragen gestellt. Zu meiner Verteidigung: Selbst Noah und Caleb sahen verdutzt aus.

Leilah setzte sich neben mich aufs Bett und schlug das Buch auf, das sie wahrscheinlich aus der Bibliothek hatte mitgehen lassen.

»Lies«, befahl sie.

Nur wer den Hüterinnen ebenbürtig weist,
Kann ändern, was sein eigen Schicksal heißt.
Findet sich ein Held von gleicher Macht,
Ist des Schicksals Lauf neu entfacht.

Ich las mir den Abschnitt mehrmals durch, aber ich konnte beim besten Willen nicht herausfinden, was dieser Reim mit meiner Situation zu tun hatte.

»Vielleicht hat mir ein Vögelchen vor einiger Zeit gezwitschert, dass es eine Halbhexe gibt, die dem Tod ein Schnippchen geschlagen hat. Na ja, die Person hat mir keine Details genannt, aber trotzdem.« Sie lächelte süffisant, als ob sie das größte Mysterium der Menschheit gelöst hatte.

»War das deine durchgeknallte Cousine, die zu viel kokst? Sie erzählt dir auch Geschichten über Bäume, die ihr die Zukunft voraussagen.«

»Halt die Klappe, Noah, das tut sie nicht«, knurrte

Leilah ihn an. »Es war eine Blondine mit megalangen Haaren und einer Narbe am Kinn bei einer der Galas meiner Eltern. Ich hatte sie noch nie gesehen, aber Mann, für ein paar Sekunden habe ich an meiner Sexualität gezweifelt.«

Caleb warf ihr einen bösen Blick zu, aber sie beachtete ihn nicht.

»Okay, sie hat dem Tod ein *Schnippchen geschlagen*, gut, was auch immer das bedeutet. Weiter«, forderte ich irritiert.

»Denk doch mal nach, Avery. Die Hüterinnen des Schicksals haben jedes Leben in ihrer Hand. Nur sie bestimmen, wer geboren wird und wer stirbt. Wenn diese Halbhexe dem Tod ein Schnippchen geschlagen hat –«

»Dann hat sie im Umkehrschluss auch den Hüterinnen des Schicksals ein Schnippchen geschlagen. Sie hat ihr eigenes Schicksal verändert, hat gezeigt, dass sie *ebenbürtig* ist«, beendete ich den Satz. Mein Herz schlug schneller. Es klang so verrückt, dass da etwas dran sein könnte. Hatten wir endlich eine richtige Spur? Gänsehaut breitete sich auf meinen Oberarmen aus.

»Diese Halbhexe kann also *ändern, was das Schicksal heißt* oder was auch immer in der Prophezeiung steht? Vielleicht hat die Blondine nur Scheiße erzählt«, warf Noah in die Runde.

»Hast du eine bessere Idee?« Leilah klang ziemlich genervt, und Noah bewegte sich auf verdammt dünnem Eis. Noch ein dummes Wort und sie würde ihm an die Gurgel gehen.

»Gut, aber wo finden wir diese Halbhexe?« Ihr breites Lächeln kehrte auf meine Frage hin zurück.

»Die Blondine hat es mir damals gesagt – in New Orleans.« Scheiße, das war nicht gerade um die Ecke. Uns trennte ein verdammter Ozean. Meine Stimmung sackte wieder in den Keller.

»New Orleans ist keine Kleinstadt. Wir können nicht an jede Tür klopfen und hoffen, dass uns die richtige Person aufmacht«, mischte sich Caleb ein.

»Ganz genau. Deshalb habe ich mich an einen alten Bekannten gewandt, dem ich einmal einen riesigen Gefallen getan habe. Er wird sich diskret umhören, und sobald er etwas herausgefunden hat, machen wir uns auf den Weg.«

Mit einem Seufzer lehnte ich mich zurück. Leilah hatte mir gerade einen Funken Hoffnung geschenkt, auch wenn die Geschichte kaum Hand und Fuß hatte. Es gab also eine Halbhexe, die den Tod ausgetrickst hatte, was bedeutete, dass sie die Hüterinnen des Schicksals ausgetrickst hatte. Sie hatte ihr Schicksal selbst geändert und dadurch ihre Ebenbürtigkeit bewiesen. Theoretisch könnte sie auch mein Schicksal, verrückt zu werden, ändern, oder? Und diese Person war angeblich in New Orleans. Nun gut.

»Dann heißt es wohl abwarten, was passiert, oder?« Meine Freundin nickte zufrieden, und ich lächelte sie zum ersten Mal seit zwei Wochen an.

»New Orleans, also«, murmelte ich.

»Ja, New Orleans.«

KAPITEL 24

Seit Leilahs großer Enthüllung waren zwei Tage vergangen, in denen ich mich verstärkt meiner Magie, dem silbernen Licht in mir und dem Aufbau eines Schutzschildes gewidmet hatte.

Es hatte eine Handvoll Angriffe auf den Gängen der Akademie gegeben, und einmal hatte ich einen der Angreifer mit meiner Magie so hart gegen die gegenüberliegende Wand geschleudert, dass sich beim Aufprall Risse gebildet hatten.

Nicolette hatte gesagt, es sei ziemlich cool gewesen, aber der Vorfall hatte mir eine Heidenangst eingejagt. Würde ich meine Freunde auf die gleiche Weise angreifen, wenn sie mir in einem schwachen Moment auf die Nerven gingen? Der Gedanke, die Kontrolle bei ihnen zu verlieren, war, gelinde gesagt, beängstigend.

Zum Glück war dem Kerl aber nichts passiert, denn unser magischer Körper heilte schneller. Außerdem hatte er nur die Wunde an seinem Kopf berühren müssen, und schon war sie verschwunden und ließ mich mit offenem Mund zurück. Das war einfach nur wahnsinnig. Ich glaubte, ich könnte mich niemals an diese Welt gewöhnen. Es war einfach so verrückt und faszinierend zugleich.

Alexander war mir seit unserer letzten Nacht zusammen aus dem Weg gegangen, und Zweifel schlichen sich in mein Unterbewusstsein. Ich wusste, dass es irrational war, aber seine Kälte ließ mich glauben, dass er unsere Nacht für einen Fehler hielt, dass er mich wegen meiner ungewissen Zukunft wegstieß. Konnte ich es ihm verübeln? Nein. Trotzdem schmerzte der Gedanke mehr, als mir lieb war.

Ich schüttelte den Kopf und blätterte eine Seite um.

Wir mussten einen Aufsatz für Theorie der Zaubersprüche schreiben, und ich verzweifelte bereits an der Einleitung. Um ehrlich zu sein, war die ganze Aufgabe ziemlich unfair, weil die meisten aus der Klasse schon viel weiter waren, aber hey, wer war ich schon, dass ich mich beschweren durfte? Ein resigniertes Seufzen kam über meine Lippen. Inzwischen war es schon nach Mitternacht und nur die flackernden Kerzen und mein Nachtlicht leisteten mir Gesellschaft.

Sosehr ich es auch wollte, ich konnte mich nicht auf den langweiligen Text vor mir konzentrieren. Meine Gedanken waren voller Sorgen über die Zukunft, die mir diese ungewollte Macht genommen hatte.

Würde ich meine Freunde, meinen Vater, Mia und Alexander vergessen? Eine Zukunft, in der ich sie nicht erkennen oder gar auf sie losgehen würde, war eine Zukunft, in der ich nicht leben wollte. Punkt. Easy.

Meine Seele war umhüllt von tödlichen Schatten, die mich zu vergiften drohten, mich in die Knie zwingen wollten. Obwohl alle versuchten, mir zu helfen, mich zu unterstützen, fühlte ich mich so allein wie schon lange nicht mehr.

Ausgerechnet Alexander hätte für mich da sein müssen, wenn für ihn nicht alles ein Spiel gewesen war, wie er behauptete.

Ich atmete wütend aus und klappte das Buch mit etwas zu viel Wucht zu. Verdammter Alexander, er war so ein Heuchler. Die typische Vampir-Wut stieg in meiner Brust auf, als ich an seine verlogenen Worte und Versprechen dachte.

Mit einem Schnauben entsperrte ich mein Tablet und scrollte auf der sozialen Plattform, wo mein Name zum Glück nicht mehr im Trend war.

Die Unterrichtsunterlagen der letzten Stunde tauchten auf. Wir hatten ja über die ältesten Vampirfamilien gesprochen, und in der nächsten Lektion ging es speziell um die Preston-Blutlinie und ihren politischen Einfluss.

Ich scrollte neugierig weiter, bis mir ein Bild ins Auge fiel. Vier Personen auf einer gehobenen Veranstaltung, einer von ihnen Alexander. Er und der andere Mann trugen einen eleganten, dunkelblauen Anzug, und die schwarzhaarige Schönheit trug ein hautenges Kleid in der gleichen Farbe.

Keiner von ihnen lächelte. Nein, sie blickten auf einen herab wie Könige.

Unter dem Bild stand »Alexander Preston der Erste mit Frau und Sohn.« Die beiden waren seine *Eltern*? Nein, das konnte doch nicht sein. Sie sahen kaum älter als 35 aus.

Aber dann erinnerte ich mich an das, was ich in der ersten Lektion gelernt hatte – Vampire altern nach 25 Jahren sehr, sehr langsam, auch abhängig davon, wie stark ihre Magie war, wie gut sie sie am Leben erhielt. Das bedeutete, dass seine Eltern eine Naturgewalt waren, um es gelinde auszudrücken.

Ich zoomte in das Bild rein und ein ungutes Bauchgefühl überkam mich. Es war fast so, als hätte ich sie schon einmal gesehen. Sein Vater hatte genau den gleichen Teint, die gleichen hohen Wangenknochen und den gleichen markanten Kiefer wie Alexander. Nur sein Haar war heller, ein aschiges Braun.

Ich betrachtete seine Mutter genauer, und in meinem Kopf läuteten sofort alle Alarmglocken. Ja, ich hatte sie schon einmal gesehen!

Ohne darüber nachzudenken, sprang ich hektisch aus dem Bett, zog mir einen Hoodie und eine Jogginghose an und verschwand im dunklen Flur.

Meine Beine berührten kaum den Boden, so schnell rannte ich zu dem Gemälde, das ich vor Kurzem gesehen hatte.

Und da, eine Abbiegung später, stand ich schon vor dem Bild, das mich fast zu Tode erschreckt hatte – eine junge Frau, Schönheit in Person. Alexanders *Mutter*.

Aber da war keine Botschaft mehr. Es war, als wäre sie weggewischt worden.

Langsam zweifelte ich an meinem Verstand und

befürchtete, dass die Anzeichen des Wahnsinns sich bereits bemerkbar machten. Kryptische Träume aus einer anderen Zeit, einer anderen Welt, Bilder, die mit mir kommunizierten, und dieses seltsame Gefühl in meiner Brust, das nicht mehr wegging?

Das war es – ich wurde verrückt, diese Akademie machte mich offiziell krank. Ich musste so schnell wie möglich von hier verschwinden.

»Komm für mich, Avie. Zeig mir, wie sehr du mich hasst.«

KAPITEL 25

Ich habe dich getötet. Hast du Angst?
Ich habe dich getötet. Hast du Angst?
Ich habe dich getötet. Hast du Angst?

Eine unbekannte, liebliche Stimme wiederholte diese Worte immer und immer wieder in meinem Kopf, bis sie zu einem Echo meines Selbst wurden.

Ich saß in einem Kerker, nur mit einem luftigen, von Dreck und Blut befleckten Kleid bekleidet. Es war stockdunkel und niemand kam, um mir zu helfen; niemand kam, um meinen Schmerz zu lindern. Selbst als meine Schreie das ganze Anwesen erschütterten, griff niemand ein. Ich litt Höllenqualen, wurde gefoltert, gebrochen. Jede Sekunde sehnte ich den Gnadenstoß herbei, wollte dieser Hölle ein für alle Mal entfliehen. Aber meine Gebete wurden nie erhört.

Als ich schlief, hatten sie sich in meinen Verstand geschlichen und meine Seele zerschmettert, und als ich wach war, hatten sie meinen Körper geschändet. Bis nichts mehr übrig war, das man hätte zerschmettern oder schänden können. Ich starb in dieser Zelle. Und mein letztes Wort war *Alexander*.

»Habt ihr es verstanden?«, fragte Penelope Arden, als wir im Halbkreis vor ihr saßen.

Aufgeregtes Gemurmel brach aus und ich schaute nach links und rechts. War ich die Einzige, die komplett verwirrt war?

Heute würden wir lernen, uns selbst zu heilen, aber ihre Methoden waren ... fragwürdig, um es gelinde auszudrücken. Das Verrückte an dieser Unterrichtsstunde – jeder Schüler musste sich in die Oberschenkelarterie stechen und sich selbst heilen, bevor er verblutete. *Wir sind doch nur schwache, verwandelte Vampire, unser Überleben ist nicht so wichtig*, dachte ich verbittert. Ihre klassizistische Mentalität machte mich rasend vor Wut. Aber das war ein Thema für später.

Nicolette ermahnte mich, aufzupassen, und ich richtete meine Aufmerksamkeit wieder auf Penelope, die mich schon die ganze Stunde über sehr seltsam anstarrte. Zwischendrin hatte ich gedacht, dass ich was im Gesicht hatte, bis ich bemerkte, dass es etwas Persönliches war. Ich fragte mich nur, was.

»Also, dann fangen wir mal an. Magda, du zuerst.« Die zierliche Blondine sah aus, als würde sie gleich einen Nervenzusammenbruch haben, als man ihr den Dolch reichte. Das war einfach nur Wahnsinn. Komplett geistesgestört.

Magda holte immer wieder aus, machte in der letzten Sekunde aber wieder einen Rückzieher. Ms. Arden sah sie genervt an und deutete ihr, sich zu beeilen. Die arme Schülerin zitterte am ganzen Leib und Schweiß hatte sich auf ihrer Stirn ausgebreitet. Sie brauchte noch ein paar Anläufe, bis sie es endlich schaffte, die Klinge in ihr Fleisch zu stoßen. Ihr Schrei hallte durch den Saal, und Nicolette zuckte neben mir zusammen. Ich konnte kaum zusehen, so makaber war diese Szenerie. Die Fakultät ekelte mich einfach nur an.

»Ich glaube, mir wird schlecht«, sagte meine Klassenkameradin, und ich klopfte ihr mitfühlend auf die Schulter.

»Gewöhn dich besser dran. Es sind noch sieben Leute vor uns.« Sie schüttelte den Kopf, zog die Knie an die Brust und schlang die Arme darum.

»Ich kann das nicht, heilen Sie mich«, wimmerte Magda, und Ms. Arden verdrehte die Augen.

»Wie sollst du es denn sonst lernen? Streng dich an«, antwortete sie freundlich, aber bestimmt. Ich schnaubte verächtlich. Sollte sie mich doch hören.

Magda fluchte und legte ein letztes Mal eine Hand auf die Wunde. Das Blut rann unbarmherzig an ihrem Oberschenkel hinunter und befleckte den Boden.

Kurz bevor das arme Mädchen zur Seite sackte, bildete sich ein leichter, silbriger Schimmer zwischen ihrer Handfläche und der Wunde. Sie hatte es tatsächlich geschafft, heilende Magie zu beschwören! Mit morbider Begeisterung beobachtete ich, wie sich die hässliche Wunde allmählich schloss, bis das Bein so gut wie neu aussah. Nur der Riss in der Strumpfhose erinnerte noch daran, dass da ein Dolch in ihrem Bein gesteckt hatte. Ich schüttelte mich.

»Wir heilen schnell, aber nicht schnell genug«, fügte Penelope hinzu, während sie die Waffe im goldenen Mittagslicht hin und her schwenkte.

Ehe ich mich versah, wirbelte sie herum und rammte den Dolch direkt in mein Bein. Ich schrie auf, der Schock betäubte mich. Die verrückte Schlampe hatte ernsthaft auf mich eingestochen.

Blut floss meinen Oberschenkel hinunter und sammelte sich in einer Pfütze unter mir. Dann setzte der höllische Schmerz ein.

»Heile dich«, befahl der dunkelblonde Dämon, nachdem er den Dolch aus mir herausgezogen und dabei nicht mal mit der Wimper gezuckt hatte. Ich war mir sicher, dass ich eine Panikattacke bekam. Da waren so viel Blut und so viel Schmerz. Mein Sichtfeld verschwamm und wäre ich nicht so stolz, wäre ich in Tränen ausgebrochen.

Ich versuchte, mich zu konzentrieren, versuchte alles anzuwenden, was wir von ihr gelernt hatten, aber egal wie sehr ich mich anstrengte, das Blut hörte nicht auf zu fließen. »Denk an deine Magie, Mädchen.« *Leichter gesagt als getan, du Bitch,* schrie ich im Geiste.

Ich stellte mir vor, wie silbernes Licht von meinen Fingern ausstrahlte und heilende Wärme in mein

Fleisch eindrang. Aber nichts geschah. Der Schmerz steigerte sich zu einem unerträglichen Inferno.

Konzentriere dich, ermahnte ich mich immer wieder, aber in mir rührte sich nichts.

Ich stellte mir vor, wie sich die Wunde Stück für Stück schloss, wie die Arterie wieder zusammenwuchs und wie sich die Haut regenerierte. Ich stellte mir vor, dass ich nicht sterben wollte. Und da, endlich ein Kribbeln in meinen Handflächen.

Ich hielt an diesem Gefühl fest, während sich meine Seele an die Magie in mir klammerte.

Silbernes Licht erstrahlte aus meinen Handflächen und verschwand in meinen verletzten Oberschenkel, bis die wohlige Wärme mein ganzes Bein erfasste.

Ich spürte, wie sich die Wunde schloss und mein Fleisch heilte.

Mein Herz klopfte so wild, dass ich Angst hatte, es würde mir aus der Brust fallen. Ich hatte es wirklich geschafft. Fuck, ich hatte es *wirklich* geschafft.

Adrenalin breitete sich in meinem ganzen Körper aus, und ich hörte, wie Nicolette erleichtert ausatmete.

»Das war knapp. Erschreck mich nicht noch einmal so«, sagte sie und schlug mir ein wenig zu fest auf die Schulter. Ich rieb mir die Stelle, immer noch geschockt von den letzten Momenten.

Auf einen Schüler nach dem anderen wurde eingestochen oder, mit viel Pech, musste er es selbst tun. Alle hatten mit Ach und Krach den Test bestanden und schließlich waren die zwei Stunden vorbei. Zum Glück. Mein Gewaltpensum war an diesem Tag mehr als gedeckt.

Ab und zu hörte ich Mitschüler, die sich verabredeten, um das magische Heilen zu üben, und ich wollte nicht wissen, welche Methoden sie dabei anwenden würden; ob sie sich tatsächlich in einer unsicheren Umgebung zu Tode stechen würden. Ich schnaubte.

Erst als Penelope uns entlassen hatte und wir sicher waren, dass sie keine weiteren Überraschungsangriffe mehr plante, wagten wir es, aufzustehen. Ich richtete meine Uniform, doch der Riss in meiner schwarzen Strumpfhose war nicht zu kaschieren.

Meine Beine waren wackelig, obwohl mein Körper wie neu war. Dennoch saß der Schreck tief, und ich ertappte mich dabei, wie ich meine Hände zu Fäusten ballte, damit das leichte Zittern nicht auffiel.

»Magie zu benutzen, macht mich so durstig. Hast du –« Nicolette brach abrupt ab. Ich schüttelte nur den Kopf, denn ich wusste, worauf sie anspielte. In den letzten Tagen hatte ich immer nur kleine Häppchen zu mir genommen und konnte das Essen kaum in mir behalten.

Blut zu trinken, stand immer noch auf meiner negativen To-do-Liste. Ich war nicht bereit, würde es nie ganz sein. Vielleicht wollte ich mir einfach nicht eingestehen, was ich war und wie mein Leben jetzt aussah, aber so lange ich es hinauszögern konnte, tat ich es. Auch wenn das Brennen mich praktisch umbrachte.

»Ich gehe in die Bibliothek, um weiter zu recherchieren«, erwiderte ich schließlich. Sie wusste nicht genau, was vor sich ging, aber ich hatte eine dunkle Vorahnung, dass sie schon vermutete, dass etwas nicht stimmte. Ich wollte nur nicht, dass sie in mein ganzes

Drama hineingezogen wurde. Sie verdiente die ganzen Sorgen nicht, hatte ihren eigenen Kram, um den sie sich kümmern musste.

Zwei schwarze Kaffees später war ich über einen dicken Wälzer über die Geschichte von Elyanne gebeugt, aber meine Augen suchten nur nach den drei bekannten Namen der Hüterinnen des Schicksals. Es war so verdammt schwer, etwas Brauchbares über sie herauszufinden, dass ich befürchtete, mein Geduldsfaden würde reißen. Viel fehlte da nicht mehr.

Außerdem musste ich mich von Alexander und seiner kalten Schulter ablenken. Seine Zurückweisung tat auf eine Weise weh, die mir neu war, und das Band in meiner Brust schmerzte ebenso sehr wie der Liebeskummer.

Das Vibrieren meines Tablets holte mich aus meinen nichts bringenden Gedanken. Wenn man vom Teufel sprach ...

UNBEKANNT:

Wo bist du?

Ich überlegte, ob ich seine Nachricht einfach ignorieren sollte. Aber das wäre sinnlos; er würde mich sowieso finden. Mit einem genervten Stöhnen öffnete ich den Chat. Fucking Preston.

AVERY JAMES:

Bibliothek.

UNBEKANNT:

Brauchst du Hilfe?

Natürlich, aber nicht deine, dachte ich bei mir.

AVERY JAMES:

Nein, ich komme allein zurecht.

Ein paar Minuten vergingen ohne eine Antwort, doch dann meldete er sich erneut bei mir.

UNBEKANNT:

Ich komme.

Ich rollte verärgert mit den Augen. Alexander war der letzte Mensch, den ich im Moment sehen wollte. Er hatte sich im Gegenzug auch nicht wirklich die Mühe gemacht, mich aufzusuchen. Wieso sollte ich ihn dann mit offenen Armen willkommen heißen?

Ich klappte das Buch zu, um es zurück ins Regal zu stellen und nach einem anderen zu suchen, das mir weiterhelfen könnte. Ich wanderte zwischen den Bergen von Wälzern umher und fuhr mit den Fingern über die ledrigen Buchrücken, wünschte mir, dass mir das passende Buch einfach in den Schoß fallen würde. Aber so viel Glück hatte ich nicht.

»Irgendetwas Interessantes?«, fragte Alexander plötzlich hinter mir, und ich schreckte auf. Ich war so in meine Gedanken vertieft gewesen, dass ich sein Kommen nicht bemerkt hatte. »Nein.« Ich seufzte. »Alles, was ich herausgefunden habe, weiß ich bereits von Leilah.« Er nickte, seine Gedanken eindeutig woanders.

»Sie hat mir von eurer Entdeckung erzählt«, fügte er hinzu. *Ja, und du hast an keinem unserer Treffen teilgenommen*, dachte ich mir, und mein Kiefer spannte sich schmerzvoll an.

»Es ist einen Versuch wert.« Ich konnte mich nicht dazu durchringen, mehr zu sagen, aus Angst, mir selbst zu große Hoffnungen zu machen. Desinteressiert wandte ich mich von ihm ab und schaute durch eine Lücke im Bücherregal auf die mittlerweile fast leere Bibliothek. Einige Schüler saßen an langen Tischen und schrieben etwas in ihre Hefte oder spielten auf ihren Tablets. Keiner beachtete uns.

»Ich werde dich wissen lassen, ob es geklappt hat«, erwiderte ich bissig. Alexanders kühle Maske bröckelte, und er machte einen Schritt auf mich zu. Ich versteifte mich durch seine plötzliche Nähe.

»Was meinst du?« Ich schüttelte den Kopf.

»Es ist nicht wichtig. *Nichts* ist wichtig.« Ich wollte ihm gerade wieder den Rücken zuwenden, da packte er mich am Arm. Der Vampir in mir erwachte – meine Instinkte schalteten in den Überlebensmodus. Mein

Schutzschild fuhr aus, zerbröckelte aber beim Kontakt mit seinem Körper. Der Bastard war gut.

Alexander legte den Kopf schief und presste die Lippen aufeinander, als müsste er ein Lachen unterdrücken. Für ihn war das alles anscheinend ein großer Spaß.

»Die letzten Wochen waren die Hölle für mich gewesen, und du hast es nicht für nötig gehalten, dich uns anzuschließen. Mach dir nicht die Mühe.« Meine Stimme war lauter, als ich beabsichtigt hatte. Er machte eine knappe Bewegung aus dem Handgelenk, und Magie legte sich über uns – eine unsichtbare Blase. Noah hatte versucht, mir zu erklären, wie sie funktionierte, aber ich hatte bereits bei der Hälfte der Einleitung aufgehört, mitzukommen.

»Glaube mir, ich hätte dir liebend gerne geholfen.« Er atmete schwer aus. »Aber es ist besser, wenn ich auf Abstand bleibe.« Ich schnaubte und strich mir die Haare aus dem Gesicht. Das war offensichtlich eine Lüge, ich konnte es in seinen Augen sehen.

Wut kochte aufgrund seiner Verblendung in mir hoch.

»Auf Abstand bleiben? Bist du auf Abstand geblieben, als du mich das erste Mal geküsst hast, als du mich das erste Mal *gefickt* hast?« Meine Stimme wurde noch lauter, bis ich fast schrie. »Bist du auf Abstand geblieben, als du mich gebissen hast? Oder als du mir das Klavier geschenkt hast? Bist du auf Abstand geblieben, als du die Nacht mit mir verbracht hast? Hat es dir Spaß gemacht, mich wieder zu verarschen?« Die Worte sprudelten nur so aus mir heraus und ich war voller aufgestauter Frustration, die irgendwann sowieso hochgekocht wäre.

»Das ist nicht –« Ich unterbrach ihn, bevor er fortfahren konnte.

»Bin ich kein gutes Spielzeug mehr für dich? Bin ich zu kaputt? Du hast mich fallen gelassen, mich im Stich gelassen, als ich dich am meisten brauchte«, fuhr ich weiter fort und versuchte, die Tränen zu unterdrücken. »Ich habe dir alles gegeben, alles, und du hast dich von mir abgewandt.« Alexanders Augen loderten vor Wut, vor Hass. Aber nicht auf mich, nein, diese Wut war auf ihn selbst gerichtet. Gut so. Sollte es auch sein. Ich für meinen Teil war verdammt außer mir.

»Du bist eine Närrin, wenn du diese Dinge glaubst.« Er machte einen Schritt auf mich zu. »Es gab keine Minute, in der ich nicht an dich gedacht habe, in der ich mir keine Sorgen um dich gemacht habe. Verstehst du nicht, dass meine bloße Anwesenheit dich umbringen könnte?« Er schnaubte. »Es war egoistisch von mir, dir nahezukommen, aber ich bin das Risiko eingegangen. Sieh nur, wohin es uns gebracht hat!« Ich ballte meine Hände zu Fausten. »Sag nicht, ich hätte dich ausgenutzt, wenn ich dir nur etwas Freiraum geben wollte.«

Jetzt war ich es, die einen Schritt auf ihn zuging, mein Blick unnachgiebig.

»Ich will deinen Freiraum nicht, Alexander«, zischte ich, meine Stimme tödlich. Er fuhr sich mit einer Hand durch das Haar.

»Was willst du dann?«, fragte er mit immer noch erhobener Stimme, und doch schwang ein Hauch von

Resignation in seinen Worten mit. Ich stöhnte verärgert auf. War er so dämlich?

»Deine verdammte Seele«, brüllte ich ihn an.

Alexander verringerte die Distanz zwischen uns, und mein Herz blieb einen Moment lang stehen. Seine Finger krallten sich in meine Locken, und er riss meinen Kopf zurück, damit er mir in die Augen sehen konnte.

»Du hast sie schon, jedes abgefuckte Stück. Sie ist dein«, knurrte er.

Mir blieb der Mund offen stehen. Ich versuchte, mich aus seinem Griff zu befreien, aber er ließ mich nicht los. »Zwing mich nicht, etwas zu sagen, das uns beide den Kopf kosten könnte.«

Das uns beide den Kopf kosten könnte ... was zur Hölle meinte er damit? O Gott, ich hatte genug von ihm und seinen kryptischen Worten. Ich wollte ihn nie wiedersehen.

»Ich hasse dich«, spuckte ich ihm entgegen, und er schnalzte mit der Zunge.

»Du warst schon immer eine miserable Lügnerin, Liebes.«

Ich wurde herumgewirbelt und landete mit dem Rücken an der nächsten Wand, mein Körper von der Außenwelt abgeschnitten.

»Scheiße, hast du mich erschreckt.« Seine Hände, jeweils parallel zu meinem Kopf an der Wand abgestützt, schlossen mich ein, und ich konnte nirgendwo hin, konnte ihm nicht entkommen. Nicht, wenn einer der mächtigsten Vampire vor mir stand.

Der Adrenalinschub und seine Nähe ließen mich

alle möglichen Dinge fühlen, die in diesem Moment mehr als unpassend waren.

»Ist das so?«, flüsterte er so nah an meinem Ohr, dass ich seinen Atem auf meiner Haut spüren konnte.

Ich nickte, machte aber keine Anstalten, mich von ihm zu lösen. Sein Körper drückte sich an meinen, und ich spürte jede seiner Konturen. Besonders seinen …

Ich atmete scharf ein.

»Habe ich dir jemals gesagt, wie exquisit du in dieser Uniform aussiehst, besonders wenn du wütend bist? Es macht mich irgendwie an.« Seine Hand wanderte an meiner Taille entlang zu meiner Hüfte und hinterließ Flammen der Begierde. *Konzentrier dich, Avery*. Das war ganz sicher nicht der Moment, um schwach zu werden.

»Was willst du?« Ich war immer noch stinksauer auf ihn, und seine Gefühlsschwankungen verursachten mir ein Schleudertrauma.

»Oh, mir fallen da ein paar Dinge ein. Viele davon können wir gleich hier und jetzt machen.« Mein Puls beschleunigte sich.

»Träum weiter«, entgegnete ich und rollte mit den Augen, woraufhin er mir eines seiner legendären schiefen Lächeln schenkte.

»Jede Nacht.« Alexanders Hand wanderte zu meinen Brüsten und er öffnete quälend langsam die ersten beiden Knöpfe meiner Bluse.

»W-was machst du da?«, zischte ich, aber schob seine Hand nicht weg. Nein, ich war wie erstarrt.

»Ich sorge dafür, dass du dich besser fühlst. Du siehst so angespannt aus, Liebes.« War das sein fucking ernst? Ich schüttelte den Kopf, doch bevor ich etwas erwidern konnte, war seine raue Hand bereits unter den dünnen Stoff gerutscht und umfasste eine meiner Brüste. Ein tiefer Laut kam aus seiner Kehle.

»Die letzten zwei Wochen waren die Hölle für mich gewesen«, flüsterte er und sagte es mit einer solchen Ehrlichkeit, dass ich es fast selbst glaubte.

»Hör auf mit diesen Spielchen.« Für eine weitere Runde hatte ich keine Kraft mehr.

»Keine Spielchen«, hauchte er und küsste meine Schläfe. Sein Atem roch nach Minze und sein Parfüm umhüllte meine Sinne und verführte meine Seele.

»Sie könnten uns sehen«, war das Einzige, was ich erwiderte. Panisch blickte ich von links nach rechts, aber alles, was ich erhaschen konnte, waren Bücher. Das Rascheln von Blättern oder das Geräusch von Stiften auf Papier ertönte im Hintergrund, und ich hatte Angst, jemand könnte unser *Zusammentreffen* bemerken. Wenn nur einer von ihnen vorbeikommen würde …

»Ist das nicht der spannende Teil?« Er nahm meinen Nippel zwischen die Finger, und ich schnappte nach Luft. Mein verräterischer Körper lehnte sich an seine Berührung, an ihn, und ich spürte, wie hart er für mich war. Einen Moment lang war ich versucht, über seine Länge zu streichen, aber ich wollte ihm diese Genugtuung nicht geben. Er musste schon drum kämpfen.

»Macht es dich nicht feucht, wenn du weißt, dass andere uns sehen könnten?« Seine Lippen strichen über meinen Kiefer und ich schüttelte den Kopf.

»Lass mich mal sehen.« Alexanders Finger wanderten meine zitternden Oberschenkel hinauf und rissen die schwarze Strumpfhose genau zwischen meinen Beinen auf. Ein Schauer lief mir über den Rücken, als ich die kalte Luft auf meiner erhitzten Haut spürte.

»Fuck«, murmelte ich, als er quälend langsam einen Finger in mich gleiten ließ.

»Genau, wie ich dachte. Aber überzeug dich selbst.« Er strich mit dem feuchten Finger über meine Unterlippe und schob ihn dann in meinen Mund. Mein Geschmack breitete sich auf meiner Zunge aus, und ich schluckte.

»Willst du, dass ich weitermache?«, fragte er und küsste mich auf den Mundwinkel. Schon diese kleine, unschuldige Geste ließ mich erbeben.

Aber ich erwidere nichts. Er kannte die Antwort bereits, und ich war zu stolz, sie auszusprechen.

Alexanders Finger wanderten zurück zu der Stelle, an der ich sie so dringend brauchte. Er stieß einen in mich hinein und ich konnte ein Stöhnen nicht unterdrücken.

»Sei so laut du willst, Liebes. Niemand kann dich hören«, versicherte er mir, und ich schloss meine Augen und konzentrierte mich darauf, nicht in seinen Armen ohnmächtig zu werden.

»Öffne sie. Ich möchte, dass du mich ansiehst, wenn ich dich zum Kommen bringe.« Mit seinem Daumen umkreiste er meine empfindlichste Stelle und ich spreizte meine Beine noch weiter, um ihm besseren Zugang zu gewähren. Ich spürte sein Lächeln an meinem Hals, als er ihn auf und ab küsste und über meine überempfindliche Haut leckte.

»Schneller«, brachte ich hervor und er gehorchte, stieß rein und raus, während seine Reißzähne über meinen Puls kratzten. Eine neue Welle der Lust überschwemmte mich. Ich spürte, wie ich ihm meine Kehle offener präsentierte.

Ein dunkler, tief verborgener Teil von mir wollte, dass er seine Reißzähne in mir versenkte, aus mir trank und die Ekstase entfesselte, die ich an Halloween gespürt hatte. Ein anderer Teil von mir wollte dieses Verlangen verdrängen.

»Komm für mich, Avie. Zeig mir, wie sehr du mich hasst.« Ich spürte, wie meine Erregung an meinen Schenkeln hinunterlief. Ein kehliger Laut entwich ihm bei dem Geräusch, das seine Finger erzeugten, als sie in mich glitten.

Er verstärkte den Druck seines Daumens und ich zersprang in tausend Teile, sein Name auf meinen Lippen wie ein Gebet. Sterne tanzten vor meinen Augen und ich lehnte meinen Kopf zurück gegen die kühle Wand, ritt auf der Welle, die meinen ganzen Körper zum Beben brachte.

Alexander zog seine Finger zurück, leckte darüber und schloss die Augen.

»Ich liebe es, wie du schmeckst«, flüsterte er, bevor er meinen Rock zurechtrückte und sich von mir entfernte. Mein Blick fiel auf seine Härte, die sich deutlich an seiner eleganten, dunklen Hose abzeichnete. Wenn ich ihn nicht so hassen würde, hätte ich ihn am liebsten zu mir gezogen und ihn tief in meinen Mund genommen. Aber ich war noch immer wütend, auch wenn ich wegen ihm mitten in der Bibliothek so heftig gekommen war, dass mir der Kopf schwirrte. Verdammter Preston.

Nein, dieser Streit war noch nicht vorbei, und ich hätte ihm am liebsten das selbstgefällige Grinsen aus dem Gesicht geprügelt.

Reg dich ab, flüsterte die vernünftige Stimme in meinem Kopf, und ich rollte mit den Augen. *Ja, und du kannst mich auch mal.*

»Falls du wieder Dampf ablassen willst, weißt du ja, wo du mich findest. Aber wegen New Orleans muss ich –« Bevor er den Satz beenden konnte, trat ein vertrautes Gesicht hinter ihm hervor und er wich einen Schritt zurück.

»Avery, geht es dir gut? Du bist ganz zerzaust und rot im Gesicht«, brabbelte Nicolette, während sie mich von oben bis unten musterte. Ihr Blick wanderte zu Alexander, und sie warf ihm einen finsteren Blick zu, dachte bestimmt, er hätte mich irgendwie provoziert oder beleidigt. »Ist hier alles in Ordnung?«

Sie sah zwischen uns hin und her und ihre Augen verengten sich.

Ich nickte.

»Lieber würde ich mich dem lodernden Höllenschlund stellen, als auch nur einen weiteren Moment in deiner verachtenswerten Gesellschaft zu verbringen«, zischte ich Alexander an und sein Grinsen wurde breiter.

»Da ist sie ja.« Er verschränkte die Arme. »Ich dachte fast, ich hätte sie verloren.«

Nicolette fühlte sich sichtlich unwohl, wie sie ihr Gewicht von einem Bein auf das andere verlagerte, und ich beschloss, sie von ihrem Elend zu erlösen. Mit einem letzten zornigen Blick drehte ich mich um und zog sie mit mir mit.

»Hast du gerade wirklich so mit Mr. Preston gesprochen?«, fragte sie ungläubig, und ich schnaubte.

»Mr. Preston kann mich am Arsch lecken.« Meine Klassenkameradin hielt sich die Hand vor dem Mund, um ihr Lächeln zu verbergen.

»Ich wette, das kann er gut.« Ich verschluckte mich fast an meiner eigenen Spucke, und ein hysterisches Lachen entwich meinen Lippen.

»Nico, so dreckige Gedanken? Leilah hat dich verdorben.« Ihre rosa Wangen nahmen einen tieferen Ton an.

»Oh, hör doch auf, mich zu ärgern.« Ich schüttelte nur den Kopf, während ich meine Sachen packte. »Lass uns gehen, es ist schon spät.«

KAPITEL 26

Nicolette und ich hatten einen kleinen Zwischenstopp eingelegt, weil sie unbedingt Waffeln mit Schlagsahne haben wollte. Nachdem wir uns verabschiedet hatten, machte ich mich allein auf den Weg in mein Zimmer. Mein Rücken schmerzte vom stundenlangen Sitzen und ich konnte es kaum abwarten, ins Bett zu gehen.

Ich summte gedankenverloren den Refrain eines der Lieder der Sängerin, die manchmal in New Orleans auftrat, mit. Vielleicht hatte die Situation ja doch etwas Gutes und ich würde sie eines Tages live singen hören. Ein paar Schritte später vernahm ich einen fremden Herzschlag in meinem Zimmer und wappnete mich für das Schlimmste. Ich tauchte tief in meine Magie ein und hielt mich an dem silbernen Licht fest. *Nur um auf Nummer sicher zu gehen*, sagte ich mir. Mit Überschallgeschwindigkeit riss ich die Tür auf, nur um erleichtert auszuatmen.

»Wirst du jetzt zum Stalker, Professor?«, fragte ich, und er schenkte mir ein schiefes Lächeln.

Ich stellte meine Umhängetasche ab und konzentrierte mich wieder auf Alexander, der gerade auf meinem Bett saß und mich von oben bis unten musterte, als hätte er mich nicht schon vor einer halben Stunde gesehen.

»Wir sollten über New Orleans reden. Ich wollte das Thema ansprechen, bis deine kleine Freundin uns unterbrochen hat. Sie zeigt ein verstörendes Maß an Interesse für meine ... Fertigkeiten, wenn ich ehrlich sein soll.« Ich unterdrückte ein Lachen. Wenn Nicolette das nur hören würde, sie würde im Boden versinken.

»Dann rede«, forderte ich, bevor ich meine Jacke, Stiefel und die im Schritt zerrissene Strumpfhose auszog. Alexander räusperte sich.

»Die Stadt ist gefährlich. Zu viele Hexenjäger.« Ich hob eine Augenbraue. *Hexenjäger?* Was für andere verdammte Kreaturen gab es denn noch? »Und sie sind Vampiren gegenüber nicht gerade freundlich gesonnen. Schließlich teilen wir fast dasselbe Blut.« Bei dem Wort drehte sich mir der Magen um.

»Unsere Möglichkeiten sind begrenzt.« Meine Miene verhärtete sich. »Und ich weiß nicht, wie lange ich noch ich selbst sein werde.« Ein tödlicher Schatten huschte über Alexanders Gesicht und seine Augen verfinsterten sich.

»Ja, vielleicht, aber euer Ausflug könnte auch ein Selbstmordkommando sein.« Ich schaute ihn grimmig an.

»Dafür, dass du uns die kalte Schulter zeigst, bist du ziemlich besorgt um unser Überleben.« Er rollte mit den Augen.

»Ich habe euch nicht die kalte Schulter gezeigt, es ist nur ...« Er holte tief Luft. »New Orleans ist einfach zu gefährlich. Belassen wir es dabei.«

Ich verschränkte die Arme wie ein trotziges Kind.

»Du könntest ja mitkommen, wenn dir was an meiner geistigen Gesundheit liegt. Du weißt schon, die ganze Sache mit dem verrückt werden, dem Vergessen?« Er erstarrte, sein Gesicht blass. Mit zusammengekniffenen Augen machte ich ein paar Schritte auf ihn zu.

»Es sei denn ... du willst dein Leben nicht an unserer Seite riskieren.« Er rang nach Worten, aber jedes von ihnen blieb ihm im Halse stecken. Es war fast so, als würde er an den ungesagten Sätzen *ersticken*. Furcht überkam mich.

»Ich kann nicht«, brachte er schließlich atemlos hervor. Ich hatte ihn noch nie stottern gehört, und diese Version beunruhigte mich zutiefst. Irgendetwas stimmte nicht. Ich konnte es in seinen Augen sehen.

»Geht es dir nicht gut?« Ich legte den Kopf schief. Äußerlich sah er aus wie immer, mit seinem Professorenoutfit und dem ganzen Getue.

»Doch, mir geht es gut. Ich kann nur ... nicht.« Er fasste sich an den Hals, als würde etwas extrem jucken, als würde eine Kette zu eng sitzen.

»Du kannst nicht. Na schön. Aber verlange nicht von mir, dass ich die einzige Chance wegwerfe, die ich habe. Ich wünschte nur, die Last läge nicht allein auf meinen Schultern. Ich bin es leid, immer alles unter Kontrolle haben zu müssen.«

»Es tut mir leid. Ich würde dir gerne sagen, warum ich nicht kann, aber … ich … kann … einfach nicht.« Wieder griff er sich an die Kehle. Es war fast so, als ob sein Körper gegen die Worte ankämpfte, die er mir zu sagen versuchte.

Die Rädchen in meinem Kopf begannen sich zu drehen, aber ich konnte mir keinen Reim darauf machen und bevor ich weiter darüber nachdenken konnte, stand er mit gequältem Blick vor mir.

»Du musst nicht immer die Kontrolle haben, weißt du?« Seine Finger strichen über meinen Wangenknochen. Ich wich nicht zurück, aber ich schmiegte mich auch nicht in seine Berührung. »Du bist so verdammt stark, auch ohne diese Maske.« Ich schüttelte den Kopf.

»Manchmal denke ich, diese Maske ist alles, was von mir übrig ist.« Alexanders Lippen streiften meine Stirn, und meine Schultern entspannten sich ein wenig.

»Ich würde es wissen, wenn nichts mehr von dir übrig wäre«, flüsterte er, seine Stimme tief und rau.

»Du kennst mich doch kaum«, wandte ich seufzend ein.

»Ich kenne dich besser, als du denkst. Du und ich, wir sind gleich.« Schließlich, als ob mein Körper nicht länger dagegen ankämpfen konnte, schlang ich meine Arme um seine Mitte und genoss das Gefühl seines Körpers. Seine Muskeln waren angespannt, und sein Herz klopfte wild gegen meine Wange.

»Und jetzt sei ein braves Mädchen und leg dich hin, während ich die Kontrolle übernehme.« Mein Kopf schoss hoch, verwirrt von seinen Worten. Bevor ich protestieren konnte, trafen seine Lippen auf meine, und die Welt um mich herum brach zusammen. Seine Zunge fand meine und ich konnte schwören, dass ich das Paradies schmeckte.

Alexander hob mich hoch und setzte mich auf die weiche Matratze, bevor er meine Bluse aufknöpfte und sie mir auszog. Dann landete auch der BH auf dem Boden. Ich lehnte mich zurück, damit er den Reißverschluss meines Rocks öffnen konnte. Viel zu langsam zog er auch meinen Slip aus, und einen Moment später lag ich nackt unter ihm, und seine strahlend blauen Augen wanderten über jeden Zentimeter meines Körpers. Ich erschauderte unter seinem intensiven Blick. Es war, als würde er mich wieder zum ersten Mal betrachten, mich fühlen.

»Du bist schöner als alles, was ich je gesehen habe.« Ich spürte, wie mir eine leichte Röte in die Wangen stieg, konnte meinen Blick jedoch nicht von ihm abwenden. Wer wusste schon, wie viel Zeit mir noch für solche Momente blieb?

Mit einer fließenden Bewegung zog er sein Hemd aus, worauf sein nackter Oberkörper vom Mondlicht erhellt wurde. Alexander sah aus wie ein Todesengel, und ich hätte alles dafür gegeben, mit ihm zu sündigen.

Er murmelte etwas Unverständliches, etwas in einer anderen Sprache und unsichtbare Ketten schlossen sich um meine Handgelenke und hielten meine Arme über meinem Kopf in Position. Es war fast so, als hätte er mich persönlich an das Kopfteil des Bettes gefesselt. O Gott ...

Angst machte sich in mir breit, und meine Brust zog sich zusammen. Selbst wenn ich wollte, ich hätte mich niemals aus dieser Magie befreien können. Unmöglich.

»Vertraust du mir?« Mein Mund fühlte sich plötzlich viel zu trocken an. Aber trotz der Alarmglocken in meinem Kopf nickte ich.

Er knöpfte seine tief sitzende, elegante Hose auf und streifte sie ab. Meine Augen verfolgten gierig jede seiner Bewegungen. Es wäre eine Qual, ihn nicht berühren zu können.

Dann widmete er sich wieder meinem Körper. Alexander spreizte meine Beine und schob sich dazwischen, während seine Zunge meine Nippel liebkoste. Ein raues Stöhnen entkam mir und ich wölbte mich ihm entgegen, musste mehr von ihm spüren.

Seine Finger fanden ihren Weg zwischen meine Beine, dorthin, wo ich sie am meisten brauchte, und ein zufriedenes *Mhh* kam über meine Lippen.

»So feucht für mich und ich habe noch nicht einmal angefangen«, murmelte er. Quälend langsam ließ er zwei Finger in mich hinein und wieder hinaus gleiten, bis ich ihn beinahe anflehen wollte, schneller zu werden. Ich hielt seine bittersüße Tortur nicht mehr lange aus, vor allem weil ich *ihn* nicht berühren konnte. Nicht so, wie ich es wollte.

Seine Küsse bahnten sich ihren Weg nach unten, bis ich seinen kitzligen Atem auf meinem Bauchnabel spürte. Alles war viel intensiver, wenn meine Hände gefesselt waren. Ich konnte nichts tun, als stille Zuschauerin zu sein, mich von seinem Körper berieseln lassen. Und genau das brauchte ich mehr denn je.

Alexanders Zunge glitt über meine Klit, und ich stöhnte heiser auf, drängte mich ihm entgegen, brauchte seine Berührung. Gott, es fühlte sich so richtig an, so echt.

Er saugte daran, bevor er seine Zunge tief in mir vergrub. Ich schrie vor Lust auf. *Mehr, mehr, mehr*.

Bevor ich auch nur annähernd kommen hätte können, richtete er sich auf, sein Blick voll unbändigem Feuer.

»Hast du Hunger?«, fragte er mit glänzendem Kinn. Ich verstand nicht.

»Warum fragst du?« Meine Haut fühlte sich viel zu kalt an, ohne Alexanders Kopf zwischen meinen Beinen.

»Ja oder nein?« Er sah mich eindringlich an und suchte in meinen Augen nach etwas, das nicht da war. Sollte ich auf cool tun oder ihm die Wahrheit erzählen? Ich entschied mich schließlich für Letzteres.

»J-ja.« Ein Lächeln huschte über sein erhitztes Gesicht, als ob er sich diese Antwort herbeigewünscht hatte.

»Öffne deinen Mund, Liebes.« Bevor ich begriff, was er vorhatte, versenkte er die Reißzähne in sein Handgelenk, seine Knie jeweils rechts und links von meiner Hüfte platziert.

»Was tust du da?«, fragte ich fast panisch, konnte meinen Blick aber nicht abwenden.

»Vertrau mir.« Überraschenderweise erfüllte der Geruch seines Blutes sofort den Raum, aber er roch nicht wie das des Menschen und auch nicht wie das meiner Klassenkameraden. Es machte einen auch nicht wahnsinnig, machte einen nicht unberechenbar. Sein Blut roch wie pure Sünde, mein Lebenselixier. Als ob es nur für mich gemacht war.

Ich hatte genau eine Sekunde Zeit, um zu entscheiden, ob ich diesen Schritt wagen wollte, ob ich wirklich meinem inneren Monster nachgeben wollte. Es war kein menschliches Blut, aber der Akt blieb derselbe.

Hier ging es um viel mehr als nur ums Trinken. Es ging darum, Alexander als meine Liebe, mein Schicksal zu akzeptieren. Mein Gefühl sagte mir, dass dieser Moment intimer war als alles, was wir je zuvor miteinander geteilt hatten.

Also öffnete ich meinen Mund und ließ sein Blut auf meine Zunge tropfen.

Der Geschmack war überwältigend, nicht von dieser Welt. Ich hatte sein Blut schon einmal getrunken, als ich gerade von den Toten auferstanden war, aber dieses Mal war es anders. Es schmeckte wie die teuflischste Versuchung, Verführung und Ewigkeit. Sein Blut rüttelte jede schlafende Zelle in mir wach, und ich konnte klarer sehen, klarer riechen und klarer hören. Es war fast so, als wäre ich aus einem Koma erwacht. Ich dachte, meine Sinne hätten bereits ihr volles Potenzial erreicht, aber nur ein Tropfen von Alexanders Blut bewies mir das Gegenteil.

O Gott, wie hatte ich nur so lange ohne auskommen können? Erst jetzt wurde mir bewusst, wie ausgetrocknet ich gewesen war. Ich hatte mich nicht nach irgendeinem Blut gesehnt, sondern nach *seinem*.

»Mehr«, keuchte ich und leckte mir über die

Lippen, wobei ich meine Zunge an den Reißzähnen aufkratzte.

»Schon so gierig?« Er lachte, tief und rau. *Verdammt, ja.*

Bevor ich etwas antworten konnte, hatte er sich bereits tief in mir versenkt. Sein Blut hatte meinen ganzen Körper in ein Nervenbündel verwandelt. Jede Berührung war zehnmal intensiver, und mein Herz pochte so heftig, dass ich es im ganzen Körper vibrieren spürte.

Er nahm ein gnadenloses Tempo auf, schnell und hart. Die Art, wie Alexander mich fickte, hatte nichts Menschliches an sich. Nein, dieses Mal hatte der Vampir die Kontrolle übernommen. Die Art, wie er meine Schenkel auseinanderdrückte, wie er mich mit voller Kraft bearbeitete, war nicht liebevoll, sondern gierig.

Vor mir kniete ein Raubtier, und ich war die Beute. Hitze schoss mir durch die Wirbelsäule und meine Muskeln verkrampften sich um seine Länge. Nur noch ein bisschen mehr und ich würde kommen.

Er biss sich wieder, aber diesmal nahm er selbst einen großen Schluck. Mit morbider Faszination verfolgte ich jede seiner Bewegungen, während er meinen G-Punkt im perfekten Winkel massierte.

Alexander nahm mein Gesicht zwischen seine Finger und drückte auf meine Wangen, sodass ich gezwungen war, meinen Mund zu öffnen.

»Hier hast du noch mehr.« Er ließ das Blut aus seinem Mund in meinen fließen wie Wein, und o Gott, es machte mich an wie nichts anderes.

Seine Lippen fanden meine und ich spürte sein hinterhältiges Lächeln.

Viel zu schnell zog er sich aus mir heraus, und ich sah ihn irritiert an, bevor er mich wie eine Feder herumwirbelte und ich auf meinen Knien und Ellbogen landete, seine Magie um meine Handgelenke immer noch fest an Ort und Stelle.

Ich spürte, wie sich die Matratze hinter mir bewegte und dann ... oh mein Gott.

Ich holte scharf Luft.

»Was tust du da?«, fragte ich mit zittriger Stimme.

Er antwortete nicht, sondern schob seinen Daumen in meinen Hintern, nur ein wenig, und doch schickte es Schockwellen durch meinen Körper und direkt zwischen meine Beine.

»Fühlt sich das gut an?« Scheiße, ich wusste es nicht. Mein ganzer Körper war wie elektrisiert. Sein Daumen schob sich tiefer hinein, und ein kehliges Stöhnen entkam mir.

»Ich schätze, das ist ein Ja.« Ich spürte, wie zwei weitere Finger in meine Pussy glitten, und konnte nicht anders, als mich gegen seine Berührung zu lehnen und meine Hüften so zu bewegen, wie ich es am dringendsten brauchte.

»Fuck, was für ein verruchtes, kleines Monster. So gefesselt, könnte ich alles mit dir anstellen, weißt du das? Ich könnte dich zu meiner Hure machen und du könntest nichts dagegen tun.« Verdammt, so hatte er noch nie mit mir gesprochen, und doch brachten mich diese Worte fast um den Verstand.

Ein ganz neues Spektrum von Gefühlen setzte sich

in meinem Kopf fest, während sein Name ein ständiger Begleiter auf meinen Lippen war.

»Du weißt nicht, wie sehr ich dich verehre, Avery, jeden Zentimeter deines Körpers und jeden Teil deiner verdammten Seele.«

Alexander packte mich am Bauch und zog mich aufrecht, mein Rücken an seine Brust gepresst. Die unsichtbaren Ketten hatten sich mit uns bewegt, und jetzt schien es, als hingen sie von der Decke.

Er verschwendete keine Zeit, sondern beanspruchte mich mit einem harten Stoß, der mich aufschreien ließ.

Alexander packte mich an der Kehle, während die andere Hand wieder zwischen meine Beine wanderte. Er wusste genau, was mein Körper gerade wollte.

»Beiß mich«, forderte ich atemlos, und er erstarrte für den Bruchteil einer Sekunde, bevor sein Tempo noch unerbittlicher wurde.

»Bist du sicher?« Er klang überrascht über meine Forderung, aber definitiv nicht abgeneigt. Nein, er klang so heiß darauf, wie auf meinen Körper selbst.

»Ja, fuck, tu es«, drängte ich und lehnte meinen Kopf zur Seite, um ihm perfekten Zugang zu verschaffen.

Mein ganzer Körper bettelte nach seinen Zähnen in mir, nach dem Adrenalin, das ich damals im Wald gespürt hatte, als er vor mir gekniet hatte. Ich brauchte es.

Dann versenkte Alexander seine Reißzähne in meinem Hals und ich dachte, ich würde vor Ekstase sterben.

Sterne tanzten durch meine Adern und der Faden in meiner Brust glühte in den hellsten Blau- und Grüntönen. Ich ließ einen mentalen Finger drüberfahren und spürte, wie Alexander hinter mir erschauderte.

Sein Stöhnen an meiner Kehle hallte durch meinen pulsierenden Körper und ich war mir sicher, dass mein Herz aufgehört hatte zu schlagen. Ein Wirbelsturm der Lust fegte durch meine Brust, und alles in mir verkrampfte sich. Ich hatte noch nie ein solches Hochgefühl erlebt und wollte nie wieder daraus erwachen. Ich fühlte mich, als wäre ich in diesem Moment gestorben und wiedergeboren worden. Es gab nur Alexanders Mund auf meiner Haut und seinen Schwanz in mir, der im Rhythmus meines Herzschlags pulsierte.

Er verstärkte den Druck seines Daumens auf meiner Klit, während er mich von hinten fickte, als wäre es das letzte Mal. Und dann fiel ich, wie ich noch nie gefallen war.

Keine Sekunde später folgte er mir in den Abyss. Ich spürte, wie er mich ausfüllte, wie er in mir pulsierte und sein Sperma an meinem Oberschenkel herunterlief.

»Ich liebe dich, Avery. Jetzt und in all den anderen Leben«, flüsterte er, und ich erstarrte. War das eine Halluzination gewesen, oder hatte Alexander Preston der Zweite mir wirklich seine Liebe gestanden? Ich wusste nicht, wie ich reagieren oder was ich sagen sollte. Es war alles so schnell gegangen, und ich hatte keine Zeit gehabt, mich auf diese Situation vorzubereiten, meine Gedanken zu hinterfragen.

Ich war mir bewusst, dass diese Sache zwischen uns

kein bloßer Flirt war, sondern etwas Echtes, etwas Uraltes und Mächtiges. Nein, wenn ich ehrlich mit mir selbst war, brauchte ich keine extra Zeit. Ich gestand mir ein, was mein Herz schon die ganze Zeit gewusst hatte.

»Ich liebe dich auch.«

Wir lagen noch lange wach und sprachen über alles und nichts, während er mein Haar streichelte und meine Schultern massierte. Irgendwann setzte sich Alexander ans Klavier und begann, mit einer halb gerauchten Zigarette zwischen den Fingern, ein herzzerreißend schönes Lied anzustimmen.

Ich kannte die Melodie, als hätte ich sie schon hunderte Male gespielt. Vielleicht hatte ich es auch, nur in einem anderen Leben ...

Die Noten hingen in der Luft, jede Einzelne ein gequälter Schrei. Sie wirbelten um mich herum wie ein Sturm und zogen mich mit ihrer Melancholie in ihren Bann. Der Klang war wie eine Trauerweide, deren Äste sich schwer von Kummer sanft im Wind wogen, die Melodie wie eine bittersüße Erinnerung, die noch lange nach ihrem Verschwinden in dir nachklang und dich mit ihrer Schönheit und ihrem Schmerz verfolgte. Es war ein Lied von Liebe und Verlust, von Hoffnung und Verzweiflung, von all den Dingen, die das Leben lebenswert und gleichzeitig so unerträglich machten.

Die Töne glichen Elfenbeintränen, jede einzelne

eine Befreiung von Emotionen, die zu lange zurückgehalten worden waren. Sie waren wie der Klang eines gebrochenen Herzens, das in Millionen Stücke zerschmettert worden war, aber immer noch mit einer wilden Intensität schlug, die nicht zum Schweigen gebracht werden wollte.

Je weiter das Lied voranschritt, desto intensiver schien es zu werden und sich zu einem Crescendo zu steigern, das mich zu verschlingen drohte. Die Noten waren wie der Wind, der durch die Nacht heulte und das Echo einer Liebe mit sich trug, die nie hätte sein dürfen.

Und als der letzte Ton erklang, lag er wie ein Flüstern in der Luft, ein leises, trauriges Lebewohl. Die Melodie ließ mich atemlos zurück, mein Herz schwer unter der Last ihrer Schönheit und ihres Schmerzes. Es war ein Lied, das mich für immer begleiten würde, eine quälende Erinnerung an alles, was verloren war und alles, was niemals sein durfte.

»Ich kenne das Lied«, flüsterte ich, mehr zu mir selbst.

Alexander hob eine Augenbraue. »Ach ja?«

Ich nickte. »Ja, ich erinnere mich, es einmal gespielt zu haben ... Aber der Anfang war ganz falsch.« Ich *wusste* einfach, dass der Anfang des Liedes anders gedacht gewesen war, dass Alexander es nicht richtig gespielt hatte.

»Das ist ziemlich unwahrscheinlich, Liebes. Das Lied wurde von mir und meiner ehemaligen Musiklehrerin zum Spaß komponiert. Das ist schon sehr lange her.«

Ein leichter Seufzer kam über meine Lippen. Dann musste ich mich wohl geirrt haben und mein Kopf hatte sich eingeredet, dass der Anfang im Originalen anders klang. Dabei kannten das Original nur die beiden.

»Sie war ein musikalisches Genie«, gab ich ein wenig neidisch zu und Alexander nickte.

»Das war sie«, versicherte er mir mit seinem Lächeln, das ich nie deuten konnte.

Alexander drückte die Zigarette an der Außenwand der Akademie aus und warf den Stummel in den Papierkorb, bevor er sich neben mir niederließ und mich sanft hin und her wog.

Meine Augen waren längst zugefallen, der Vorhang zwischen Traum und Wirklichkeit nur halb geöffnet.

»Eines Tages werde ich dich heiraten, Alexander Preston«, hörte ich mich murmeln, bevor ich die Worte zurücknehmen konnte. Ich spürte seine Brust an meiner Wange vibrieren, als er lachte.

»Ist das ein Versprechen oder eine Drohung?« Ich schmiegte mich noch enger an ihn.

»Beides.«

»Du bist nicht einer dieser Perversen, die mich nach Achselfotos fragen, oder?«

KAPITEL 27

Ich kann einfach nicht, ich kann einfach nicht, ich kann einfach nicht. Alexanders Worte verfolgten mich den Rest des Tages, und egal, wie sehr ich mich bemühte, aus seinen kryptischen Worten einen Sinn zu erfassen, ich konnte es nicht.

»Bleib cool«, flüsterte Nicolette, als wir den breiten Flur zum Gemeinschaftsraum entlanggingen, um uns mit Leilah, Noah und Caleb zu treffen. Es war das erste Mal, dass ich wirklich wieder unter Menschen war, und der Gedanke, die Kontrolle zu verlieren, jagte mir eine Heidenangst ein. Aber wenigstens war ich dank Alexanders Blut gut gestärkt, also hatten die anderen eine Sorge weniger mit mir.

Meine Freunde hatten mir gepredigt, endlich das Nest zu verlassen, und widerwillig hatte ich zugestimmt.

»Ich bin immer cool«, versicherte ich ihr, und sie warf mir einen wissenden Blick zu.

»Soll ich dich daran erinnern, was mit dem Jungen aus unserer Klasse passiert ist?« Ein Schauder durchlief mich. Eine Situation, die ich nie wieder durchleben wollte.

»Ich habe nur deine Ehre verteidigt«, scherzte ich und stieß meine Schulter gegen ihre. Meine Klassenkameradin rollte mit den Augen und zog mich mit sich.

Nicolette hatte nur wenige Freunde, oder vielmehr Bekannte, an der Akademie und brannte darauf, meine Leute besser kennenzulernen. Sie hatte sich viel mehr unter Kontrolle als ich, also machte ich mir keine Sorgen um sie. Ich hingegen musste immer auf der Hut sein, bereit zu rennen, falls jemand sich verletzte, blutete.

Das entfernte Stimmengewirr und Gelächter wurde lauter und schließlich erreichten wir den offenen Bereich des Gemeinschaftsraums.

Der betörende Menschengeruch stieg mir in die Nase, und eine Sekunde lang glaubte ich, keinen Schritt mehr nach vorn machen zu können, bis ich mir mental einen Tritt in den Arsch gab und weiterging. Wir hakten uns beieinander ein und ich nahm die vertraute Szenerie und Geräusche auf, die uns begrüßten. Es war fast so, als würde ich diesen Teil der Akademie zum ersten Mal sehen. Na ja, mit meinen neuen Augen tat ich das ja auch.

Das knisternde Kaminfeuer warf ein rötliches Licht durch den Raum und der Geruch von brennendem Holz vermischte sich mit dem Aroma von frisch gebrühtem Kaffee. Kleine Grüppchen von Studenten standen beieinander, nippten an ihren Getränken und verfielen in angeregte Gespräche.

Auf den Sofas, die im Raum verstreut standen, saßen weitere Klassenkameraden, die ihre Lehrbücher auf dem Schoß vergessen hatten, während sie miteinander scherzten und lachten. Der Klang ihrer Stimmen verschmolz zu einem leisen Summen, das gelegentlich von einem Lachanfall oder dem Klirren von Gläsern unterbrochen wurde.

In der hinteren Ecke des Raums drängte sich eine Gruppe von Studenten um einen Billardtisch und jubelte, während sie ihr Glück versuchten.

Ich schaute hinauf und sah den Kronleuchter über uns, der wie kleine Sterne bei klarer Nacht glitzerte. Er warf ein sanftes Licht in den Raum und tauchte die Gesichter der Studenten um mich herum in Gold.

Doch selbst inmitten dieser Wärme und dieses Lichts wurde ich das Gefühl des Unbehagens nicht los. Es fühlte sich an, als würden Krallen wie riesige Spinnen meine Wirbelsäule hinunterlaufen. Irritiert schüttelte ich den Kopf. *Nicht jetzt.*

»Endlich«, rief Leilah vom anderen Ende des Raums und winkte uns zu sich. Währenddessen waren Caleb und Noah in eine hitzige Diskussion verfallen.

Mit langen Schritten durchquerten wir den Gemeinschaftsraum zur anderen Seite, wo meine Freunde bereits auf einer u-förmigen Couch saßen. In der Mitte stand ein kleiner Couchtisch mit Snacks und ein paar Softdrinks, die außer Noah niemand angerührt hatte.

Als wir schließlich ankamen, verstummten die

Jungs. Nicolette stand etwas unbeholfen hinter mir, und ich machte einen Schritt zur Seite, damit sie an mir vorbeigehen konnte.

»Noah, Nicolette«, machte ich die beiden miteinander bekannt. Sie waren sich noch nie persönlich begegnet, und es wurde höchste Zeit.

Ihre Blicke trafen sich, und der Raum schien plötzlich stillzustehen. Es war, als ob ihre Auren allein die Zeit angehalten hätten.

Lange Sekunden sahen die beiden sich nur an, als gäbe es nichts Interessanteres auf dieser Welt als die Augenfarbe des anderen. *Was zur Hölle passierte hier?*

Doch gleich darauf durchbrach Nicolettes Stimme die Magie zwischen ihnen.

»Du bist nicht einer dieser Perversen, die mich nach Achselfotos fragen, oder?« Vor Schreck über ihre ersten Worte an meinen Freund verschluckte ich mich an meiner eigenen Spucke. Caleb sah Leilah fragend an, aber sie versicherte ihm, dass er das nicht wissen wolle.

Alles Leben schien aus Noahs Gesicht gewichen zu sein, und zum ersten Mal, seitdem ich ihn kannte, fand er nicht die richtigen Worte.

»N-nein, warum fragst du?« Sie musterte Noah zufrieden und ließ sich schließlich neben ihn auf die Couch fallen.

»Wollte nur sichergehen.« Sie zuckte mit den Schultern und im letzten Moment entdeckte ich ein kleines Lächeln auf ihren Lippen.

»Erzähl mir etwas über dich«, forderte Nicolette

schließlich, wie bei einem Vorstellungsgespräch, und ich sah, wie sich auf Noahs Stirn der Schweiß bildete.

Das kleine Biest hatte den ganzen Morgen damit verbracht, ihn auf der sozialen Plattform zu stalken, um, ich zitiere: »Schnell ein passables Gesprächsthema zu finden, wenn das Gespräch ins Stocken gerät«. Sie hatte für dieses Treffen härter gelernt als ich für manche Prüfungen und kannte Noahs Leben und das seiner Familie wahrscheinlich auswendig.

»Ich bin gerne vorbereitet«, hatte sie sich mit einem Schulterzucken verteidigt, als wir uns in meinem Zimmer fertiggemacht hatten, aber ich glaubte, dass ihre Nachforschungen mehr mit Noahs wunderschönen Augen und all den Muskeln zu tun hatten als alles andere.

Ich überließ die beiden ihrem Gespräch und wandte mich an Leilah.

»Lass uns ein Foto machen.« Sie schaute mich verwirrt an. Normalerweise war das *ihr* Satz.

»Wer bist du und was hast du mit Avery gemacht?« Ihr typisches schiefes Lächeln breitete sich auf ihrem Gesicht aus.

»Ich will nur schöne Momente festhalten, damit … ich mich später an sie erinnern kann. Einen Beweis für ihre Existenz habe.« Leilahs Lächeln verschwand, als hätte ich ihr gerade einen Schlag in die Magengrube verpasst. Einen Moment lang sahen wir uns nur an, kommunizierten ohne Worte.

»Okay, dann mal los«, antwortete meine Freundin, aber diesmal wirkte ihr Blick auf den Bildern leblos.

Selbst als Noah und Nicolette mitmachten, war sie wie ausgewechselt. Ich konnte es ihr nicht verübeln.

KAPITEL 28

Ich hatte einen ganzen Nachmittag damit verbracht, Nicolette zuzuhören, wie sie den armen Noah über eine Vielzahl von Familienmitgliedern, deren Berufe, Freizeitaktivitäten und Geburtshoroskopen ausfragte.

Als wir bei seiner Ururgroßmutter ankamen, musste ich schließlich einen Versuch wagen und sie wegzerren. Der Arme hatte sich echt gut gehalten, an seiner Stelle hätte ich bei Weitem nicht so eine Geduld an den Tag gelegt.

Doch zu meinem Erstaunen hing Noah die ganze Zeit über an jedem ihrer Worte, hörte sich alle Kommentare an und beantwortete jede Frage mit Freude. Ich schüttelte den Kopf. Die zwei hatten was füreinander übrig, das stand fest.

Die Stunden vergingen und so langsam setzte die Erschöpfung ein. Der Tag war verdammt lang gewesen und die ganzen Anstrengungen, keinem der

Menschen um uns herum an die Gurgel zu gehen, hatten ihre Spuren hinterlassen. Ich war ausgelaugt, hatte keine Energie mehr. Zu gerne hätte ich noch einen Schluck von Alexanders Blut getrunken, um mich wieder vollkommen wach zu fühlen. Es fühlte sich an wie hundert Energydrinks auf einmal, nur ohne den Diabetes oder Herzstillstand. Ich erschauderte bei dem Gedanken, ihn bald schon wieder tief in mir spüren zu können und rutschte nervös auf der Couch hin und her, während ich meinen Freunden bei ihren Gesprächen über Gott und die Welt lauschte.

Ich könnte mir keine Zeit, keine Realität vorstellen, in der sie nicht präsent waren. Sie waren wie eine Familie, besonders Leilah, die Schwester, die mir nie vergönnt gewesen war. Umso glücklicher war ich, dass uns das Schicksal zusammengeführt hatte, Verlust und Tod hin oder her. Jeden Tag zählten diese Dinge ein bisschen weniger und ich musste mir eingestehen, dass mein anfänglicher Plan, hier abzuhauen, nicht mehr von Bedeutung war. Zwar war ich noch längst nicht über meinen neuen Körper hinweggekommen, über den Fakt, dass meine Zukunft ungewiss war, aber in diesem Moment zählten nur meine Freunde, wie sie sich um mich kümmerten, um mich sorgten, ohne jemals was im Gegenzug zu verlangen.

Als es endlich Zeit war, zu gehen, sah Noah enttäuscht aus und mir wurde klar, dass er die Inquisition wahrscheinlich mehr genossen hatte, als ich anfänglich gedacht hatte. Oder er hatte sich in die Interviewpartnerin verguckt. Nicolette würde mit ihm das große Los ziehen, auch wenn sie charakterlich unterschiedlicher nicht sein konnten.

Ich nahm den kürzesten Weg zu meinem Flügel, trottete entlang der kühlen Gänge, die etwas modrig rochen, und erreichte schließlich komplett erledigt mein Ziel.

Ich stieß die Tür zu meinem Schlafzimmer auf, bereit, mich auf mein Bett fallen zu lassen und einfach nur die Augen zu schließen. Aber etwas war anders. Etwas war da, das nicht da sein hätte sollen. Mein Herz setzte einen Schlag aus, als ich ein dickes, in Leder gebundenes Buch auf der Tagesdecke liegen sah, das heute Morgen noch nicht auf diesem Platz gewesen war. War es einfach so aus dem Nichts aufgetaucht? Zumindest wirkte es so. Mit einem Stirnrunzeln hob ich das mysteriöse Ding auf und drehte es hin und her. Wenn sich jemand einen Spaß erlaubt und diesen Wälzer aus der Bibliothek entwendet hatte, nur um es bei mir zu platzieren und die Direktorin über mein Stehlen zu informieren, dann würde ich diese Person ohne mit der Wimper zu zucken durch die ganze Akademie schleifen.

Ich legte meinen Kopf schief und debattierte, ob ich es gar nicht erst aufschlagen sollte, so antik wie es aussah. Fuck, was, wenn dieses Teil verflucht war? Ein weiteres schlechtes Omen konnte ich nun wirklich nicht gebrauchen, mein Leben war schon chaotisch und tödlich genug, dann brauchte ich nicht noch einen Fluch, der auf mir lastete. *Nope*. Schließlich überwog die Neugier meine Vorsicht.

Ich setzte mich aufs Bett und blätterte eifrig durch

die Seiten, bemerkte die seltsamen Symbole und Zaubersprüche, manche händisch verfasst, von denen die vergilbten Seiten übersät waren. Ein *Grimoire*. Solch ein Buch hatte ich nur in Filmen und Serien gesehen. Das war der Wahnsinn und zur gleichen Zeit super creepy.

Das Zauberbuch pulsierte mit einer dunklen Kraft, die mich faszinierte und beunruhigte. Etwas stimmte nicht, das sagte mir mein Bauchgefühl. Aber ich war so von dieser dunklen Ausstrahlung fasziniert, dass ich den Wälzer nicht aus der Hand legen konnte, war komplett in seinen Bann gezogen.

Trotzdem kam ich nicht umhin, mich immer wieder zu fragen, wie es wohl in mein Zimmer gekommen war. Und was noch wichtiger war: Was sollte ich damit machen?

Stunden vergingen und ich konnte nicht aufhören, dieses verdammte Zauberbuch zu verschlingen. Je mehr ich las, desto mehr hatte ich das Gefühl, tiefer und tiefer in eine Welt einzutauchen, die sowohl dunkel, korrupt als auch verlockend war. Jede Seite enthielt einen neuen Zauberspruch, und jeder versprach dem Anwender unvorstellbare Macht.

Ich las von Ritualen, mit denen man Geister beschwören, die Elemente besser kontrollieren und sich in verschiedene Kreaturen verwandeln konnte. Es gab

Weissagungszauber, Schutzzauber und Zauber zur Steigerung der eigenen Kraft und Ausdauer.

Ich las von Zaubersprüchen, die Gefühle verändern konnten, die jemanden dazu bringen konnten, die Wahrheit zu sagen, und sogar von Anleitungen zur Herstellung eines Unsichtbarkeitstranks. Es klang so verlockend, dass ich kurz davor stand, diese ganzen Sachen selbst auszuprobieren. Na ja, legal wäre es mit Sicherheit nicht, aber was die Direktorin nicht wusste ...

Doch dann, als ich ohne irgendeine Vorahnung weiterlas, fiel mein Blick auf eine Seite, die stärker abgenutzt und vergilbt war als die anderen. Es schien, als hätte jemand diese Stelle immer und immer wieder gelesen. Interessant.

Meine Neugierde war umso mehr geweckt. *Ein ziemlich wichtiger Zauberspruch, wenn er so beliebt war*, dachte ich mir und tippte mir auf das Kinn. Na dann mal schauen ...

Anscheinend war es ein Zauber, der versprach, den Willen des Gegenübers an deinen eigenen zu binden und ihn dazu zu bringen, jedem deiner Befehle zu gehorchen. Die Seiten raschelten unter meinen Fingern, als ich die Beschwörungsformel las, die Sätze in einer Sprache, von der ich noch nie gehört hatte. Vielleicht die alte Sprache Elyannes? Das könnte gut möglich sein. Ebenso gut konnte es Aramäisch oder so sein, was wusste ich schon. Nicht, dass ich die Sprachen voneinander unterscheiden konnte.

Meine neugierigen Augen wanderten weiter. Der handgeschriebene Text unter dem Zauberspruch konnte keine Übersetzung sein, denn er war viel zu lang. Vielleicht eine bloße Beschreibung des Zaubers? Oder eine freiere Interpretation davon?

Durch selbes Blut ewig gebunden,
Eine Marionette, von Vorfahren umrunden.

Stumm und dienend, ohne Stimme wirst du sein,
Ein Leben ohne Freiheit, eine Seele ohne eigenen Schein.

Sprich nicht von diesem Fluch, noch von der Meister Hand,
Denn Ungehorsam bringt Strafen, unerkannt.

Du wirst tun, was sie verlangen, ohne Zweifel, ohne Klagen,
Ihr Diener, ihre Marionette, bis Zeit in Staub wird zerschlagen.

Doch sollte deine Seele brechen, dein Leben dennoch besteht,
Wirst du entkommen, aus ihren höllischen Ketten, entweht.

Nicht länger ihre Marionette, nicht länger ihr Knecht,
Wirst du dein eigener Herr sein, mutig und recht.

So beachte diese Warnung, Vampir, diene ihnen gut,
Denn nur im Zerbrechen findet deine Freiheit den Mut.

Ich las die Reime wieder und wieder, aber ich wurde nicht schlau aus ihnen. Gedankenkontrolle durch Blutsverwandte, ein Sklave für die Familie, das war einfach. Auch, dass die Kontrollierten nicht über die Kontrolle sprechen konnten, war klar. Aber ich verstand den Teil über die gebrochene Seele nicht. Was hatte es bloß damit auf sich?

Seufzend streckte ich meine steifen Glieder aus und fragte mich, wem dieses Buch gehörte, wer mir nichts, dir nichts solch eine Macht besaß. Ich war mir sicher, dass dieser Vampir verdammt sauer darüber war, dass sein Grimoire in die Hände eines blutjungen Verwandelten gelangt war. Verdammt, ich hoffte nur, dieses Ding würde wieder verschwinden, bevor es jemand bei mir im Zimmer entdeckte und die falschen Schlüsse zog.

Ich blätterte ganz nach hinten, aber statt eines Namens stand da nur eine Reihe von Zahlen und Buchstaben. Meine Augen verengten sich und ich schnaubte.

Als ob jemand so dumm gewesen wäre, mit seiner Unterschrift zuzugeben, welche Art von Magie er zu Hause praktizierte. Das wäre mehr als idiotisch.

Ich überprüfte die Zahlen- und Buchstabenfolge

noch einmal, denn sie kam mir seltsam bekannt vor. Genau zehn Zeichen. Dann kam mir eine Idee und ich sprang auf und rannte zu meiner Umhängetasche.

Ohne groß nachzudenken, kramte ich ein Buch heraus und siehe da ... eine ähnliche Abfolge. Dies war ein Bibliothekskompass. Jedes Buch im alten Teil der Akademie hatte so etwas auf dem Rücken stehen, damit man es in der Magieabteilung leicht finden und an die richtige Stelle zurücklegen konnte.

Komisch. Als ob ein solches Buch den teils sehr jungen Schülern einfach so zur Verfügung gestellt werden würde. Das bezweifelte ich; es musste mehr dahinterstecken.

Mein Interesse war auf ein Maximum geweckt, meine Müdigkeit wie weggefegt. Schnell wie der Wind zog ich mir Jeans und Pullover an, warf mir die Umhängetasche samt gruseligem Buch über die Schulter und machte mich auf den Weg zu dem Bereich der Bibliothek, zu dem nur Vampire Zutritt hatten. Zum Glück war es schon recht spät, sodass ich sicher niemandem mehr über den Weg laufen würde. Keine Ahnung, wie ich jemandem im Ernstfall erklären sollte, warum ich ein uraltes Buch voller gefährlicher, dunkler Zaubersprüche mit mir herumtrug. *Das Buch ist aus dem Nichts in meinem Zimmer aufgetaucht, Ms. Arden.*

Mhm, genau.

Ich lief entlang zahlreicher Gänge, nahm Abzweigungen und bewegte mich in den Schatten der Möbel. Wahrscheinlich sah ich auf diese Weise sogar verdächtiger aus, aber das war mir in diesem Moment egal. Ich wollte einfach nur in die Bibliothek, um zu sehen, wohin die Zahlen- und Buchstabenabfolge führte.

Eine kleine Gruppe Jugendlicher bog vor mir in einen anderen, helleren Flur ein, und ich setzte meine Mission mit hämmerndem Herzen fort, bis ich schließlich vor dem Eingang zu meinem Ziel ankam.

Zum Glück war die Tür nicht verschlossen, sodass ich noch ein paar Minuten Zeit hatte.

Wie eine Katze schlängelte ich mich an den Regalen entlang und gelangte mithilfe der Nummern in eine der hinteren Ecken der Bibliothek. Polierte Ledereinbände wichen abgenutzten Wälzern, auf denen der dicke Staubfilm von jahrelanger Vernachlässigung zeugte. Hier hielt sich definitiv keiner freiwillig auf. Selbst die Luft wirkte anders, stickiger, kälter. Als ob dich der Raum höchstpersönlich dazu aufforderte, zu verschwinden. Später, aber jetzt hatte ich eine wichtige Aufgabe zu erledigen und musste mir die Antworten holen, die ich so dringend brauchte.

Der Eingang zur Bibliothek verschwand in der Ferne, die Abteilung, die ich ansteuerte, kaum beleuchtet. Zum Glück hatte ich meine Vampiraugen und brauchte nicht so viel Licht, um mich zurechtzufinden. Trotzdem war dieser Ort mehr als unheimlich. *Sei nicht so ein Weichei*, zischte ich mich im Geiste an und ging weiter, während ich das Grimoire herauskramte und mir noch mal die Abfolge anschaute.

Der Bibliothekskompass sagte mir, ich solle bis zum Ende des rechten Regals gehen, und ich gehorchte konzentriert. Alles war so still, dass ich fast meinen eigenen Herzschlag durch den Raum hallen hören konnte.

Dritte Reihe von oben.

Irritiert blickte ich auf den Platz, der eigentlich für das Grimoire hätte leer sein müssen. Doch genau an der Stelle, die für dieses düstere Buch vorgesehen war, befand sich eine andere, viel größere und elegantere Ausgabe, dessen dunkelrotes Leder mit Goldfolie verziert war. Ich kniff die Augen zusammen und packte das alte Buch zurück in meine Umhängetasche. Irgendetwas stimmte hier nicht …

Mit zittrigen Händen griff ich nach dem Exemplar über mir und überprüfte die Zahlen- und Buchstabenabfolge – identisch. Das konnte doch nicht sein. War das hier alles ein schlechter Scherz? Wurde ich gerade dabei beobachtet, wie ich dem Witzbold in die Karten spielte? Ich hoffte es um seinetwillen nicht.

Oder … vielleicht hatte mich jemand zu genau diesem Buch führen wollen, weil es für mich bestimmt war. Irritiert blätterte ich durch die Seiten, aber sie waren bloß voll von langweiligen Stammbäumen. Nichts, was mich ansatzweise neugierig machte. Resigniert wollte ich das Buch zurücklegen, als ein Name meine Aufmerksamkeit erregte – Alexander Preston der Erste. Offensichtlich war das der Stammbaum der Prestons. Ich zog die Augenbrauen hoch. Interessant.

Ovale Porträts ergänzten die eleganten Buchstaben. Darunter waren die Geburtsdaten und Mädchennamen der Preston-Frauen aufgelistet und mein Blick wanderte zu Alexanders wunderschöner Mutter.

Ich habe dich getötet. Hast du Angst? Ich erschauderte bei dem Gedanken an das dämonische Ölgemälde. *Nur die Nerven*, sagte ich mir, bevor ich mir einige andere Bilder ansah.

Ich blätterte die Seite um und entdeckte Alexanders Bild, zusammen mit seinem Geburtsdatum. Sein Blick war unnachgiebig, kalt und leer. Kein bisschen Leben war in seinen Zügen zu finden. Er sah fast … *tot* aus.

Meine Finger strichen über das kleine Kunstwerk, das so fein gezeichnet war, dass es fast einer Fotografie glich.

Ein weiterer Name, fremd und doch vertraut, fiel mir ins Auge.

Eleanor Preston. Mädchenname Eleanor Blight. Unrechtmäßige Ehefrau von Alexander Preston dem Zweiten.

Alles verschwamm vor meinen Augen und mein Herz blieb stehen. Ich krallte mich in die Kante eines der Regale, aus Angst, ich würde gleich ohnmächtig werden. Oder sterben. Unter diesem Namen befand sich ein Porträt, das kleiner und nicht so kunstvoll gefertigt war wie die anderen.

Ein erstickter Schrei blieb mir in der Kehle stecken. Das Gesicht, das mich von den vergilbten Seiten anstarrte, war mein eigenes, in jeder Hinsicht identisch. *Ich* war Eleanor Preston.

Ende Band 2

DANKSAGUNG

Noch ein Cliffhanger? Ernsthaft? Mittlerweile bin ich mir sicher, dass ihr mich hasst, aber es musste sein (beim nächsten Mal gibt es … vielleicht … keinen). Wie ihr wisst, ist die Preston-Academy-Reihe meine erste deutsche Buchreihe, die in einem Verlag nach und nach erscheint, und ich kann es kaum fassen, was sich alles seit dem Release von Band eins getan hat! Wenn ich 2024 mit einem Wort beschreiben müsste, dann wäre es definitiv – surreal. Alles passierte so schnell, so intensiv, und ich kam mit den Meilensteinen gar nicht mehr hinterher. Aber das war nicht nur mein Verdienst, sondern der Verdienst vieler anderer, wundervoller Menschen, die mich auf meinem Weg begleitet haben.

Zuallererst möchte ich mich erneut bei der Liebe meines Lebens und gleichzeitig meinem größten Supporter bedanken – Iulian. Du hast es schon letztes Mal gehört, aber ich will es trotzdem noch mal erwähnen: Du bist meine Familie, mein bester Freund und hast immer an mich geglaubt, selbst, als es alle anderen nicht getan haben. Du akzeptierst mich mit all meinen Macken und ich könnte mir keine bessere Person an meiner Seite vorstellen. Danke, dass du immer zu mir stehst und mein Anker bist. Mit dir fällt mir das Atmen so viel leichter.

Dazu möchte ich meiner BookTok- und Bookstagram-Community danken. Ohne euren Support, euren lieben Worten und euer offenes Ohr wäre ich nicht da, wo ich heute bin. Danke an all den Menschen, die mich von Anfang an begleitet haben, die mir Mut gemacht und mich gepusht haben, wenn ich mal an mir selbst gezweifelt habe. Aber ich möchte mich auch bei den zahlreichen Menschen bedanken, die erst später in mein Leben getreten und geblieben sind. Ihr seid mir genauso wichtig. Ein herzliches Dankeschön geht dabei besonders an meine Instagram und Tiktok Blogger – ihr habt einen wesentlichen Teil dazu beigetragen, dass *Secrets and Seduction* zu einem SPIEGEL Bestseller geworden ist! Das werde ich nie vergessen.

Danke an all die Leuten, mit denen ich in einer WhatsApp-Gruppe bin; sorry, dass ihr euch so oft mein Gejammer anhören musstet! Ich würde gerne behaupten, dass es nie wieder passieren wird, aber das wäre eine Lüge. Ohne euren Zuspruch und eure Freundschaft wäre ich verrückt geworden. Insbesondere möchte ich den Mädels, die die Brokkoli-Reference verstehen, danken. Ohne euren täglichen Support auf Social Media hätte SaS nicht von Anfang an die Reichweite bekommen, die sie verdient hat. Ich fühle mich geehrt, eure Freundin sein zu dürfen. Danke, dass ihr mir den Rücken stärkt, dass ihr mich aufbaut und mich zum Lachen bringt. Auf viele weitere Book-Releases zusammen! An eurer Seite werden meine Bücher immer Erfolg haben, ihr seid einfach magisch.

Nicht zu vergessen sind meine tatkräftigen Testleser Alvina, Christin, Jana, Maggy, Martina, Nelly, Sina und Phie, die meine Bücher ins perfekte Licht rücken. Ihr seid so, so wichtig und mit diesem Absatz möchte ich eure unbezahlbare Arbeit und Werbung wertschätzen. Ohne euch wäre die Buchwelt nicht die, die sie heute ist.

Last but definitely not least – mein Dank geht an meine wundervolle und inspirierende Jane, dem *Black Edition Verlag*, Nathaly und natürlich den großartigen Mitarbeitern, die hinter den Kulissen ihr Bestes geben. Vielen Dank, dass ihr seit Beginn an mich und mein Projekt geglaubt habt, mich gefördert und mir gezeigt habt, wie schnell eine Karriere in die Höhe schießen kann, wenn man das richtige Team hinter sich hat. Auf viele weitere Meilensteine zusammen!

DIE ERFOLGS-REIHE DER GRÜNDERIN VON BLACK EDITION JANE S. WONDA

Very Bad Kings
978-3-98942-615-3

Band 1 der Bestseller-Dark-Romance-Reihe von Jane S. Wonda

Mable ist eine von fünf Stipendiatinnen, die jedes Jahr an der Kingston University angenommen werden. Die reiche Elite des Colleges hält allerdings nichts vom Charity-Programm ihrer Eltern und will Mable mit aller Macht vertreiben. Allen voran die Kings. Fünf abtrünnige Seniorstudenten, die im Hintergrund ein unmoralisches Spiel veranstalten.
Wird Mable gewinnen?
Und wie soll sie sich dagegen wehren, dass drei der Kings plötzlich nur sie wollen?

Du dachtest, Kingston biete dir eine akademische Zukunft?
Lektion eins: Alles, was du je lernen wirst, ist das Überleben zwischen uns.
Der Elite.
Und wenn du deine Hausaufgaben nicht anständig machst, Belle, müssen wir dich leider bestrafen …

Dark College. Bully Romance. Reverse Harem.

DU WILLST NICHT TEILEN. SIE DICH SCHON.

FRAGST DICH IMMER:
WEM KANN ICH TRAUEN?

Ivory
Sie lieben mich. Sie hassen mich. Sie kennen mich. Vielleicht sogar besser als ich mich selbst.

Der Tänzer
Versuche nicht, eine Flamme zu löschen, die mit Benzin genährt wird, Kleines. Du kannst ihr nicht entkommen, sie wird dich jagen, bis sie dich verschlungen hat und nichts mehr von dir übrig bleibt.

Der Freund
Wie eine Sirene verzaubere ich dich mit meiner Erscheinung. Doch lass dich nicht täuschen, Ivory. Die Grenzen zwischen Freundschaft und Feindschaft verwischen schnell.

Der Stalker
Ich beobachte dich, meine Blume. Jeden Tag. Schon bald wirst du mein sein. So, wie du mir versprochen wurdest. Und Versprechen bricht man nicht.

Als Ivory von ihrem Vater an die Southside Academy geschickt wird, ahnt sie noch nicht, dass sie zur Schlüsselfigur eines uralten Familiengeheimnisses wird.
Schnell findet sie sich im Visier dreier ihrer Mitstudenten wieder.
Jeder einzelne von ihnen strebt danach, sie bis an die Grenzen ihrer Moral zu treiben. Abgesehen davon, dass sie mutwillig Familienbande zerstört und Gefühle für ihren Stalker hegt, gefährdet sie, ohne es zu merken, die Zukunft ihrer besten Freundin.
Während sie verzweifelt darum kämpft, den drei Männern zu widerstehen und das Geheimnis aufzudecken, manövriert sie sich selbst in ein undurchdringliches Geflecht aus Intrigen. Um Antworten auf ihre Fragen zu finden und ihre wahre Identität aufzudecken, begibt sie sich auf ein gefährliches Gebiet, das die Bürger der Southside im Normalfall strikt meiden. Hier wird sie unweigerlich mit der Frage konfrontiert, wem sie trauen kann und welchen Preis sie bereit ist, für die Wahrheit zu bezahlen.

Escape - Brenne zwischen uns
Von Lara Späth
ISBN: 978-3-98942-629-0

BIST DU BEREIT, ZU FLIEGEN, WENN DIR JEMAND DEINEN KÄFIG ÖFFNET?

Ava
Meine Welt ist ein goldener Käfig.
Meine Flügel sind gebrochen.
Doch wenn er kommt und meine Gitterstäbe einreißt, will ich wirklich fliegen?

Reese
Dunkelheit beherrscht meine Welt.
In der Gosse, zwischen menschlichem Abschaum, nehme ich von den Reichen und stecke es in meine eigene Tasche, bis ich sie treffe und ihre dunkle Seite erkenne.

Inmitten der glänzenden Oberfläche der Stadt verbirgt Ava Queen ihre rebellische Seele. Als sie auf den selbstbewussten Reese Davis trifft, entfacht er ein Feuer in ihr, das kaum zu bändigen ist.

Zusammen sind sie wie Joker und Harleen Quinzel, gefangen in einem gefährlichen Spiel aus Verlangen und Verrat.

Doch werden sie bereit sein, in einer Welt, in der die Grenzen zwischen Gut und Böse verschwimmen, alles zu riskieren, um gemeinsam in die Dunkelheit zu tauchen und die Regeln neu zu schreiben? Ava, die als Assistentin für Reeses Psychologin arbeitet, findet sich bald in einem Netz aus Intrigen und dunklen Machenschaften wieder. Als ihre Verbindung zu Reese immer tiefer wird, muss sie sich fragen: Ist er ihr Retter oder der Beginn ihres Untergangs?

Not your King
Von Alicia Grey und Nio Black
ISBN: 978-3-98942-636-8

WILLKOMMEN AN DER W&R ACADEMY,
KLEINER HASE.

Du bist ein braves Mädchen,
nicht wahr?
Hast immer nach den Regeln gespielt
und gerade deswegen verloren.
Dein kleines Märchen hat sich nicht
erfüllt. Was machen wir nun mit dir?

Du machst es uns zu leicht, Praeda.

Nur deine Kapitulation ist uns nicht
genug. Wir wollen mehr, wollen alles.
Du bist hier unter Wölfen.
Du wirst für uns bluten.

Willkommen an der W&R Academy, kleiner Hase.

Savannah Díaz hat nur ein Ziel. Sie will nach Harvard. Als die Absage sie erreicht, bricht für sie eine Welt zusammen. Gerade als sie denkt, ihren Traum begraben zu müssen, erhält sie eine Einladung der W&R Academy, einer elitären Privatschule in Schottland. Sie soll ein Jahr lang die kulturelle Abwechslung an der Akademie sein und erhält im Austausch dafür die nötigen Kontakte, um es nach Harvard zu schaffen. Sie willigt kurzerhand ein, nur um sich auf einer abgelegenen Burg wiederzufinden. Im Zentrum der Aufmerksamkeit der acht Regents.
Anführer der Elite.
Heiß wie die Hölle und laut dem, was gemurmelt wird, ebenso gefährlich. Als mehrere Stipendiaten tagelang verschwinden, nur um mit Bisswunden am ganzen Körper wieder aufzutauchen, muss Savannah sich fragen, ob es nur die verruchten Spiele der Regents sind, vor denen sie sich fürchten soll, oder doch eher vor den Regents selbst.

WIE TÖTET MAN EINEN MENSCHEN,
DER ES VERDIENT, ZU STERBEN?

Der Mörder
Du denkst, dass deine Seele dunkle Abgründe kennt, weil du anstatt wegzulaufen, deine Finger in das Blut der Leiche getaucht und neugierig betrachtet hast?
Oh Maddy ... ich zeige dir die wahren Tiefen der dunklen Welt.

Der Cop
Du hättest schneller laufen und besser lügen sollen, Maddison.
Jetzt habe ich dich und was einmal mir gehört, lasse ich nicht wieder gehen.

Maddy
Fuck.

Maddy flieht vor ihrem gewalttätigen Ex-Freund und versucht, sich ein neues Leben aufzubauen. Kaum lebt sie ein paar Monate in der neuen Stadt, findet sie die Leiche ihres Nachbarn.
Anstatt wegzulaufen, ist sie fasziniert, weil eine Frage ihr halbes Leben dominiert: Wie tötet man einen Menschen, der es verdient, zu sterben?
Sie entdeckt ihre verbotenen Sehnsüchte in dem maskierten Mörder wieder und lässt zu, dass er sie stalkt.
Als wäre das nicht genug, beginnt sie ein Verhältnis mit dem Cop, der den Fall aufklären soll.
Schon bald wird sie von ihrer Vergangenheit eingeholt und ahnt nicht, dass jeder der Männer in ihrem Leben ein dunkles Geheimnis verbirgt.

VERFANG DICH NICHT IN DIESEM NETZ AUS LÜGEN UND TÄUSCHUNG!

»Du hast mich förmlich angefleht, dich anzulügen und dir dieses Leben als Ausweg zu schenken.«

Und ich lasse mich von ihm und seinem Charme anziehen wie eine Motte vom Licht. Ich wollte einen Ausweg finden, eine Zuflucht vor der ganzen Scheiße, die passiert ist. Doch stattdessen knie ich tiefer im Dreck als jemals zuvor.

May sehnt sich nach einem Neuanfang in der beschaulichen Kleinstadt Maple River, um die schmerzhaften Erinnerungen an eine toxische Beziehung hinter sich zu lassen. Als sie auf den Auftragskiller Evan trifft, verändert sich ihr Leben schlagartig.

Doch hinter der verführerischen Fassade verbirgt sich ein düsteres Geheimnis, das May in ein Netz aus Lügen und Täuschungen zieht. Zwischen Liebe und Abhängigkeit, Lust und Dunkelheit verschwimmen die Grenzen.

Als Mays düstere Vergangenheit die beiden einholt, muss Evan eine Entscheidung treffen, die nicht nur seine Tarnung in Gefahr bringt.

Lie to me , softly
Von Lea R. Eden
ISBN: 978-3-98942-632-0

DU BIST UNSERE NÄCHSTE DAISY ...
UND ES WIRD DIR GEFALLEN

Wir sind die Auserwählten.
Die Elite der Elite.
Die Könige der Könige.
Wir sind die Herrscher über alles.

Lass uns ein Spiel spielen, Daisy.
Du machst das, was wir wollen,
und niemandem passiert etwas.
Wenn du dich uns widersetzt,
dann heißt es nur eins:
Game over.

Thea wechselt in ihrem letzten Highschool-Jahr an die Roosevelt Private High – und zieht damit jegliche Aufmerksamkeit auf sich.
Wer ist die Neue? Was will sie an der Private?
Und was verbirgt sie vor ihren Mitschülern?

Pierce Leander Hawking, der Anführer der Elite, hat ein Auge auf sie geworfen, aber Thea lässt ihn abblitzen und er gibt seine Daisy zum Abschuss frei.
Was danach folgt, hätte Thea nie im Leben für möglich gehalten. Mobbing, Prügel und die Ablehnung ihrer Mutter stehen an der Tagesordnung, sodass sie Drogenkonsum ihr als einziger Ausweg erscheint.
Schafft sie es allein aus dem Strudel von Lügen und Intrigen wieder hinaus? Oder heißt es Game over für sie?

Love & Ruin- I never craved attention, until I tasted yours
Von Daphne Bühner
ISBN: 978-3-98942-635-1

KENNST DU DEN CODE
FÜR DIESES PROBLEM?

Ari
Sie wollen mich. Sie brauchen mich. Nur wissen sie es noch nicht.

Hätte ich gewusst, wie dieser Abend endet, wäre ich nie auf diese Party gegangen.
So lange habe ich mein Geheimnis gehütet und am Ende doch den Falschen vertraut.
Jetzt bleibt mir nur noch eins: Die wichtigsten Informationen vorenthalten, um zu überleben.

Eine Untergrund-Organisation wird von einem Hacker angegriffen und bekommt alle Systeme lahmgelegt. In einem Club bekommen die Chefs der Organisation einen heißen Tipp und entführen Ari in ihr stillgelegtes Schlachthaus. Doch sie zweifeln: Kann die kleine, zierliche Frau wirklich ihre Hackerin sein?
Ari ist fasziniert von den drei verrückten, aber unglaublich heißen Kerlen, die mit unterschiedlichsten Mitteln versuchen, ihr die Wahrheit zu entlocken. Nach und nach schleicht sie sich in die Fantasien der Männer und animiert sie immer mehr, diese auch auszuleben.
Verwerflich, düster, böse - Beautiful Sinners kennt keine Grenze.

Beautiful Sinners
Von Katy Crown
ISBN: 978-3-98942-627-6

DENKST DU WIRKLICH, AN DIESER UNIVERSITÄT WERDEN GENTLEMEN AUSGEBILDET?

Eine Universität, an die ich nie wollte.
Machenschaften, von denen ich nichts wissen sollte. Und ein Sommer, den ich niemals so erwartet hätte.
Zwei Elite-Unis, die Schicksal spielen.
Vier Männer, deren Absichten im Verborgenen liegen, und eine Studentin auf der Suche nach der Wahrheit.
Zwischen mysteriösen Vermisstenfällen, rätselhaften Morden und verbotenen Romanzen stellt sich die Frage:
Was verbirgt sich hinter den geheimnisvollen Machenschaften an den Unis und wird Vivien es schaffen, ihre Schwester zu retten?

»An dieser Universität geschehen so einige Dinge, aber mit Sicherheit werden hier keine Gentlemen ausgebildet, das kann ich dir versprechen.«

Vivien van Jones ist eine junge Frau, die weiß, was sie will, und die sich nimmt, wonach ihr der Sinn steht. Auch ihre Wirkung auf Männer ist ihr durchaus bewusst. Dabei hat sie nur ein Ziel: mit ihrer Schwester Lexy nach dem gemeinsamen Medizinstudium eine Arztpraxis eröffnen. Doch Viviens exzessives Verhalten ist ihrem Vater, einem bekannten Nobelpreisträger, ein Dorn im Auge und so beschließt er kurzerhand, beide Töchter an verschiedenen Elite-Unis anzumelden.
Kaum an der Uni angekommen, trifft Vivien auf den charmanten Valentin, dessen geheimnisvolle Ausstrahlung sie magisch anzieht. Anders sieht es bei Aurel aus, dem sie versucht, aus dem Weg zu gehen.
Nachdem mehrfach Studenten auf mysteriöse Weise verschwinden, kann Vivien ihre Schwester Lexy an deren Uni in Zürich nicht mehr erreichen.
Warum meldet sie sich nicht?
Und was hat der gut aussehende Dekan Chalier mit der ganzen Sache zu tun?

Drewmore Dynasty - Meet the Privileged
Von Kari Tenero
ISBN: 978-3-98942-649-8

TRIGGERWARNUNG

Dieses Buch behandelt folgende potentiell triggernde Themen.

- Erwähnung von häuslicher Gewalt
- Erwähnung von Amnesie
- Erwähnung von Folter
- Emotionaler Missbrauch
- Explizite sexuelle Szenen
- Selbstmordgedanken
- Explizite Sprache
- Unfruchtbarkeit
- Depressionen
- Blut(-saugen)
- Manipulation
- Klassizismus
- Sexismus
- Rassismus
- Autounfall
- Albträume
- Narben
- Jagd
- Tod